AF219760

Rainer Bressler, Jurist im Ruhestand und Schriftsteller, geboren 1945, ist Schweizer und lebt in Zürich. In den Jahren 1980 bis 1993 profilierte er sich als Hörspielautor, dessen Hörspiele von Radio DRS produziert und ausgestrahlt wurden.

Bisherige Veröffentlichungen:

7 Hörspiele:
Tom Garner und Jamie Lester; Morgenkonzert; Folgen Sie mir, Madame; Aufruhr in Zürich; Nächst der Sonne; Geliebter / Geliebte; Gaukler der Nacht; Beinahe-Minuten-Krimi
Produziert und ausgestrahlt in den Jahren 1979 bis 1993

Geliebter / Geliebte. 8 Hörspiele, Karpos Verlag, Loznica 2008

Privatzeug 1856 bis 2012. Versuch einer Spurensuche, 5 Bände:
Spur 1 Reisen; Spur 2 Spielen; Spur 3 Schreiben; Spur 4 Dichten; Spur 5 Weben
BoD 2012 bis 2016

Pink Champagne, satirischer Roman, BoD 2020

Schattenkämpfe, Roman, BoD 2020

Rainer Bressler

Kraut & Rüben

Kurzgeschichten aus 63 Jahren

© 2020 Rainer Bressler

Lektorat und Korrektorat: Rainer Bressler
www.rainerbressler.ch
Umschlagbild und Illustrationen: eine Gouache von Barbara
Staehelin (Seite 15) und Skizzen, Collagen und Fotos von
Rainer Bressler
Herstellung und Verlag: BoD – Books on Demand,
Norderstedt

ISBN: 978-3-7519-8136 1

Bibliografische Information der Deutschen
Nationalbibliothek:
Die Deutsche Nationalbibliothek verzeichnet diese
Publikation in der Deutschen Nationalbibliografie;
detaillierte bibliografische Daten sind im Internet über
http://dnb.dnb.de abrufbar.

FSC
www.fsc.org

MIX
Papier aus verantwortungsvollen Quellen
Paper from responsible sources
FSC® C105338

Inhalt

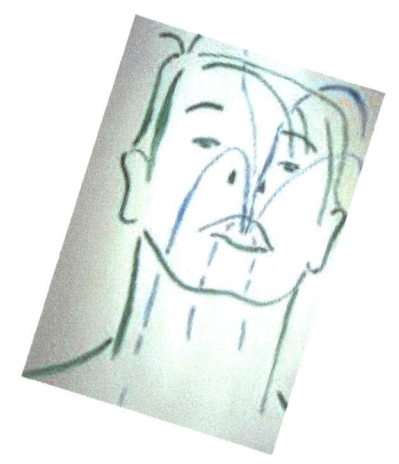

Vorwort

Morgennotizen vom 13. Oktober 2016
Seite 5'312 des seit 1992 geführten Tagebuchs

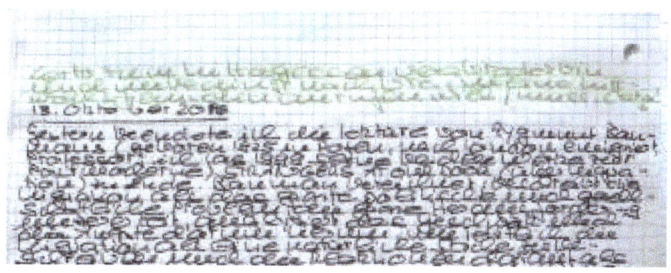

Gestern beendete ich die Lektüre des Buches STRANGERS AT OUR DOOR des polnischstämmigen, englischen Philosophieprofessors Zygmunt Bauman (geboren 1925 in Posen; ich hatte 1999 zwei Werke von ihm über die Postmoderne mit Interesse gelesen) zu Ende. Bauman beschreibt / bezeichnet die Migration einerseits als das grösste politische und gesellschaftliche Problem der Gegenwart, eine riesige Herausforderung, die Ängste auslöse, hält aber andrerseits fest, dass Migration an sich ein Normalzustand ist. Daraus ergibt sich, dass die Reaktionen auf die Migration von heute klar eine Zeiterscheinung sind, der das angstgeladene und hysterische Moment nur genommen werden kann, wenn das Gespräch gesucht wird, das aus Zuhören und eigenen Äusserungen besteht. Um ein Gespräch führen zu können, benötigt man gut ausgelüftete und durchlüftete Gedanken. Du holst Dir diese frei fliessenden Gedanken, indem Du, wie Du es in Deinem Idiom nennst, eine „Chropflèèrètè" machst. Du hältst Deine frei, unzensiert fliessenden Gedanken ohne sie zu bedenken schriftlich fest und staunst nicht schlecht, wenn Du, nachdem Du Dich ordentlich geschämt hast für das, was aus Dir herausdrängt und –quillt, plötzlich eine Klarheit des Denkens erkennst, die Deine Brust befreit und Dich aufrechter gehen und freier atmen lässt. Du erkennst, dass Du schreiben musst. Schreiben ist Dein Ding. Du hast schon immer schreiben wollen. Der Komponist und Sänger Rainer Bielfeldt, geboren 1965, trägt sein Lied „Sänger sein" vor. Darin beschreibt er seine alternativlose Besessenheit mit dem Singen. Wie Du dies Lied hörst, stürzen Dir Tränen horizontal aus den Augen und Du möchtest vor Neid und Wonne laut aufseufzen. Dieser Sänger klingt bei Dir die Saite an, für die Du Dich schämst, weil Du Dein Schreiben nie wirklich ernst genommen hast. Er klammert sich an sein Klavier, Du Dich an Deine Füller. Schreiben war für Dich immer eine Selbstverständlichkeit gewesen, weil Du schreibend Dich ausdrücken konntest, ohne gleich missverstanden, gerügt, ausgelacht zu werden. Die Wonnemomente waren, als Du eine Hermes Baby, ein Geschenk Deines Vaters zu Deiner Konfirmation, Dein Eigen nennen konntest, als Du Dir nach dem Übertritt ins Gymnasium einen Parker-Füller kaufen durftest, als Du – unter dem Vorwand, Deine Doktorarbeit selber ins Reine schreiben zu können – für Dich eine IBM Kugelkopf-Schreibmaschine erbettelt hattest. Obwohl die

Ausgabe relativ horrend gewesen war, brauchte es nur wenige Überredungskünste Deinem Vater gegenüber. Er grinste, mein alter Herr hatte Deinem Urgrossvater um Neunzehnhundert rum eine Kugelkopf-Schreibmaschine geschenkt, klar, noch nicht elektrisch, rein mechanisch. Während Du Rainer Bielfeldt zuhörst, wie er mit verblüffender, berührender Offenheit und Klarheit und einem schalkhaften Lächeln sein Lied „Sänger sein" vorträgt, wird Dir bewusst, zur selben Melodie, zum selben Text müsste Dein Lied „Schreibender sein" heissen. Na sowas, dass Dir Dein Schreiben noch immer irgendwie fremd ist, obwohl Du Dir einen Fundus von köstlichsten und teuersten Füllern angeschafft hast, die Du abwechselnd be-schreibst, damit die Tinte in jedem Füller jederzeit flüssig fliesst und Du Deinen Gedanken freien Lauf lassen kannst. Geschriebenes stapelt sich. Du schreibst Seiten um Seiten voll. Die Seiten werden gesammelt, seit über vierzig Jahren, seit rund 24 Jahren durchnummeriert, sodass Du inzwischen – bei den nummerierten Blättern – bei Seite 6'012 angekommen bist. Ordner stehen in der Winde. Jeden Morgen Deine Morgennotizen. Eine halbe Stunde, eine Dreiviertelstunde. Eine Seite, gefüllt in Kleinschrift. Der Tag kann lustvoll angegangen werden, wenn sich bei den Morgennotizen wie von selber eine Geschichte ergibt, die nicht ausgedacht ist, aber frei aus Dir hinausfliesst. Schreibender sein. Jawohl!

Gespenster

Schulaufsatz an der Bezirksschule Brugg

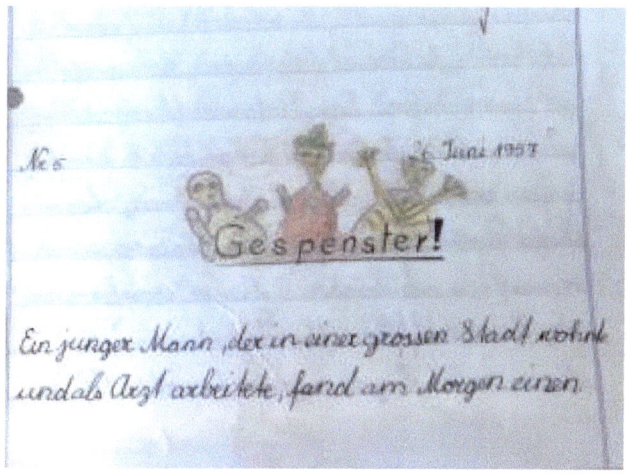

Ein junger Mann, der in einer grossen Stadt wohnte und als Arzt arbeitete, fand am Morgen einen Brief. Er öffnete mit geknister das Couvert und entzifferte das Geschriebene. Aus dem verstand er, dass man ihn bei der grossen Brücke um 12 Uhr erwarte um etwas wichtiges zu verhandeln. Die Unterschrift fehlte. Es war ihm rätselhaft wie der Brief hierher kam. Doch der Mann ging zur Brücke. Dort war es still, aus der Ferne hörte er aufeinmal Tritte, dem Manne war es unheimlich zu Mute. Ohne dass er es merkte schlicht sich ein Gespenst hin, es fragte ihn: „Du bist doch Arzt? Folge mir!" Er schreckte auf und stotterte: „Ja" und folgte dem Rotmantel in einen Keller. Der Rotmantel erzählte ihm: „Meine Schwester ist gestorben und nun wollen wir sie Einbalsamieren, dem Vater wollen wir ihren Kopf lassen, darum musst du sie köpfen." Dann verschwand der Rotmantel. Der Mann nahm sein Messer und begann zu schneiden. Als er das schärfere Messer nehmen wollte, schlug die Tote noch einmal die Augen auf und wollte sich aufrichten, doch sie fiel wieder zurück. Schnell schnitt er ihr noch ganz den Kopf ab und suchte den Ausgang und verschwand. Zuhause merkte er, dass er das Messer liegen lies. Am andern Tag erzählte ihm der Nachbar, dass die Tochter des Bürgermeisters die heute Hochzeit feiern sollte, ermordet wurde. Der Mann bekam einen Schrecken. Bald kam die Polizei mit seinem Messer und fragte, ob das Messer ihm gehöre. Er bejate die Frage. Er kam vor Gericht. Er sagte immer: „Ich bin verführt worden" doch das Gericht entschloss sich, ihm eine Hand abzuhauen. Den Rotmantel sah er nie mehr.

Episode

Gouache von Barbara Staehelin als Illustration
zu Episode, 1968

Erber steigt in den Zug und setzt sich an einen
Fensterplatz. Er achtet nicht auf seine Umgebung, stiert ins
Leere, hört aus der Ferne die undeutlich-brummige Stimme
des Schaffners, der die Namen der nächsten Stationen
herunterleiert. Erber hängt seinen Gedanken nach. Plötzlich
schreckt er ob einer Stimme auf, die plätschert und plätschert
und – Erber staunt – ihn anplätschert. Er fokussiert seinen
Blick auf sein Gegenüber, eine rundliche Frau irgendeines
Alters. Sie redet über das Wetter, über den Regen, über den

nassen Bahnsteig und die nassen Fensterscheiben. Sie spricht Hochdeutsch, doch in einem Dialekt, den Erber nicht auf Anhieb versteht. Höflich, wie Erber erscheinen möchte, nickt er. Das Wetter werde sich bessern. Der Zug setzt sich wieder in Bewegung. Mit zunehmender Geschwindigkeit wird das Rattern gleichmässig.

Die Frau redet nicht mehr über das Wetter. Erber wünscht sich, sie würde schweigen. Sie aber plaudert munter weiter. Erber betrachtet das von grau durchsträhnten Locken umrahmte, volle Gesicht. Er denkt, trotz der Völle extrem harte Gesichtszüge. Die Frau beugt ihren Oberkörper, ihren Kopf Erber zu und klopft mit den Fingerspitzen ihrer Rechten auf das Ausziehtischchen zwischen ihnen beiden. Dann lehnt sie sich wieder zurück und streicht mit beiden Händen die Falten ihres Kleides glatt. Sie erzählt von ihrem Urlaub. Das Geschwätz nervt ihn, doch hört er hin, ohne es zu wollen, weil er nicht abschalten kann. Seit dreissig Jahren reise sie zum ersten Mal in Urlaub. Habe man ein eigenes Geschäft, könne man es nicht nach Lust und Laune dicht machen. Sie hätte sich auch diesmal nicht zu dieser Reise entschliessen können, hätte nicht eine junge Frau, die vor Jahren bei ihr gelernt habe, sie inständig angefleht, sie endlich einmal an ihrem neuen Wohnort zu besuchen.

„Das Mädel war so rührend. Ich mochte sie sehr. Selbstverständlich fasst man zu jedem Lehrling ein wenig Herz und man mag nicht, die einzelnen Lehrlinge gegeneinander auszuspielen. Doch dieses Mädchen war etwas ganz Besonderes gewesen. Vielleicht wegen ihrer Hilflosigkeit. Junge Menschen können ja so hilflos sein. Dann schliesst man sie rascher ins Herz …"

Erber fragt sich, ob er im Alter ebenfalls geschwätzig sein wird. Er fragt sich, weshalb diese Frau losplätschern muss. Er findet dieses Verhalten wenig differenziert. Die Landschaft rast vorbei. Einzelne Tropfen perlen schräg über die Fensterscheibe. Er hofft, dass bei der Ankunft der Regen vorüber ist und er nicht im Nu pudelnass sein wird. Sie quasselt und quasselt, die Frau ihm gegenüber.

„Bevor sie ihre Lehre beendet hatte, hat sie diesen ‚Schwiiizer' kennengelernt. Fleischer ist er. Die Firma, in der er arbeitete, beliefert uns. So lernten sich die beiden kennen. Das Mädel war ja so schüchtern. Alleine wäre sie nie ausgegangen, um junge Leute zu treffen. Ich bin so froh, dass sie glücklich ist. Sie sind noch jung. Sie kennen bloss die guten Zeiten. Seien sie froh, geniessen sie jeden Tag, der so schön und ruhig ist wie heute."

Oje, denkt Erber. Schon wieder diese Litanei runtergeleiert bekommen, die er längst über hat. Graue Haare alleine machen nicht weise. Weshalb nicht unbekümmert in den Tag hinein leben und das Leben nehmen, wie es kommt. Schliesslich ist es mein Leben. Wehe, wenn sie losgelassen, dann sind sie nicht mehr zu stoppen. Erber grummelt in Gedanken still vor sich her und lässt das Gerede aus Anstand über sich ergehen.

„Eine Bombe und dann ist plötzlich nix mehr da. Alles, wofür man sich abgerackert hat, weg, weg, weg! Glauben Sie mir, es braucht Standvermögen, um sich da nicht runterkriegen zu lassen. Mein Vater war felsenfest überzeugt davon, dass die Zeiten besser würden. Sonst hätte er nicht Kriegsanleihen gezeichnet. Er sagte immer, sie hätten beteuert, der Krieg sei notwendig. Sie müssen wissen, er hat sein ganzes Vermögen in Kriegsanleihen gezeichnet. Ja, und dann kam das mit dem Geschäft und der Bombe. Er war damals im Feld. Als er zurückkommt, ein Arm weg und ein Bein. Wir sind glücklich, dass er überhaupt nachhause kommt. Wieder rackert man sich ab. Mein Mann und ich haben das neue Geschäft übernommen. Als es endlich aufwärts ging, kam die Wirtschaftskrise. Dann die Zeit, über die man besser nicht spricht. Mein Mann fiel 41. Zwei kleine Kinder. Ein Geschäft. Wir darbten. Irgendwie ging es weiter bis zum Kriegsende. Dann kamen die Russen. Vertreibung. Ich mag nicht daran denken. Begegnete auf der Strasse einem Russen. Ihm gefiel mein Kleid. Er wollte es für seine Frau zuhause in Russland. Du Kleid aus, befahl er mir. Auf der Strasse, auf der Strasse musste ich mein Kleid ausziehen! Die Flucht. Zwei Kinder. Ein Bündel Habseligkeiten. Dann treffe ich Peter. Ein kleines Geschäft. Wir bauen es auf. Die Kinder lieben Peter wie einen Vater. Seien Sie froh, dass Sie diese Zeiten nicht erlebt haben. Ja, ja, die Schweiz …"

Der Zug verlangsamt seine Fahrt, kommt im Bahnhof zum Stehen. Erber steht auf. Die Frau ebenfalls. Er hilft ihr in den Mantel und wünscht ihre eine gute Weiterreise und einen angenehmen Urlaub.

„War so schön, mit Ihnen etwas zu plaudern. Geniesse den Augenblick. Geniessen sie es, jung zu sein in so guten Zeiten!"

Erber kauft sich am Kiosk eine Zeitschrift. Er blättert sie durch. Ein Artikel sticht ihm in die Augen, Oriana Fallaci über den Vietnamkrieg.

Erber Geschichten

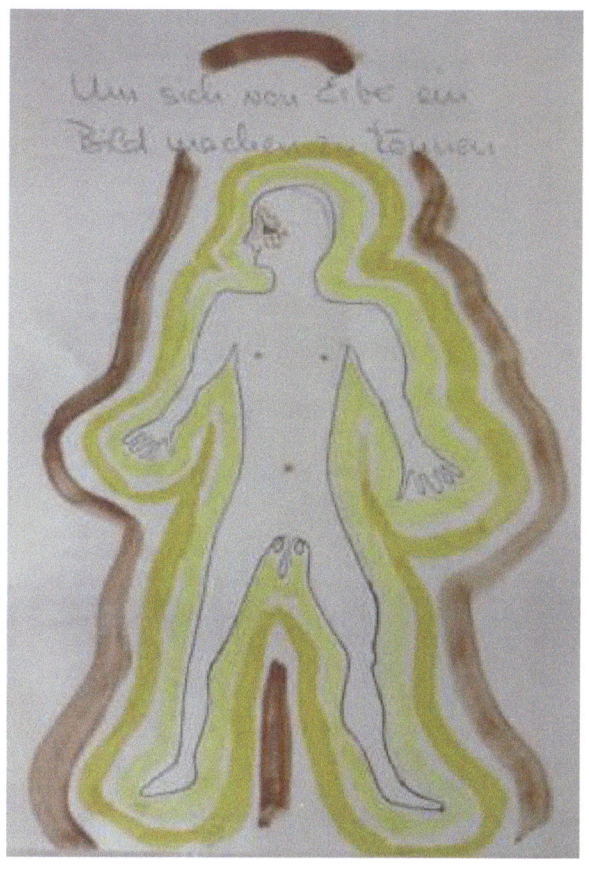

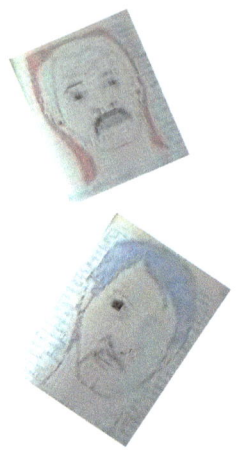

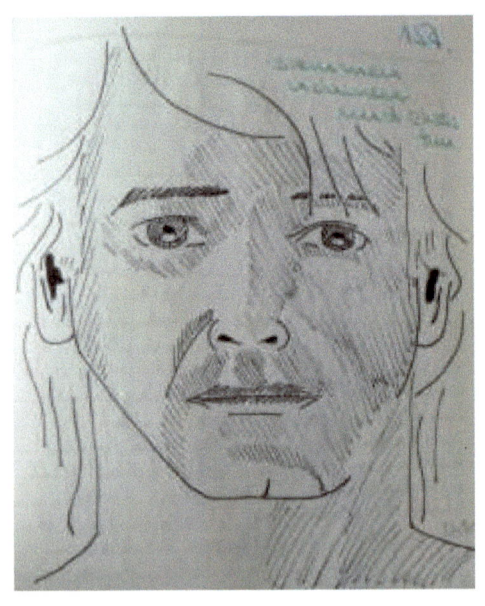

Erber sieht, hört und staunt

Erber sitzt im Theater. Das Stück ist flau. Dann werden Klanghölzer, Tschinellen, Vogel-Stimmen-Flöten und Rätschen unter das Publikum verteilt. Nun beginnt ein Riesengaudi. Die meisten Leute geraten ausser Rand und Band. Viele jauchzen. Erber verlässt das Theater. Er ist bereits als Kind nicht gerne in den Kindergarten gegangen.

Erber fragt die Bekannte, wie es in Mexiko gewesen sei. Sie plärrte, zwischendurch nach Luft japsend, los. In Mexiko City habe sie sich erkältet. In Merida Durchfall bekommen. In Acapulco einen Sonnenstich eingefangen und auf der Isla de las Mujeres hätte eine Riesenschildkröte sie ins Bein gebissen. In Oaxaca sei ihr dann zu allem Überfluss noch ihr Koffer auf den Fuss gefallen, weil der Trottel von Gepäckträger ihn nicht richtig gepackt habe. Die Mexikaner seien total rückständig. Ach ja, und auf dem Flug von Merida nach Oaxaca sei das Fläschchen Hustensirup in ihrer Handtasche zerbrochen und der auslaufende Hustensirup habe ihr den ganzen Tascheninhalt und das Innere ihrer Lieblingstasche versaut. Der Arzt in Acapulco habe ihr wegen des Sonnenstichs zwischen die Beine langen wollen, worauf sie ihm eine habe langen müssen. Die Praxis des Arztes sei überhaupt sehr schmutzig gewesen, nicht wie bei uns. Überhaupt, in Mexiko sei alles schmuddelig. Warum sie nicht zuhause geblieben sei, fragt Erber am Ende ihrer Litanei in aller Unschuld.

Erber bekommt eine Unterhaltung von zwei Frauen mit. Eine Frau erzählt einer anderen Frau empört folgende Geschichte.

„Stell dir vor, kaufte ich doch vor drei Monaten bei Hellerstett diesen wunderbaren Bikini. Schick sage ich dir. Violett und Gelb. Für 132 Franken. Dieser tolle Bikini war mir diesen horrenden Betrag ohne weiteres wert gewesen. Doch jetzt, was muss ich sehen! Wird bei H&M derselbe Bikini für 49 Franken 90 verkauft! Das ist die Höhe. Jetzt kann ich den tollen Bikini unmöglich selber tragen. Sonst glauben die Leute, ich kaufe so billigen Plunder in Billigstläden!"

Erber hört sich an, wie ein Bekannter ihm erklärt, ein hübsches Rilke-Gedicht zu lesen oder eine hübsche Mozart-Sonate zu hören, sei für ihn wie ein wahrgewordener Traum, delektiere ihn unendlich. So ein Quatschkopf, denkt Erber. Haben Rilke und Mozart sich Dinge abgerungen, um Amüsier-Publikum in rosaroten Dunst einzulullen?! Rütteln ihre Werke nicht mehr auf, ist es mit allem Ringen und Mühen in die Binsen gegangen.

Erber ist in einem Wolkenkratzer und sieht, dass alle Fenster geschlossen sind. Er will ein Fenster öffnen. Es gelingt nicht. Er wird belehrt, dass das Air-Conditioning nicht mehr wirksam wäre, sofern Fenster geöffnet würden. Es würde den Energieverschleiss fördern. Logo, denkt Erber. So stimmt das Klima hier drinnen und ist für die Menschen bekömmlich. Wären Fenster zu öffnen, würden zu viele Menschen sich aus diesem Gefängnis stürzen wollen und das wäre für diese Menschen nicht bekömmlich, weil ein Fenstersturz ihr sicheres Aus bedeutet. Ich, denkt Erber weiter, verlasse diesen Wolkenkratzer, in dem ich kein Fenster öffnen und frische Luft atmen kann.

Erber sieht zum blauen Himmel hinauf. Erber träumt, selber blau zu sein. Blau in den Strassen und Gassen herumzutollen. Und auf einem Bein durch die ganze Stadt zu hüpfen. Würde er tatsächlich auf einem Bein durch die Stadt hüpfen, fühlte sich bestimmt ein lieber Mitmensch bemüssigt, die Polizei zu alarmieren. Je bestimmter er auf seinem Recht beharren würde, auf einem Bein durch die Stadt zu hüpfen, desto sicherer würde er in der Klapsmühle landen. Warum soll er nicht herumhüpfen! So schnell mal hüpfen. Bloss kurz. Niemand schaut. Erber wagt es nicht. Würde ein Bekannter ihn mitten in der Stadt hüpfend sehen, würde sein Kopf vor Scham hochrot anlaufen und er würde einen Idioten aus sich machen.

P.S. Wäre Erber nicht alleine und er würde mit einem anderen Menschen vereinbaren, jetzt hüpfen wir ein paar Meter, dann würde er es stolz und lachend tun.

Erber hört jemanden sagen, „Mensch, bist du blöd. Kaufen? Weshalb kaufen! Mach dich schlau, wo demnächst Sperrgutabfuhr ist. Da findest du alles, was du benötigst, am Strassenrand stehen. Sofa, Stühle, Kommoden, Lampen, Bücher, Spielzeug und so weiter. Kannst es mitnehmen. Ohne etwas hinblättern zu müssen. So gut wie auf dem Flohmarkt oder im Brockenhaus sind die Dinge alleweil.

Erber hört einer Bekannten zu.
„Stell dir vor, lasse ich mich von einem Macker für einen One-Night-Stand abschleppen. Ein geiles Kerlchen. Ich bin echt scharf auf ihn. Luxus-Appartement in einer dieser neuen Luxusüberbauungen. Wir kommen gleich zur Sache,

tollen nackt auf seinem riesigen Bett herum. Da raunt dieser Lackel mir mit verruchtem Tonfall ins Ohr, ob es mir nicht peinlich sei, mich unversehens in seiner Luxuswelt vorzufinden. Du, da ist es bei mir aus gewesen. Ich konnte und wollte nicht mehr. Du hättest sehen sollen, wie dieser eingebildete Blödian aus der Wäsche geguckt hat, als ich aufgestanden bin und mich sogleich angezogen habe."

Erber liest in einer konsumentenschützerischen Zeitung einen Artikel über die Art und Weise, wie Konsumenten über den Tisch gezogen, belogen und in Wahrheit bestohlen werden. Am Fuss der Seite eine kleine Annonce, ‚Sex-Dragées, zur Aktivierung des Sexuallebens unentbehrlich.'

Erber liest, dass der Individualverkehr in der Stadt eingeschränkt werden müsse, und denkt spontan, blablabla. Solange an jeder Kreuzung in der Stadt Blechkisten-freundliche Blinklichter aufgestellt werden und solange jede Strasse in der Stadt zur Rennbahn ausgebaut wird, solange ist alles, was zur Beschränkung des Individualverkehrs von den Behörden geäussert wird, reines Geschwätz. Der Durchschnittsbürger käme sich beschissen vor, so hohe Steuern zu bezahlen, um die teuren Asphaltadern zu bauen, und diese dann nicht benutzen sollte.

Erber sieht zwei Möglichkeiten, den einzelnen Blechkisten-Besitzern den Ausflug in die Stadt ein wenig zu vergraulen.

1. Als Fussgänger sich die Stadt zurückzuerobern und dem Blechkisten-Gewimmel ständig in den Weg zu laufen, auf keine Verkehrssignale mehr zu achten. Ein

Verkehrschaos ist unvermeidlich. Alle Blechkisten-Besitzer haben einen Horror davor und werden die Stadt meiden.

2. Die Herrschenden müssten sich dazu durchringen, die Strassen vergammeln zu lassen, sodass Blechkisten-Fahrer und –Fahrerinnen in Schlaglöchern stecken blieben mit ihren ach so geliebten Vehikeln. Aus Liebe zu ihrer Blechkiste meiden sie die Stadt. Und die Blechkisten-Besitzerinnen und –Besitzer dürften ihre Ärsche bewegen, in Trams steigen und zu Fuss gehen.

Erber sieht durchaus ein, dass bei einer Elimination der Blechkisten aus der Stadt und als Folge stockendem Verkauf von Blechkisten Arbeitsplätze gefährdet würden. Gewisse Menschen nichts mehr an Blechkisten verdienen würden. Erber überlegt, dass der Versuch dennoch zu wagen wäre. Besser die Wirtschaft erhält einen Schlag auf den Kopf, als der Mensch zu viel Blei und Abgase in die Lunge. Wenn Automechaniker, Autoverkäufer und andere mehr nichts mehr zu arbeiten und zu beissen haben, werden sie bestimmt im Nu herausfinden, wie und wo sie wieder an etwas zum Beissen rankommen. Schliesslich ist der Mensch nicht auf den Kopf gefallen.

Erber liest, dass bei einem Atomkrieg 20 Millionen Tote hingenommen werden, ohne dass die Wirtschaft ernsthaft in ihrer Existenz gefährdet ist. Daraufhin geht Erber in die Wirtschaft um die Ecke und besäuft sich. Lieber mich sinnlos besaufen, als mich so verschaukeln zu lassen.

Erber und Zorro

Ein Telefongespräch:

„Kaum zu glauben. Da kommen die Eltern zum Elternabend. Bei ihnen vermutet man ein natürliches Interesse an den Problemen ihrer Kinder in der Schule. Doch diese Eltern sitzen wie eine träge Masse da. Hören nicht richtig hin. Meckern dann über Gott und die Welt und alles, was nicht ihre Kinder betrifft. Für sie stimmt die Welt, solange ihnen Zeit zum Meckern eingeräumt wird. Unsere Worte perlen an ihnen ab. Mich zerreisst es manchmal beinahe. Meine Betroffenheit über all die Widerwärtigkeiten artikuliert sich schreiend aus mir hinaus. Bloss so werde ich gehört. Ich muss Dampf ablassen, bevor der Dampf sich sonst irgendwie verflüchtigt und ich unversehens mit allem zufrieden bin, so wie es eben nun mal ist und scheinbar nicht zu ändern ist. Die Leute lieben es nicht, wenn ich schreie. Was soll's. Genug von meinen Sorgen und Nöten. Woran arbeitest du gerade?"

„An einer Kurzgeschichte."

„Spannend. Worüber?"

„Ein Mann lässt seinen Hund immer gewähren. Ohne ihm Grenzen zu setzen. Keine Leine, selbstverständlich. Der Hund rennt in eine Strasse mit viel Verkehr hin. Der Mann ruft den Hund zurück. Der Hund rennt weiter. Der Mann hinterher. Der Mann wird von einem Auto erfasst, wird überfahren, ist mause."

„Na ja."

„Mir schwebt vor, in der Geschichte die wahren Moment verblüffend und unter die Haut gehend zu erzählen. Die plötzliche Ruhe nach dem Unfall. Der Labradorrüde, der mit eingezogenem Schwanz die Unfallstelle umkreist, am Asphalt schnuppert. Die Gaffer, die einen stummen Kreis bilden, bis jemand kreischt, Polizei, Polizei!"

„So, so, so."

„Meine Schilderung scheint dich nicht zu überzeugen. Die Geschichte beginnt total idyllisch. Die Haustüre öffnet sich einen Spalt weit. Aus dem Haus winden sich Schnauze, Kopf und Hals des herausziehenden Labradorrüden, der am Halsband von einer Hand zurückgehalten wird. Die Türe wird weiter aufgezogen und auf den Gehsteig hinaus tritt in gebückter Haltung, weil seine Rechte am Halsband den Hund zurückhält, Erber. Der Kragen seines Trenchcoats ist hochgeschlagen. In seiner gekrümmten Haltung lenkt er seinen Blick nach oben, als ob er Himmel und Wolken betrachten wollte, während er mit gedämpfter Stimme auf den Hund einredet, der nach und nach zu ziehen aufhört. Erber kann das Halsband des Hundes loslassen. Sich aufrichten. Der Hund geht ruhig neben ihm her."

„Entschuldige. Ich lese vor allem Sachbücher und Biographien. Von Romanen, Geschichten verstehe ich nichts."

„Zu einer gut erzählten Geschichte gehört eine Bezogenheit auf das Alltagsgeschehen, das verschlüsselt zwar einem Sachbuch gleichkommt. Erber kauft am Kiosk eine Zeitung. Die Kioskfrau sagt, ‚Mit einem Meister wie dem Herrn Erber, wie soll es da einem Hund nicht gut gehe. Gelt, Zorro?'. Erber antwortet auf diese Worte, auf Zorro gerichtet, ‚Jetzt hast du es gehört, Zorro!'. Menschen, bei denen die Kommunikation bloss noch über den Hund läuft."

„Wie lange soll deine Geschichte werden."

„Ein paar Seiten."

„Du erzählst in gefälligem Plauderton ein hübsches Geschichtchen, beschwörst ein paar idyllische Bilder herauf, damit du die gewünschte Länge erhältst. Garnierst das Ganze mit einem Allgemeinplatz, wie der Entfremdung. Und fertig ist die Schose. Mein Lieber, nimmt meine Offenheit nicht übel. Das kommt mir wie eine Bankrotterklärung der Kunst vor. Wo bleibt da die Getriebenheit, das unbedingt Notwendige in knappen Worten in die Welt hinauszuschreien?!"

„Wenn ich an etwas arbeite, kann ich es noch nicht beschreiben. Die von mir beschriebenen Personen verselbständigen sich und …"

„Was hat dieses Geschichtchen mit deinem Leben zu tun? Wie willst du etwas glaubhaft erzählen, das du nicht kennst!"

„Weil ich es nicht kenne, irritiert es mich und ich muss, ich muss es beschreiben. Glaubst du im Ernst, ich sitze da und konstruiere Handlungen. Sauge mir eine hübsche Fantasie-Geschichte aus meinen Fingern. Die Geschichten fliegen mir zu. Woher, weiss ich nicht. Das nennt man Imagination. Der Bruchteil einer Sekunde, in dem aus einem Lebendigen ein Toter wird. Die Absurdität dieses plötzlichen, unerwarteten Übertritts."

„Beschreibe es!"

„Zu brutal."

„Für wen?"

„Für künftige Leser. Oder selbst für mich. Du, wechseln wir das Thema. Ich mag nicht mehr darüber sprechen. Unsere Unterhaltung führt zu nichts. Sobald die Geschichte geschrieben sein wird, gebe ich sie dir zu lesen."

„Was könnte zu brutal sein, an deiner Geschichte?"

„Erber rennt kopflos, ohne auch nur im Geringsten auf den raschen Verkehr zu achten in die Strasse hinein. Der Kotflügel eines blauen Escort erfasst sein rechtes Bein. Das Bein wird abgedreht und mit ihm Erber, der taumelt, mit Wucht rücklings auf die Kühlerhaube des blauen Escort schliddert. Die Windschutzscheibe des Escort zerbirst. Geringe Mengen Blut spritzen herum. Erbers Körper wird auf die Gegenfahrbahn geschleudert, wo er regungslos liegen bleibt. Ein roter Cougar, der nicht mehr ausweichen kann, rutscht bei blockierten Bremsen holpernd über die Beine von Erbers Körper, zermalmt dessen Knochen und bumst anschliessend, nachdem er sich um seine eigene Ache gedreht hat, unter schrillem Gescherbel in den blauen Escort. Totenstille. Zerknautschte Autos. Ein sterbender Mann und Zorro, mit eingezogenem Schwanz. Drum herum nach und nach ein Kreis von Gaffern.“

„Du wirst gezwungen, dich mit dem tatsächlichen Geschehen auseinanderzusetzen.“

„Rückblende von wenigen Sekunden, nicht mal einer Minute. Erber wendet seinen Kopf, erkennt den blau gespritzten Kotflügel eines Autos. Begreift im selben Moment, in welche Situation er sich kopflos hineinmanövriert hat. Er erstarrt. Im Bruchteil einer Sekunde weiss er, dass er einen schmerzhaftesten Zusammenstoss erleiden wird. Im Bruchteil der gleichen Sekunde, rast eine Folge von Erinnerungen durch sein Bewusstsein. Die Tasse, die nicht abgewaschen in der Küche auf dem Tropfbrett steht. Morgen sind die Hemden in der Wäscherei abholbereit. Wer wird an meiner Beerdigung anwesend sein. Niemand wird mich vermissen. Verdammt, zuoberst in meiner Nachttischschublade liegt ein Pornoheft. – Entschuldige, wenn ich beschreibe, gerate ich in eine solche Erregung hinein dass ich mich nicht mehr unter Kontrolle habe. – Jetzt

fällt mir ein. Als wir an die Côte d'Azur in Sommerferien gefahren sind – ich muss damals noch nicht Elf gewesen sein – mussten wir in Genf den Zug wechseln. Hatten ein, zwei Stunden, bis der französische Zug in Richtung Süden abfuhr. Gingen durch die Stadt. Ich hatte etwas auf der andern Strassenseite erblickt und rannte spontan los. Vage kann ich mich daran erinnern. Kaum war ich losgerannt, hörte ich meine Mutter wie von Sinnen schreien. Ich kehrte um. Wurde schrecklich getadelt. Ob ich noch so klein und dumm sei, kopflos auf die Strasse raus zu rennen. Wenn der Autofahrer nicht so gut reagiert hätte, wäre ich überfahren worden. Sie, meine Mutter, hätte mich bereits unter dem Auto gesehen …
– Vermutlich hast du recht. Die Geschichte gibt nichts her. Ich lasse es bleiben. Die Sache ist erledigt. Ach, was geht über ein offenes Gespräch unter Freunden."

„Schade."

Was soll das ‚schade'?

Frühlingsstimmen

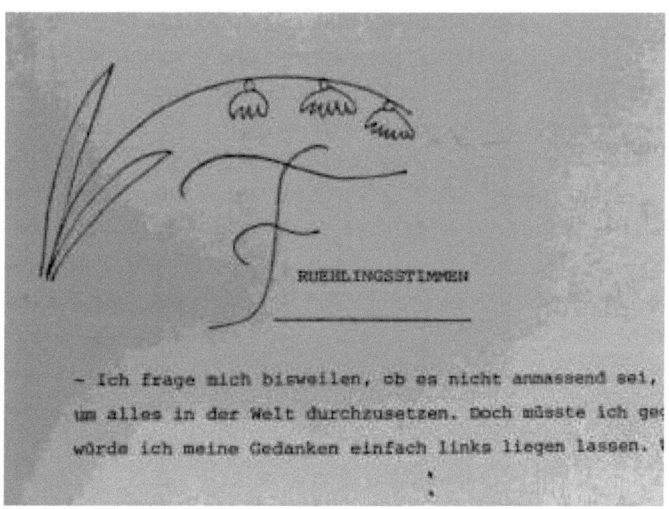

- Ich frage mich bisweilen, ob es nicht anmassend sei, um alles in der Welt durchzusetzen. Doch müsste ich ge würde ich meine Gedanken einfach links liegen lassen. `

„Ich frage mich bisweilen, ob es nicht anmassend sei, seine eigenen Gedanken um alles in der Welt in die Welt zu setzen. Doch müsste ich gegen mich selbst sein, würde ich meine Gedanken einfach links liegen lassen. Wenn ich meinen Gedanken gegenüber fair sein will, darf ich sie nicht unterdrücken. Sonst werde ich unglaubhaft und mir selber gefährlich. Das ist der springende Punkt: ehrlich sich selber gegenüber sein. Wann ist man es? Wann ist man es nicht? Zu viele Fallen. Es besteht die Gefahr, dass man in eine Falle tappt und es nicht bemerkt. Aus Nachsicht, aus Höflichkeit, aus Bequemlichkeit, aus Nettigkeit spielt man sich und der

Welt etwas vor, schwafelt etwas von Kompromissen daher, ist felsenfest davon überzeugt, im Einklang mit seiner Natur zu handeln und verstrickt sich unversehens in Widersprüche. Geht man diesen Widersprüchen nicht unverzüglich auf den Grund, gerät man immer mehr in deren Sog und …"

„Noch ein wenig Karotten?"

„Nein, danke. Ich meine, die Widersprüche …"

„Herr Erber, ihretwegen habe ich diese Karotten gekocht. Ich weiss, dass Karotten ihr Lieblingsgemüse sind. Schmecken ihnen meine Karotten nicht?"

„Okay, noch einen Löffel voll. Danke. Wo war ich stehengeblieben? Die Widersprüche! Man muss sie packen und ihnen auf den Grund gehen. Selbst wenn man sich überwinden muss. Die Ehrlichkeit beginnt im Alltag. Ja, zum Beispiel beim Energiesparen. Wer begeistert sich nicht für die Idee, dass man Energie sparen soll. Rein theoretisch. Aus Notwendigkeit heraus. Doch wann dreht man das Licht aus, wenn es auch ohne Licht geht? Verzichtet man auf die elektrische Zahnbürste? Und so weiter. Es geht um Glaubwürdigkeit und Konsequenz …"

„Sie haben ja überhaupt kein Fleisch mehr auf ihrem Teller, Herr Erber. Greifen sie zu. Ungeniert. In der Küche ist noch mehr."

„Nein, danke. Ich meine, …"

„Seien sie nicht so bescheiden. Genieren sie sich nicht! Hier, dieses Stück, extra für sie. Und das auch noch dazu. Sie sind so schlank. Sie können es sich leisten."

„Danke. Obwohl, ich müsste sagen, ich kann nicht mehr. Von mir aus hätte ich nicht so viel Fleisch geschöpft. Ihnen zuliebe …"

„Ach, tun sie nicht so, Herr Erber. Ich kann es mir locker leisten, sie, wo sie schon einmal hier sind, mit Fleisch zu verwöhnen. Ich nage nicht am Hungertuch und ich weiss, was Männer mögen."

„Die Konsequenz, das ist der springende Punkt. Wir waren ja beim Energiesparen. Manchmal ist es so unsäglich schwierig, dass man sich am Liebsten an den Kopf greifen und nur noch schreien möchte, nein, nein, nein! Die Frage ist bloss, wer einen verstehen würde? Man bekommt Dinge aufgedrängt die man nicht will und die man nicht braucht. Man sollte darauf pfeifen. Aber eben, manchmal ist es so verdammt schwierig. Wir glauben im Ernst, dass diese bestehenden Abhängigkeiten notwendig sind. Das wir ohne sie nicht weiterleben können. Nehmen sie unsere schönen Blechkisten. Verpuffen Benzin, produzieren Verkehrstote, sind liebstes Spielzeug und …"

„Ein Auto habe ich nicht. Könnte es mir überhaupt nicht leisten."

„… überall wird ihnen der Weg geebnet. Sind wir konsequent, geht gleich das Geschrei los, und was ist mit den Arbeitsplätzen?! So ein Quatsch. Einige Wenige würden weniger Profit einstreichen. Verhungern würde niemand, weil der Mensch noch immer einen Weg gefunden hat. Wird er, der Mensch, auf den Konsum reduziert, ist er kein Mensch mehr. Darum geht es. Die Gesellschaftsstrukturen müssen geändert werden. Alles müsste durcheinandergewirbelt werden, dass die Welt, wie sie heute funktioniert, zum Teufel geht."

„Mei, mei, mei, sie kleiner Revolutionär. Ich bin halt nicht ein so gescheites Haus wie sie. Essen sie, essen, gescheite Leute dürfen nicht vergessen zu essen. Sie haben ja keine Sosse mehr. Die Kartoffeln sind so trocken ohne Sosse. Hihihi. Wie können sie nur die Kartoffeln ohne Sosse essen?! Isst er doch, weil er zu schüchtern ist, die Kartoffeln ohne

Sosse! Nein, so etwas. Aber, aber, Herr Erber. Hier, noch etwas Sosse."

„Danke. Den Leuten sollte klar sein, dass sie verschaukelt werden. Man muss sich auf das besinnen, was man tatsächlich benötigt. Alles Übrige braucht man nicht. Was bedeutet Luxus? Nichts! Ausser dass er eine Gesellschaft schafft, die vor Überfluss nicht mehr weiss, wo sie steht. Darob zu leben vergisst. Und zum Psychiater rennt."

„Probleme haben die Leute! Jetzt bleibt wahrhaftig dieses kleine Bisschen Karotten übrig. Herr Erber, das können sie mir nicht antun. Schmecken ihnen etwa meine Karotten nicht. Bloss dieses kleine Bisschen."

„Nein, danke."

„Och, das ist aber schade. Ich schöpfe mir die Hälfte. Und sie nehmen den Rest."

„Danke. Manchmal ist es zum Verrücktwerden. Ein Wahnsinn!"

„Was wünschen sie zur Nachspeise."

„Ein Wahnsinn!"

Sie sammelt lächelnd die beiden leer gegessen Teller ein, stellt die Schüsseln zusammen auf die Teller, geht zur Küche und fragt ihm Abgang, Bananensplit? Weil sie keine Antwort bekommt, schaut sie zurück. An Erbers Platz liegt die zerknüllte Serviette auf dem Tisch. Sie erschrickt. Sie kann es nicht fassen. Sie fragt sich entsetzt, ob sie womöglich die Karotten mit zu wenig Thymian abgeschmeckt hatte.

Solange das Wasser gemütlich rauschend ...

Solange das Wasser gemütlich rauschend in seinem Bett durch die Stadt fliesst, solange man sich samstags am Stammtisch trifft und stolz die Untaten seiner Kinder zum Besten gibt und solange man murrend seine Steuern bezahlt, lautstark und trotzdem leise über das Militär schimpft, Hippies mitleidig belächelt, solange herrscht Ruhe.

Solange nur ausserhalb der Stadtmauern die Non-Violence-Schreier kein Ende der Gewalttätigkeiten zu bieten haben und an Stelle von Friedensvorschlägen mit Blümlein die Wirklichkeit zu übertölpeln suchen, eine tatsächliche Stellungnahme umgehend, da diese wiederum Standvermögen erfordern würde, solange Gleichberechtigung im Ausland Märtyrer fordert, solange Studenten in Sportwagen zu Ho-Ho-Ho-Chi-Ming-Demonstrationen reisen, solange geniesst diese Stadt ihre Ruhe.

Solange die Schweiz mit dem hintersten Arabien sich die Hand im Bunde reichen kann, da standhaft beide Länder ihre Sklavinnen als solche beibehalten wollen (Anm. des Herausgebers: das Frauenstimmrecht wurde in der Schweiz 1971 eingeführt), mengen sich keine Nebengeräusche in das leise Gemurmel des Flusses.

In dieser kleinen Stadt, die von der Ruhe buchstäblich in Beschlag genommen wird, die das pulsierende Leben bloss vom Hörensagen her kennt, deren Tagblatt täglich erscheint, deren Väter nicht einmal „halb auf dem Baum" (*Anm. des Herausgebers: dieses Zitat bezieht sich auf den Titel eines Bühnenstücks von Peter Ustinov, das in der Saison 1967/68 im Schauspielhaus Zürich aufgeführt wurde*) sind, hätte der Fluss keinen Grund, nicht gemütlich durchzurauschen.

Unruhen sind unmöglich. Die strengen Sitten wurden nie über Bord geworfen. Die Moral ist gefestigt, wenigstens nach aussen hin. Die Bürger scheinen vertrauenswürdig, selbst wenn man sie besser zu kennen glaubt. Nur die Regierung könnte alles besser machen, ansonsten ein beliebtes Gesprächsthema wegfallen würde. Würde etwas geschehen, wären die Täter bestimmt Milieu-Geschädigte, und das sind ja nicht wir. Nein, solange die Schuld an allem auf komische Subjekte abgewälzt werden kann, wird es munter, mit aufgesetzter Trauermiene, getan – seien dies Ausländer, Gammler oder LSD-Süchtige. Bei Ersteren ist man eher zurückhaltend, weil man nicht der sein will, der Leute bei der Fremdenpolizei anschwärzt. Auf die Pauke aber hauen kann man bei den Gammlern, dem arbeitsscheuen Gesindel, weil sie durch ihre mit Blumen und Haarpracht verdeckten schmutzigen Hälsen das fein säuberlich aufpolierte Stadtbild zu beeinträchtigen drohen. Und erst recht die Süchtigen, dieser Makel einer Gesellschaft. Ja, das Städtchen schläft und seine Einwohner huldigen träumend der idyllischen Tugend. Müsste jemand in der Stille dieses Städtchens, durch das der Fluss gemütlich rauschend hindurchfliesst, befürchten, jemals aufgeweckt zu werden? Wer weiss!

Stelle man sich Folgendes vor, eine Geschichte zwar, die die Polizei benötigen würde, die ihrerseits verlangsamt durch Wohlstandsbäuche sich erst am Tatort einfindet, nachdem die Spatzen das Ereignis bereits seit langem von den Dächern pfeifen. Wir setzen beim Erzählen der Geschichte lange vor dem Zeitpunkt ein, als die Polizei am Ort des Ereignisses eintrifft. Erstaunte und entsetzte Bürger scharen sich um den wohlbeleibten, mit sonorem Bass sprechenden Bäcker und lauschen angespannt der furchterregenden Geschichte, die dieser mit packender Lebendigkeit erzählt.

Betritt ein anscheinend normaler Bürger mein Ladengeschäft. Unversehens, aus heiterhellem Himmel, vor aller Augen, vor den Augen der Kundschaft, meiner Frau und meiner Tochter, die seit ihrer Schulentlassung im Ladengeschäft mithilft, zückt dieser anscheinend normale Bürger eine Pistole und ruft mit metallig scharfer Stimme, „Händsöp!"

Zwischenruf eines Zuhörers: „War bloss eine Wasserpistole!"

38

Dann habe das komische Subjekt sich eines Gegenstandes aus den Geschäftsauslagen bemächtigt.

Zwischenfrage eines umstehenden Zuhörers: „Was genau hat er genommen!"

Der Bäcker wird verlegen, windet sich und gesteht dann zögernd, dass er den Gegenstand, den der Dieb gestohlen habe, nicht zu bezeichnen gedenke, weil er seine Gründe habe, darüber den Schleier eines Geheimnisses auszubreiten. Abgesprochen nämlich sei, dass der Drogist diese Art von Gegenständen exklusiv in seinem Ladengeschäft verkaufe. Still geduldet werde jedoch, dass die meisten dieser Art von Gegenständen im Warenhaus verkauft werde. Falls er jetzt den Gegenstand, der ihm gestohlen worden sei, bezeichnen würde, könnten der Drogist und der Warenhausbesitzer ihm diese öffentliche Erklärung, dass er Gegenstände dieser Art in seiner Geschäftsauslage führe, als Werbung auslegen und dann bestünde die Gefahr, dass beide ihr Brot nicht mehr bei ihm, dem Bäcker kaufen würden, aber beim Fleischer, der seit einiger Zeit, wie man mit Befremden habe feststellen müssen, ebenfalls Brot verkauft. Tragisch wäre es nicht, falls der Drogist und der Warenhausbesitzer ihr Brot beim Fleischer kaufen würde, denn niemand sei auf die paar Cents angewiesen, doch würde es das gutnachbarschaftliche Verhältnis unnötig strapazieren. Daher sei er nicht bereit, den gestohlenen Gegenstand namentlich zu bezeichnen. Der Dieb, dieser Erzgangster, habe den Gegenstand in affenhafter Behändigkeit geschnappt und sei, sie alle mit der Pistole in Schach halten, rückwärts zur Türe raus gegangen und dann rennend in einem wartenden Automobil verschwunden.

Sogleich beginnen die Spatzen mit ihrem Konzert und pfeifen das Ereignis von den Dächern. Von der Traube gebannt zuhörender Leuten, die an den Lippen des Bäckers hängt, der auf der untersten Stufe der drei Tritte steht, die in sein Ladengeschäft hinauf führen, hört niemand auf die Spatzen. Die Polizei erscheint am Ort des Geschehens. Der Polizist bahnt sich mühsam eine Gasse durch die Menge. Er pflanzt gegenüber dem Bäcker beide Füsse fest auf den Boden, streckt seinen Bauch raus, vollführt mit den Armen eine ausholende Bewegung, um seiner Person den ihm gebührenden Raum zu schaffen und um anschliessend beide Daumen in den Gürtel seiner Uniformjacke einzuhaken.

- Name des Täters?

Bevor das Publikum lachen oder weinen kann, tritt Totenstille ein. Der Polizist streicht mit dem Zeigefinger seiner rechten Hand seinen Schnurrbart glatt. Der Bäcker atmet schwer. Heulend nähert sich die Gärtnersfrau. Die Menschenmenge bildet eine Gasse zwischen Gärtnersfrau und Polizist. Die Gärtnersfrau steht heulend still.

- Hat die Katze den Kanarienvogel gefressen oder ist der Gärtner mit seinem Traktor verunfallt, fragt der Polizist besorgt, während das Pfeifkonzert der Spatzen nochmals anschwillt.

Von Heulkrämpfen geplagt, schüttelt die Gärtnersfrau ihren Kopf und stammelt unzusammenhängend ein paar Worte. Worte wie „Rosenbeet" und „alles futsch".

Ätsch, reingefallen. Die Geschichte ist reine Phantasie und hat sich nicht tatsächlich zugetragen, weil sich in diesem ruhig vor sich hin schlafenden Städtchen nie etwas Ungehöriges ereignet. Die Geschichte wurde ausgehirnt, weil sich in diesem ruhig vor sich hin schlafenden Städtchen nie etwas ereignet. Womöglich würde sich in diesem ruhig vor sich hin schlafenden Städtchen endlich mehr ereignen, wenn die do-it-yourself-Anhänger oder das Chicago-Gang-Wesen aus den Dreissigerjahren hier endlich Fuss fassen würden. Doch nichts dergleichen geschieht. So träumt das Städtchen in den Tag hinein und verpasst die Weltgeschichte. Womöglich aber tut es dies absichtlich. Später wird es womöglich gähnend und sich reckend aufwachen, dann, wenn man sich auch in Berlin wieder tummeln kann, ohne Gefahr zu laufen, von der Polizei verprügelt zu werden, wenn die olympischen Spiele wieder sportliche Wettkämpfe sind und so weiter blablabla. Lasst das Städtchen ruhig schlafen und hütet euch vor der Idee, in der Bäckerei die Rosenschere zu klauen, um im Garten der Gärtnersfrau die Rosen abzuschneiden. Wenn schon, dann sollte ein solcher Vorgang ordentlich vor sich gehen, nämlich so: Ein junger Mann öffnet die Türe, schaut sich im Laden um, wendet sich an die Verkäuferin und möchte gerne 20 Rosen, hübsch zu einem Strauss gebunden. So wird der Frieden im ruhigen Städtchen nicht gestört und Barbara kann sich über die Rosen zu ihrem Geburtstag freuen, während der Fluss gemütlich rauschend durch das schlafende Städtchen fliesst.

Wow!

Das viele Gerede über Sex hängt mir zum Halse raus, denkt Erber beim Wachliegen mitten in der Nacht. Entweder man tut es oder tut es nicht. Bloss darüber reden, ist schwach. Um das Thema für sich ein für allemal zu erledigen, dreht er einen Pornofilm. Plant es zumindest. Er besitzt weder die technischen und finanziellen Mittel, noch die Fähigkeiten, einen solchen Film zu drehen. Das Projekt jedoch steht fest.

Bild	Text
Die Kamera s richtet sich	
auf zwei Münder	

	ER	Es wird gehen
	SIE	Du, es ist in Ordnung

ER	Warte
SIE	Ich bin so glücklich
ER	Entschuldige, vielleicht geht es später
SIE	Es gibt anderes, als nur gerade die Penetration
ER	Dazugehören tut es aber schon. Mein Pimmel bleibt schlaff. Wo ich so gerne einen Ständer haben möchte
SIE	Nur einfach lieb zu einander sein, ist ebenfalls schön.

Zwei Gesichter von oben, nebeneinander auf einem Blumenmuster Kopfkissen

ER	Erschöpfung kann es nicht sein. Ich habe gestern nichts gehabt. Und heute noch nicht einmal gewichst.
SIE	Drehe dich auf den Bauch. Ich möchte deinen Rücken streicheln
ER	Ist mir noch nicht passiert

Der Mann dreht sich. Sein Hinterkopf neben dem Gesicht der Frau

SIE	Habe ich etwas falsch gemacht?
ER	Nein. An dir kann es nicht liegen. Mein Pimmel, er

43

	alleine streikt. O ja, du ein bisschen fester.
SIE	So? Ach! Du hast geile Arschbacken. So richtig zum Durchknutschen. Magst du es?
ER	Ein bisschen tiefer. Ja. Zwischen den Beinen. Übrigens, ein bisschen gelogen habe ich. Es passiert mit öfters. Doch erst in letzter Zeit. Ja, da.
SIE	Ja, da. Ruhig streicheln, dann fester. Du machst mich ganz anders. Ja, genau so. Hast du gerne, wenn ich …?

Der Mann dreht sich zur Seite. Der Kopf der Frau verschwindet

ER   O, o, o. Ja, hier habe ich's auch gerne. Auf der Innenseite der Schenkel.

Langsam schiebt sich der Kopf der Frau wieder ins Bild. Wieder beide Köpfe von oben nebeneinander

SIE   Jetzt ist es ein bisschen hart geworden. O, o, …. it baby

44

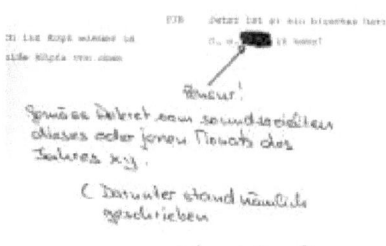

ER   Sachte, nicht zu fest, sonst wetzest du mir die Haut auf.

SIE   Liebling, o, o, o.

ER   *in ihren Körper hinein redend* Du geiles Stück.

SIE   Ich bin so glücklich. O, steck deine Zunge etwas tiefer ein. Liebling! Ja, ja. Ein Bisschen fester.

Der Kopf des Mannes schiebt sich auf den Kopf der Frau

ER   Jetzt wird er wieder schlaff.

SIE   Rubbel mit der Hand. O, o, o.

Die beiden Köpfe liegen wieder nebeneinander

SIE   Liebling

Die Frau schaut den Mann von der Seite her an

SIE   Traurig?

45

	ER Wenn's einfach nicht klappen will.
	SIE Wetten?
Der Kopf der Frau verschwindet aus dem Bild. Der Gesichtsausdruck des Mannes ist verklärt. Er verdreht die Augen	
	ER O, o, o.
	SIE *aus der Ferne* Liebling, jetzt hat es doch geklappt.
Der Kopf der Frau schiebt sich wieder ins Bild, nahe dem Kopf des Mannes. Die beiden Köpfe berühren sich. Neues Bild: die beiden Oberkörper aneinander gekuschelt	
	ER Irgend so ein Schauspieler hat geschrieben, dass er 12 Mal in einer Nacht kann.
	SIE Ein Aufschneider.
	ER Vielleicht kann er 12 Mal. Möchtest du, dass ich 12 Mal kann in einer Nacht?
	SIE Du gefällst mir so, wie du bist.
	ER Ohne 12 Mal.
	SIE Zzzzz. 12 mal!

ER   Vielleicht wär's gut mit 12 mal. Dann gibt's Zwölflinge.

SIE   Und mein Bauch? Würde glatt zerspringen.

ER   Oder es gäbe 12 Miniaturmenschlein.

Die beiden Bäuche.

SIE   Sie würde man kaum sehen. Möchtest du überhaupt ein Menschlein machen.

Der Bauch des Mannes dreht sich.

ER   Eines schon, doch nicht 12. Was würden wir mit Zwölfen anfangen? Müssten Zwischenböden in die Wohnung einziehen, um überhaupt genügend Betten aufstellen zu können. Zudem hättest du nicht genügend Titten, um alle Zwölf zu säugen. Und ich nicht genügend Hände, um alle zu halten.

Der Bauch der Frau wendet sich ebenfalls, so dass die beiden Bäuche sich gegenüber sind.

SIE   Ich liebe dich. Halte mich fest.

| | ER | So, wie jetzt, möchte ich immer mit dir zusammensein. |
| | SIE | Immer so liegenbleiben. |

Die Hüften der Beiden.

	ER	Bin ich mit dir zusammen, bin ich voll da.
	SIE	Beim Alleinsein fehlt etwas.
	ER	Ich sollte gehen.
	SIE	Bleibe.
	ER	Zeit, aufzustehen.

Die Oberschenkel der Beiden.

	SIE	Du stehst auf, gehst raus, stossest auf jemand anderen, die dich ergänzt.
	ER	Wäre möglich. Denke aber nein. Ich liebe dich. Ich will niemand anderen. Nur dich, nur immer dich.
	SIE	Und wenn du plötzlich anders denkst.
	ER	Sprichst du so, muss ich annehmen, du zweifelst an unserer Liebe. Solange wir uns ehrlich lieben, bleiben wir zusammen, weil wir zusammengehören.

SIE, ER   Ah. Oh. Ah. Oh.
Ah. Oh. Ah. Oh. Ah. Oh.
Ah. Oh. Ah. Oh. Ah. Oh.
Ah. Oh. Ah. Oh. Ah. Oh.
Ah. Oh. Ah. Oh. Ah. Oh.
Ah. Oh.

Die Füsse. Schnitt. Aus der Vogelperspektive zwei Körper in Zärtlichkeit verschlungen auf einer nilgrünen Decke liegend. Plötzlich erstarrt er, setzt sich auf.

ER   Verdammt. Ich komme zu spät ins Geschäft.

SIE   Ich auch.

Das Gesicht der Frau, verklärt lächelnd. Seine Stimme aus dem Off.

ER   Hallo? Ja. Herr Trantus, die Sache ist nämlich so, ich hatte eine Autopanne und nun sitze ich fest. Ich werde erst gegen Mittag im Geschäft sein können.

SIE   *lacht*

Aus der Vogelperspektive zwei Körper in Zärtlichkeit verschlungen auf nilgrüner Decke.

ER   Ich kann ihm nicht verkünden, dass du mir

jetzt wichtiger bist als das Geschäft.

Zwei Hände, die sich festhalten. Musik erklingt. Help me make it through the Night von Kris Kristofferson.

The End

Weil ich nicht filmen kann, werde ich diesen Film nie drehen, denkt Erber und schläft ruhig wieder ein.

Als ob alles seine Bedeutung hätte

Erber und Peter sind zusammen in ihrer Lieblingsbar. Peter ist munter und zu spannendsten Gesprächen aufgelegt. Nippt von Zeit zu Zeit an seinem Glas. Erber, der Träumer, scheint wieder einmal irgendwelchen Träumen nachzuhängen und schüttet den Wein unmässig in sich rein. Peter motzt, „wenn es dem Herrn nicht gefällt, sich mit mir zu unterhalten, dann können wir unsere Sitzung ja gleich aufheben." Erber scheint nicht einmal das zu hören. Peter stösst Erber an und wiederholt seine Bemerkung.

Erber ist besessen von einer verrückten Idee. Über die er noch mit niemandem sprechen will. Weil die Idee auch gar zu verrückt ist. Und zudem ihre Umsetzung ein Heidengeld kosten würde. Wenns und Abers liefern sich in Erbers Kopf spontane Schlachten, denen Erber sich beim besten Willen nicht entziehen kann, auch nicht, um mit seinem lieben Freund Peter über Beliebiges zu sprechen. Erber ist sich bewusst, dass Peter ihn so gut kennt und ihn durchaus verstehen würde, wenn er wüsste oder auch nur ahnte, worum es geht. Als Peter sich verabschiedet, schnauft Erber auf. Peter wirft zum Abschied grinsend hin, „du bist ein lieber Kerl, doch heute nur bedingt geniessbar. Melde dich, sobald deine Sensoren wieder auf Empfang eingestellt sind."

Erber sitzt an seinem Küchentisch. Rechnet und rechnet. Mal so, mal anders rum. Wie er es dreht und wendet, seine finanziellen Reserven sind knapp. Seine mentale Registrierkasse kann noch so viele Tring dideriding tring trings von sich geben, sein Geld mehrt sich nicht. Er muss sich die Umsetzung seiner Idee endgültig aus seinem Kopf schlagen.

Erbers Idee ist noch nicht aus seinem Kopf verschwunden. Sie juckt ihn noch immer. Anstatt im Stammlokal mit den Arbeitskollegen ein deftiges Mittagessen einzunehmen, kauft er sich eine Semmel und einen Apfel und heckt dabei spontan und unbewusst den Plan aus, mit Einsparungen beim Mittagessen so viel Geld zu sparen, dass … Kaum wird Erber dieser Gedanke bewusst, schüttelt er verzweifelt seinen Kopf und schaut sich in der Umwelt um, um auf andere Gedanken zu kommen. Da steht er doch, dem Himmel sei's getrommelt und gepfiffen, tatsächlich vor einer Buchhandlung. Schwupps ist er in der Buchhandlung und verlangt bei der Buchhändlerin diesen Roman, „sie wissen schon, vorvorgestern kam diese Verfilmung am TV und viele Szenen spielen in diesem so tollen Hotel Oloffson, diesem Gebäude im Laubesäge-Stil." Die Buchhändlerin grinst ihn frech an und rät ihm, wieder in die Buchhandlung zu kommen, sobald ihm der Titel des Romans wieder eingefallen sei.

Kaum zurück an seinem Schreibtisch im Büro fallen Erber Titel und Autor des Romans wieder ein. ‚Stunde der Komödianten' von Graham Greene. Erber bleibt zu lange im Büro hängen. Als er endlich Feierabend macht und auf der Strasse steht, sind die Geschäfte, Buchhandlungen und auch Reisebüros, bei denen er sich über Reisemöglichkeiten schlau machen möchte, bereits geschlossen. Vor der geschlossenen Eingangstüre eines Reisebüros steht noch ein Gestell mit Prospekten. Erber schnappt sich einen Prospekt für Reisen in die Karibik. Kurze Blicke in den Prospekt zeigen ihm, dass Reisen dorthin sündhaft teuer sind und er seine gesamten Ersparnisse inklusive Notgroschen aufwerfen müsste, seine verrückte Idee umzusetzen. Ausser er würde es wagen, in dieses touristisch kaum erschlossene und politisch eher fragwürdige Land auf eigene Faust zu reisen.

Erber hadert mit dem Schicksal, das ihn zu dem Träumer gemacht, der er nun mal ist. Wie gern würde er wie alle andern sein, durchschnittlich, pflegeleicht und immer umgänglich.

An seinem freien Tag schrubbt Erber nach Jahren wieder einmal seine Küche, um auf andere Gedanken zu kommen und sich die verrückte mit einer Reise nach Haiti im Jahr des Herrn 1974 endgültig aus dem Kopf zu schlagen. Das Telefon schrillt. Erber schreckt auf. Er ist froh, abgelenkt zu werden, greift mit Schwung zum Hörer und führt diesen ans Ohr. Er erkennt sogleich die Stimme von Berti, der Frau seines väterlichen Freundes Peter. Gewohnheitsmässig wirft er eine freundlich-spitze Bemerkung hin, die jeweils von ihr aufgefangen und in ebenso spitzer Form zurückgeworfen wird. Berti aber schweigt diesmal. Erber stutzt. Als sie gesagt hatte, was sie mitzuteilen hatte, schluckte er leer und glaubte an einen Scherz. Mit diesen Dingen aber scherzt man nicht. Wie im Traum legt er den Hörer auf und muss sich bei jeder Bewegung sagen: jetzt musst du das tun. Er weiss nicht, ob er das Ganze nur geträumt habe. Er zieht die Lederjacke an, die Stiefel, nimmt den Helm, verlässt die Wohnung. Ein Sonnenuntergang, rot im Horizont, strahlend gelb darüber und dann himmelblau, gegen die Wölbung der Kuppel hin dunkler werdend. Ein schöner Sonnenuntergang. Wo Peter jetzt sein mag.

Erber sitzt Berti gegenüber. Sie schweigen sich an. Sie sagt, „schau, wie blöd ich bin. Jetzt werde ich gleich losheulen." Erber legt seine Hand auf die ihre. Später sagt sie, die Beamten hätten gesagt, man solle die persönlichen Gegenstände … Schluchzen unterbricht den begonnenen Satz.

Erber steht vor dem Schalter und überlegt sich, dass Berti ihm keine Vollmacht ausgestellt hatte, um die persönlichen Gegenstände vom in der Öffentlichkeit verstorbenen Peter abzuholen. Spielt der Beamte auf zickig, wird er die Herausgabe an Erber verweigern. Beamtenmentalität kennt man ja zur Genüge. Entgegen den Erwartungen kondoliert der Beamte Erber. Verlangt einen Ausweis. Notiert sich seine Daten auf einen Zettel. Er hält Erber offensichtlich für einen nahen Verwandten, des in einer Einkaufsstrasse der Stadt an einem Herzschlag Verstorbenen. Der Beamte verschwindet kurz, kommt wieder, legt einen durchsichtigen, mit verschiedenen Gegenständen prall gefüllten Plastiksack auf die Abschrankung des Schalters und bittet Erber, ein Formular zu unterzeichnen. Durch das Plastik erkennt Erber Peters Uhr. Ihm wird mulmig. Der Beamte übergibt ihm den Plastiksack und nickt ihm zu.

Zurück im Wohnzimmer der Wohnung von Berti und Peter, wirft Erber den Plastiksack auf den Tisch. „Ich kann das Zeugs nicht ansehen!"

Berti sagt, Peter hätte ihr am Morgen noch gesagt, er werde sie immer lieben, als ob er geahnt hätte, dass sie sich nicht mehr lebend sehen werden.

Erber schielt, ohne zu wollen, auf den Plastiksack. Erkennt den Schlüsselbund von Peter. Dessen Zigaretten. Dessen Feuerzeug. „Es ist doch nicht möglich, dass jemand einfach so verschwindet. Weg ist. Nicht mehr da."

Berti meint, es sei sinnlos, den Plastiksack mit den Dingen, die Peter noch auf und bei sich getragen habe, unberührt auf dem Tisch liegen zu lassen. Das sei falsch verstandene Ehrfurcht. Bringe Peter auch nicht wieder zurück. Sie fordert Erber auf, den Plastiksack samt Inhalt zu behändigen. Erber wehrt sich dagegen. Was er mit dem Schlüsselbund von Peter anfangen solle. Die Uhr von Peter müsse unbedingt dem Sohn zukommen und nicht ihm. Berti schüttet den gesamten Inhalt des Plastiksacks auf den Tisch aus. Gegenstände und wenige Kleidungsstücke purzeln durcheinander auf den Tisch. Sichtbar wird auch ein Paket, das als Geschenk verpackt ist. Mit Geschenkpapier einer Buchhandlung. Im Ausmass eines Buches. Berti nimmt das als Geschenk verpackte Buch. Drückt es Erber in die Hand. Du hast in wenigen Tagen Geburtstag. Bestimmt hat Peter daran gedacht, der Gute, und dieses Buch hier als Geschenk für dich zu deinem Geburtstag gekauft.

Erber giesst nochmals Cognac nach in sein Glas und leert es in einem Zug. Mit zittrigen Händen tastet er das Paket ab, bevor er es auszupacken beginnt. Er nestelt unter dem Sperberblick von Berti an der Schleife herum, bis es ihm gelingt, den Knopf zu lösen. Er reisst das Geschenkpapier auf. Ein Blick genügt und Erber erstarrt. Es läuft ihm kalt den Rücken runter. Dann wird ihm heiss, beinahe schwindelt ihn.

„Was ist," fragt Berti mit besorgter Stimme.

„Ich fasse es nicht. Das, genau das, ,Die Stunde der Komödianten', ist der Roman, den ich mir heute unbedingt hatte kaufen wollen. Dessen Titel mir nicht mehr eingefallen war. Mir war nämlich neulich die absolut verrückte Idee gekommen, nachdem ich die Verfilmung dieses Romans, der in Port-au-Prince, auch im so schönen Hotel Oloffson spielt, zufällig am TV gesehen hatte, mit Liz Taylor und Richard Burton und Peter Ustinov, selber nach Haiti zu reisen. Ich hatte mit niemandem darüber gesprochen. Auch nicht mit Peter. In Tagträumen hatte ich mir ausgemalt, wie spannend es wäre, dort zu sein. Doch konnte ich mich bisher nicht entschliessen, die Reise tatsächlich und ernsthaft zu planen. Nun dieses Buch. Ein Fingerzeig, dass ich die Reise nach Port-au-Prince und Pétionville unbedingt machen soll …"

Mit dem Buch, dem letzten Gruss seines Freundes Peter, in der Tasche stürzt Erber sich zurück in seiner Wohnung als Erstes auf alle Geldverstecke in der Wohnung. Zählt seine Moneten und weiss, es wird reichen. Er wird nach Haiti reisen. Los geht's!

Es ist halt nun mal so

Eine Folge grauverhangener Tage. Paula tankt Sonne auf den Kanarischen. Das faule Stück von Paula könnte mir auch mal eine Ansichtskarte schreiben, quengelt Erber tagtäglich und hofft, endlich die ersehnte Nachricht von Paula vorzufinden. Jeden Tag rennt er schneller die Treppen von seinem dritten Stockwerk runter zum Briefkasten, um jeden Tag noch bitterer enttäuscht zu sein, wenn er wieder die Ansichtskarte von Paula nicht erhält. Am Freitag, den 13., dann – es giesst wie aus Kübeln draussen – liegt zwischen zwei Briefen die heiss ersehnte Ansichtskarte. Das Foto zeigt eine Landschaft mit Vulkanen, darüber strahlend blauer Himmel. Der Text auf der Rückseite: ‚Bin in Eile stopp Mittwoch um Zehn Flugplatz stopp Bussi stopp Paula'. Erber denkt etwas irritiert, dass sie zumindest noch hätte schreiben können, wie sehr sie ihn vermisse. Gleichzeitig hält er nichts von Sentimentalitäten. In Vorfreude auf Mittwoch um Zehn reisst er den Umschlag eines ihn seltsam anmutenden Briefes auf. Er überfliegt den Brief. Erstarrt. Legt den Brief mit zittrigen Händen beiseite. Greift sich an den Kopf und glaubt zu träumen. Der Schock über den Inhalt des Briefes trifft ihn wie ein Hammerschlag. Er hält den Atem an und denkt, ich schnappe über.

Erber geht zum Schrank. Kann sich nicht erinnern, weshalb er ausgerechnet vor dem Schrank steht. Öffnet die Schranktüre. Weiss nicht, weshalb er die Schranktüre öffnet.

Geht in die Küche. Steht vor dem Kühlschrank. Hat keinen blassen Schimmer, weshalb er vor dem Kühlschrank steht und nach dem Griff der Kühlschranktüre greift, im Begriff, den Kühlschrank zu öffnen. Er redet sich gut zu und fordert Erber auf, ruhig Blut zu bewahren und Inge anzurufen. Als Inge sich meldet, stottert Erber etwas daher. Ihm dröhnt der Kopf. Er weiss nicht, was sagen, und beendet den Anruf.

Es klingelt an der Wohnungstüre. Inge steht davor.

„Du hast mir einen schönen Schrecken eingejagt. Zumindest stehst du lebend vor mir. Sag schon, was ist geschehen. Du bist ja so aufgeregt. Sag schon, was los ist. Trinke Zuckerwasser. Das beruhigt. Wart schon, wo habt ihr den Zucker?"

„Jetzt brauche ich zuerst ein Bier."

„Typisch Mann. Im Kühlschrank ist kein Bier."

„Komm, wir gehen in die Kneipe. Dann kann ich dir schön in Ruhe erzählen, was geschehen ist. Ich lade dich zu einem Bier ein. Komm!"

„Typisch Mann! Ein Bier. Ich möchte einen Grand Marnier."

„Okay. Komm schon."

Erber und Inge sitzen an der Bartheke der Helvti Bar auf Barhockern. Inge ist gespannt, was Erber ihr zu berichten hat.

„Heute habe ich einen Brief erhalten."

Inge lacht und kann nicht verstehen, dass ein Brief, gleich welchen Inhalts, einen Menschen so sehr aus der Fassung bringen kann. Ein ihnen fremder Barbesucher, der neben ihnen steht und sein Bier trinkt, raunt Inge zu, sie müsse ihn dazu bringen, dass er endlich rauskotze, worum es gehe und nicht länger solche erbärmlichen Grimassen schneide und mit den Armen herumfuchtle.

„Mischen sie sich bitte nicht ein," schreit Erber den Unbekannten an. „Ich möchte ja sehen, wie sie sich fühlen, wenn sie als Beschuldigter von der Staatsanwaltschaft vorgeladen werden und keinen blassen Schimmer haben, was sie verbrochen haben könnten. Ach, es ist zum Verzweifeln. Jetzt ist auch schon alles egal. Neulich habe ich Porno-Heftchen aus dem Ausland bestellt. Womöglich ist es verboten und die Staatsanwaltschaft hat Wind davon bekommen. Als Beamter mache ich mich unmöglich, wenn ich verurteilt werde. Es könnte mich den Job kosten. Ich drehe durch."

Der Fremde sagt, Porno-Heftchen aus dem Ausland zu bestellen sei kein Straftatbestand. Wenn er sich nichts habe zuschulden kommen lassen, liege bestimmt ein Missverständnis vor. Erber sagt, er habe es schwarz auf weiss. Er wohne gleich um die Ecke. Er hole den Brief. Erber kommt mit dem Brief zurück und zeigt ihn Inge und auch dem Fremden.

„Tatsächlich eine Vorladung," sagt der Fremde. „Und erst noch als Beschuldigter."

„Das ist es ja, was ich sage. Und was mich total verrückt macht. Ich kann mir nicht vorstellen, worum es geht. Anzurufen und bei der Staatsanwaltschaft nachzufragen, worum es gehe, macht wohl keinen Sinn."

„Sie haben recht, macht keinen Sinn," sagt der Fremde.

„Dann muss ich wohl hingehen, am … Am … Ach, da. Mittwoch. Zehn Uhr. Da kommt Paula von den Kanarischen zurück und ich muss sie am Flugplatz abholen. Bin ich nicht da, wird sie sauer sein. Jetzt ist auch alles egal.

Ich ins Kittchen. Paula verlässt mich, weil ich ins Kittchen muss."

Der Fremde offeriert Erber ein weiteres Bier und Inge noch einen Grand Marnier. Erber ist das heulende Elend, ohne Tränen. Ein Häufchen Elend. Zerstört am Boden.

Erber ist so aus dem Häuschen, dass er bei der Staatsanwaltschaft bereits um Neun auf der Schwelle steht. Im Büro, wo er sich zu melden hat, seine Vorladung einem Schalter-Beamten zeigt. Dieser macht ihn darauf aufmerksam, dass er eine Stunde zu früh sei.

„Sie müssen verstehen, ich bin so durcheinander, dass ich eines Verbrechens beschuldigt bin und womöglich ins Gefängnis muss."

Der Beamte lacht.

„Herr Erber, sie sind nicht Beschuldigter. Sie sind einer von 50 Zeugen, die zu diesem Verkehrsunfall vor drei Monaten allenfalls Beobachtungen gemacht haben. Ach ja, auf der Vorladung steht Beschuldigter. Uns sind die Vorladungsformulare für Zeugen ausgegangen und da haben wir die Formulare für Beschuldigte genommen und versehentlich vergessen, eine entsprechende Berichtigung anzubringen. Falls ihnen der Termin heute nicht passen sollte, notiere ich es. Rufen sie am Nachmittag an und vereinbaren einen neuen Termin."

Erber schafft es, pünktlich um Zehn auf dem Flughafen zu sein. Mit einer Rose in der Hand.

S wie sensationell

Erber sitzt im grossen Saal dieser Wirtschaft und lässt Rede um Rede über sich ergehen. Schtrewiaschki ihm gegenüber seufzt. Noch über eine Stunde hier zu sitzen, wo es ein abgekartetes Spiel sei, was jeder der Votanten zu sagen habe, doch gehen dürfe man nicht, weil man mit seinem Votum noch nicht drangekommen sei.

„Welche Nummer bist du," fragt Schtrewiaschki.

„Nummer 17," antwortet Erber und fragt nach der Nummer von Schtrewiaschki.

„Du hast Glück. Ich habe Nummer 24 bekommen. Es dauert ewig, bis ich drankomme."

Erber findet aus Prinzip, es sei ungehörig, sich an Parteiveranstaltungen gelangweilt zu zeigen. Er setzt eine Miene auf, die höchstes Interesse zeigen soll und schaut mit riesigem Interesse zur Rednertribüne, wo, wie er sich genervt erinnert, wohl erst Votant Nummer 12 aufgerufen ist. Noch fünf Redner abwarten, bis er selber dran ist. Redner Nummer 12 schreit mit hochrotem Kopf und schlägt seine Fäuste auf das kleine Rednerpult. Dann tritt Redner Nummer 12 ab und Redner Nummer 13 wird aufgerufen. Erber zieht in Gedanken verloren die Traktandenliste dieser Veranstaltung im Vorfeld einer Volksabstimmung hervor. Auf deren Rückseite hat er sich notiert, was er gemäss Parteileitung von sich zu geben hat, sobald die Reihe an ihm sein wird. Automatisch hat er auch seinen Kugelschreiber zur Hand genommen und beginnt in Gedanken verloren auf die Traktandenliste zu kritzeln. Gestricheltes, Gewelltes, Kariertes, minutiös mit verschiedenen Mustern Überzogenes. Als er sich bewusst wird, was er tut, schaut er verlegen auf, um zu sehen, was die Anderen tun. Die Meisten sind in ihre Stühle zurückgelehnt, die Münder leicht geöffnet, die Augen geschlossen, selbstverständlich um besser zuhören zu können, gleichmässiger Atem. Andere kritzeln ebenfalls auf die Traktandenliste. Also kritzelt auch Erber weiter. Nach einiger Zeit hält er inne und betrachtet sein Werk. Er wendet und dreht das Blatt und denkt mit zugekniffenem Mund scharf nach. Kleine Elefäntchen, blitzt es durch seinen Kopf. Unbewusst hat er diese Reihe von hübschen kleinen Elefäntchen hingekriegt. Der Abend ist gerettet. Sein Hiersein ist nicht umsonst gewesen. Hat ihn zumindest zu dieser witzigen Zeichnung inspiriert. Dieses Blatt sollte er rahmen lassen. In seiner Wohndiele aufhängen. Neben der Reproduktion von Van Goghs Sonnenblumen.

„Nummer 17". Erber horcht auf. Klang das nicht wie, Nummer 17? Niemand erhebt sich. Also muss der Aufruf klar für Nummer 17 gewesen sein. Erber schiesst auf. Vor Aufregung spürt er seinen Pulsschlag im Hals. Geht wie auf Eiern. Spontan verflucht er den Moment, als er sich verpflichtet hatte, an einer öffentlichen Veranstaltung vor allen Leuten ein Ja-Votum abgeben zu müssen. Kleinste Bruchteile von Sekunden zerdehnen sich. Wie im Zeitlupentempo gleiten die sitzenden Gestalten, die zum Teil mit leeren Augen auf ihn starren, an ihm vorüber. Er stolpert beinahe über ein Stuhlbein. Murmelt „tschuldigung" zur Wand hin. Er zweifelt, dass er auf der Rednertribüne stehend eine gute Figur machen wird. Er stolpert weiter. Er braucht Halt. Er muss die Rednertribüne erreichen. Es sollte ja nicht zu schwer sein, in den Saal hinein zu plärren, „Im Interesse des Volkes muss jeder verantwortungsvolle Bürger, muss jede verantwortungsvolle Bürgerin …", wie ihm diktiert worden war. Dann den Applaus abwarten. Hatte bei den Vorrednern überhaupt jemand geklatscht gehabt? Und ruhig, über die Masse der Anwesenden hinweglächelnd, zu seinem Platz zurück zu gehen. Während der Film über seinen gleich zu erfolgenden Auftritt in Erbers Kopf in rasendem Tempo abläuft, schrumpft dieser Auftritt zu einer mickrigen Affäre zusammen. Erber wird genau so wenig gehört und ernst genommen werden, wie seine sechzehn Vorredner.   Man müsste ein Zeichen setzen. Sich über die Massen erheben und das sagen, was man tatsächlich zu sagen hat. Etwas Sensationelles müsste einem einfallen. Wie, zum Teufel, soll er die Anderen ausstechen, wenn er überhaupt nicht auf deren Auftritt geachtet hat, geschweige denn gehört hat, was sie sagten. Er sieht lediglich das Bild dieses Glatzköpfigen vor sich, wie er mit hochrotem Kopf mit seinen Fäusten auf das Rednerpult gehämmert hatte. Die Stimmen waren laut gewesen, den Klang hat er noch in den Ohren. Während dieses Gedankengewitters setzt Erber einen Fuss vor den andern und atmet auf, dass er die Rednertribüne gleich erreicht haben wird und noch nicht stolpernd hingefallen ist. Dabei hämmert es in seinem Kopf, ich will, ja, ich will aus der Reihe tanzen!

Erber starrt eine weisse Wand an. Meidet es, in die Masse der Anwesenden hineinzublicken. Die Anwesenden dösen vor sich hin, nehmen keine Kenntnis vom Geschehen. Warten bloss, falls sie einen Auftrag gefasst hatten, den Moment für ihren Auftritt ab. Kein Schwein interessiert sich für den, der da vorne steht. Ein jämmerliches Theater, einzig um am Tag danach in der Zeitung lesen zu können, bestens besuchte Abstimmungsveranstaltung, das Volk steht hinter uns und ist begeistert von unserer Parteilinie. Erber wagt einen Blick in die Masse der Anwesenden. Dann noch einen zweiten Blick. Er wundert sich, dass beinahe alle schlafen, doch niemand schnarcht. Erber räuspert sich. Niemand scheint sein Räuspern zu hören. Niemand richtet seinen Blick auf ihn. Erber hüstelt. Erber hustet lautstark. Er ergreift das dastehende Wasserglas und trinkt einen Schluck. Niemand schaut hin. Zu seiner grossen Enttäuschung nicht einmal Schtrewiaschki, der ihm das Ganze eingebrockt und ihn überhaupt überredet hatte, der Partei beizutreten. Wie versehentlich, doch sehr gezielt, schüttet er das Wasser mit behänder Handbewegung, die als Ungeschick wahrgenommen werden soll, aus dem Glas in hohem Bogen auf den vordersten Tisch. Der grösste Teil des Wassers flutscht ins Bierglas eines Anwesenden, ein paar Tropfen netzen eine auf dem Tisch liegende Traktandenliste, auf die ein Anwesender kritzelt. Mit einem Füller. Die Tinte löst sich auf, schmiert. Der Mann zerknüllt die Traktandenliste und damit auch ein verwüstetes Kunstwerk und entnimmt seiner Jackentasche eine weitere Traktandenliste, wischt den Tisch trocken und beginnt von neuem zu kritzeln. Ohne aufzuschauen.

„Ihr Votum bitte, Herr … Welche Nummer sind sie? Ach, die Nummer 16 ist schon da gewesen. Dann sind sie die Nummer 17. Erber? Ihr Votum bitte, Herr Erber." Der Vorsitzende schaut nicht einmal auf, während er diese Worte herunterleiert. Erber schaut mit pfiffigem Blick in die Masse der Anwesenden. Sein pfiffiger Bick prallt wie an einer Wand ab. Dann ist meine Pfiffigkeit für die Katze. Denen werde ich es zeigen, schwört Erber sich.

„Pumpen seid ihr," schreit Erber in die Versammlung hinein. „Schreckliche Pumpen, nichts als Pumpen," wütet er weiter, bis er feststellt, dass seine Worte an seinen – . Jetzt kommt das Dilemma für den Chronisten. ‚Zuhörer' kann ich diese amorphe Masse nicht nennen, da ja niemand zuhört. Ob ‚taube Zuhörer' den Nagel auf den Kopf trifft. – Also: Bis Erber feststellt, dass seine Worte an seinen tauben Zuhörern abperlen. Genauso wie die Worte des Möchtegern Starletts Michèle Rapazki, die seit fünf Jahren in Rom immer wieder in die Fontana di Trevi hockt und schreit, „Ich bin ein Star, besser noch als die..." und noch immer nicht entdeckt wurde. Jetzt ist Schluss mit diesem Theater, fühlt Erber. Jetzt gilt es Ernst. Er schreit in einer unsäglichen Wut ins Publikum, „Rhi ... no ... ze ... ros .... se, ihr seid Rhinozerosse," während seine Birne tiefrot aufläuft.

„Ihr Votum, Herr Erber, wir haben nicht den ganzen Abend Zeit, ihnen zuzuhören. Wir haben eine strikte Redezeitbeschränkung," lässt der Vorsitzende fallen und schaut nicht von dem Papier auf, das er gerade vollschreibt. Jemand hebt eine Hand. Erber staunt und atmet auf, bis er total frustriert erkennen muss, dass diese Handbewegung nicht eine Wortmeldung ist, aber das Zeichen an die Serviertochter, dass der Mensch noch ein Bier wünscht. Erber streckt diesem Typ die Zunge raus und zeigt ihm den Vogel. Doch wen kümmert es, was Erber hier Rednerpult und Rampenlicht treibt?

Erbers Wut kippt unversehens in ein Staunen und dann in erfrischende Belustigung über. Aus ihm heraus pfeift es die Melodie von „Ein Mädchen oder Weibchen, wünscht Papageno sich". Dann singt er mit unbeholfener, echt dilettantischer Stimme diese Arie, um anschliessend zu erzählen, dass die einzigartige Stimmung in diesem Saal ihn vorhin dazu inspiriert habe, eine wunderschöne, witzige und so anregende Reihe von winzigen, rosaroten Elefäntchen zu zeichnen, weshalb der Tag für ihn total gerettet sei. Ein schmächtiger Herr in dunklem Anzug mit diskret rot-gelb-schwarz-grün-violett kariertem Schlips schaut kurz auf und Erber an. Erber blitzt es spontan durch den Kopf, ‚leckt's mir'. Er schaut den Herrn im Anzug an, der seinen Blick wieder abwendet. Erber hört den Vorsitzenden sagen, „Herr Erber, sie haben noch vergessen ihr Votum abzugeben, das nach meiner Liste zu lauten hat, im Interesse des Volkes müssen wir bei der kommenden Volksabstimmung unbedingt ja stimmen. Würden sie das bitte nachholen. Anstatt seine Klappe aufzureissen, krempelt Erber die Ärmel seiner Jacke hoch. Entnimmt der Brusttasche seine geile Ray-Ban-Sonnenbrille. Setzt sie auf. Stützt beide Hände mit gebeugten Armen auf das Rednerpult und hopp, die Beine über den Kopf geworfen, die Arme gestreckt steht Erber im Handstand auf dem Rednerpult, um ein paarmal die Arme zu beugen, dass sich eine Auf- und Abbewegung seines Körpers ergibt, die dann mit Schwung in einen Salto mündet, der ihn, auf beiden Füssen sicher landend, auf einen der Tische katapultiert, an dem ruhig vor sich hindösende Anwesende gedrängt sitzen. Erber singt, ‚Tea for two' und steppt dem Tisch entlang, springt dann rüber auf einen nächsten Tisch, legt noch eine Steppnummer ein und gleitet dann auf seinen Stuhl zurück, nimmt einen Schluck aus seinem Bierglas und tut so, als ob nichts gewesen ist.

Nach einer Weile schaut Schtrewiaschki, während die Versammlung ihren weiteren Lauf nimmt, auf, Erber an und murmelt, „ich bin einen Moment geistig weggetreten gewesen. Hast du eigentlich ein Ja- oder ein Nein-Votum abgeben müssen? Das hat unser Parteivorstand ja so genial eingefädelt, dass einzelne Parteimitglieder ein Nein-Votum abgeben müssen, weil sonst der Verdacht aufkommen könnte, unsere Voten an dieser Versammlung seien ein abgekartetes Spiel. Erber schaut zufällig zum Vorsitzenden hin. Bemerkt staunend, dass jener seinen Blick nicht mehr auf sein Papier gesenkt hat, wie sonst den ganzen Abend, doch ihn, Erber, anschaut und ihm über den Rand seiner Brillengläser hinweg und durch den Rauch seiner Zigarre hindurch freundlich zunickt. Dann steht der Vorsitzende auf und zwängt sich zwischen Tischen, Stühlen und Anwesenden hindurch zu dem Herrn im dunklen Anzug. Er flüstert diesem etwas zu. Beide schauen hin zu Erber. Erber wird etwas bang. Ihm schwant, dass sich da etwas zusammenbrauen könnte.

Tatsächlich, der Herr im dunkeln Anzug bewegt sich mit offenen Armen auf Erber zu und spricht ihn an, als ob sie alte Freunde sind.

„Spielen sie Tennis," fragt der Herr im dunkeln Anzug Erber.

Erber verneint. Er spiele Squash.

„Dann sind sie unter Mann! Hätten sie gesagt, sie spielten Tennis, hätten wir sie ablehnen müssen. Heute ist Squash Mode. Wer Squash spielt ist in. Herr Erber – oder darf ich sie freundschaftlich schlicht Erber nennen? – ihr Votum hat uns vorzüglich gefallen. Ihre Rede hat genau 13 Minuten und 57 Sekunden gedauert. Während der Durchschnitt unserer Votanten es bloss auf knapp zwei Minuten bringt. Sie haben eine Glanzleistung erbracht. Gratuliere. Obwohl sie sich bisher in der Partei, wie mir gesagt wurde, nicht hervorgetan hatten, wollen wir sie unbedingt als Sprengkandidaten für die Wahl des CEO der PDZLO aufbauen. Heute Nacht müssen sie unbedingt mit ihrer Frau – sie sind doch verheiratet? – ein Kind zeugen, weil das Volk Vätern von Kindern Vorrang gibt. Sie werden nächsten Monaten zusammen mit ihrer schwangeren Frau eine Pilgerreise nach Santiago de Compostella unternehmen, die medial begleitet wird. Spielt keine Rolle, dass sie nicht katholisch sind. Die Katholiken sehen, dass sie offen sind für alles. Und wir werden dafür sorgen, dass sie Präsident der Kirchgemeinde ihres Wohnortes werden. Zur Kirche ausgetreten? Spielt keine Rolle. Eine Unterschrift und sie sind wieder dabei und werden dann gleich zum Präsidenten gemacht. Unsere Visagistin wird ihnen die Haare womöglich rot färben. Aussenseitertypen ziehen heute besser als Angepasste. So, Erber, jetzt verlassen wir diese langweilige Veranstaltung, gehen in die St. Gotthard Bar und trinken einen Rémy Martin auf unseren Deal. Du zögerst? …"

Als Erber Paula erzählt, er hätte heute Abend an dieser Versammlung beinahe ein gemachter Mann werden können, prustet Paula los vor Lachen. „Du und ein gemachter Mann!"

Erber erzählt, es sei sensationell gewesen.

Disco Time

Erber schüttet den Rest des Biers aus der Flasche in sich hinein. Streicht mit seinem Handrücken über seine angefeuchteten Lippen. Nimmt die nächste Flasche Bier zur Hand. Kneift, dreht und zieht, den Verschluss vom Flaschenhals. Nuckelt zufrieden an der neuen Flasche. Diese Pferdepisse kannst keinem Esel ins Ohr schütten und ich sauf's, brummt er stillvergnügt in sich hinein. Gleissendes Licht aus dunklem Hintergrund. Aus Scheinwerfern Farbstrahlen, die Farben wechselnd im hüpfenden Rhythmus der durchdringenden Musik. Glänzende Gesichter, Hände, Beine, Körper beim Schlenkern. Schweissgeruch, Lachen, Farben, wilde Bewegungen. Und immer wieder der hämmernde Rhythmus der Musik, der die Menschen aufwirbelt, ineinander, durcheinander und übereinander jagt. Wie diese jungen Leute sich in diesem Kuddelmuddel bloss wohlfühlen können. Erber schüttelt seinen Kopf, grinst stillvergnügt und nimmt einen weiteren Schluck Bier. Das Flattern von Haaren, Haut und Stoffen in glitzerndem Licht. Alles bewegt sich ...

Ein Lichtkegel zu den schillernden Spiegelfacetten der sich unmittelbar unter der Raumdecke drehenden Kugel. Darunter im Glitzer und Gleissen, in Schlingen und Trapezen sich verwindende und schwingende Körper, gehüllt in Flitter und Talmi, mit aufreizenden Formen und Rundungen. Die Akrobaten wirbeln, fliegen und schweben über den Köpfen der Tanzenden herum, fangen im Glitzerzeugs Lichtstrahlen auf, reflektieren diese kurz. Licht und Schatten tanzen vereint. Diese wohlgeformten, sich schlängelnd bewegenden Körper in ihrer scheinbaren Schwerelosigkeit. Dazu der hämmernde Rhythmus, der alles Treiben im Raum vor sich herjagt. Bei dieser nackten Haut rundum und diesen ekstatischen Zuckungen glaubt man sich direkt beim Striptease in einem verruchten Lokal, murmelt Erber in seinen Bart und nimmt einen weiteren Schluck Bier.

Blendend hell im Wechsel mit Schatten das Licht, rot und blau und grün und gelb. Unter dem kaum wahrnehmbaren Auffangnetz der Akrobaten die wild Tanzenden. Mir vorzustellen, dass mein Sohn Fritz in ebensolchem ohrenbetäubenden Lärm ebenso blöd mit den Armen schlenkert und mit seinem Arsch wackelt, als ob es um Begattungstänze in der Pampa ginge, und dabei erst noch Gefallen findet, blitzt es Erber durch den Kopf und er zuckt zusammen. Nimmt einen weiteren Schluck aus seiner Bierflasche. Überdies, denkt Erber weiter, sind diese jungen Leute viel, viiiieeeel zu dünn. Sehen aus wie karge Frankfurter Würste. Da lobe er sich seine Wampe. Selbst nachdem der spindeldürre Kerner ihn mit einer prall gefüllten Blutwurst verglichen habe. Am Montag werde er dem Kerner als Erstes an den Kopf werfen, er sehe wie ein kalorienreduziertes Frankfurter-Würstchen aus. Das muss ich mir merken, denkt Erber. Diesen gelungenen Ausdruck unbedingt memorieren. Erber grinst zufrieden in sich hinein und nuckelt an seiner Brieflasche. Dann stellt er die Bierflasche auf den Tisch.

Im gleissenden Licht, mitten drin alleine an einem der wenigen Tischchen sitzend, einen wärmenden

Scheinwerferstrahl im Genick, roter Kopf, neugierige, verhalten kurze Blicke nach allen Seiten werfend, sitzt Erber da. Er wundert sich, dass niemand ihn blöd anschaut. Plötzlich durchzuckt ihn der Gedanke, weshalb nicht auch mal kurz auf der Tanzfläche die Sau ablassen. Was diese Jungen anscheinend Tanzen nennen. Er löst den Schlips. Steckt ihn in seine Hosentasche. Öffnet den obersten und auch den zweiten und dritten Hemdenknopf. Schliesslich sagte Paula immer wieder, seine behaarte Brust gefalle ihr. Der Gang alleine zur Tanzfläche, ohne zuvor vor einer Dame einen Diener zu machen und sie um die Ehre des nächsten Tanzes zu bitten, ist für Erber gewöhnungsbedürftig. Doch er ringt sich durch, Mut zu zeigen. Beim Schlenkern der Arme und Beine ist er total unbeholfen, weiss es und hofft, keinen Idioten aus sich zu machen. Mit seinem Arsch zu wackeln wagt er nicht. Das ist zu ungehörig. Für ihn ist der Arsch noch immer der unaussprechliche Körperteil. Die Musik lässt seine Trommelfelle vibrieren und diese Vibration überträgt sich nach und nach auf seinen Körper, belämmert sein Schamgefühl und seine allzu klaren Grundsätze. Selbst sein Kopf zuckt hin und her, seine Augen wandern unablässig von da nach dort. Ihm wird beinahe schwindelig. Bis er sich daran gewöhnt und, o Wunder, nach und nach Anblicke einfangen kann. Anblicke, die ihn anziehen. Anblicke von aufreizenden weiblichen Rundungen, so dass er sich plötzlich wieder als Mann fühlen kann. Ganz leise regt sein Gewissen sich und flüstert ihm ins Ohr, du alter Tor, lass es bleiben! Doch ein Augenpaar, das zu den aufreizenden Rundungen gehört, strahlt ihn unwiderstehlich an. Erber denkt erschreckt, es wird noch soweit kommen, dass ich schmelze. Die Vorstellung, diese Augen mit seinen Augen einzufangen, mit seinen Händen über die aufreizenden Rundungen zu streicheln, einen festen Griff in die fleischige Masse der

Rundungen zu wagen, zeitigt – Erber kann es kaum fassen – in ihm eine körperliche Reaktion. Er muss, er muss sich beherrschen. Nimmt wahr, dass sein Augenstern des Augenblicks blond ist. Bestimmt eine Blondine. Ausser Stroh nichts im Kopf. Womöglich ist sie eine von diesen, die Geld wollen. Zuerst nichts sagen, doch danach die hohle Hand machen. Oder einen so sehr in Wohligkeit einlullen, dass man abdriftet, während sie die Brieftasche klauen und ausräumen. Erber darf sich von diesem einladenden Blick nicht zu einem Blödsinn verleiten lassen. Selbst wenn es ihn schon gereizt hätte, auch einmal ein Bisschen zur Seite zu springen, wo diese Bewegungsart, doch scheinbar, wenn man den Medien glaubt, voll im Trend ist. Erber fällt es wie Schuppen von den Augen. Die dumme Gans verarsche ihn. Ihr vermeintlich einladendes Lächeln ist in Wahrheit ein Grinsen, das besagt, du alter Mehlsack wirst mir schon auf den Leim gehen. Ich muss ihr den Meister zeigen, schwirren Gedanken und Vorsätze durch Erbers Kopf. Ich müsste ihr teuflisch lachend zurufen, all diese jungen Schnösel, diese kalorienreduzierten Frankfurter-Würstchen besorgen es dir nie so gut wie ich, der alte Hengst, der Übung hat und weiss, worum es geht. Doch immer wieder ziehen abwechselnd das strahlende Augenpaar und die aufreizenden, beim Tanzen so neckisch herumwippenden Runden seinen Blick unwiderstehlich an. Er kann sich nicht dagegen wehren, trotz allen Lärms, trotz allen Getriebes rund um ihn und seinen Augenstern herum. Mit einem Mal erstarrt das Bild. Die Musik verstummt. Die Akrobaten hängen in wildesten Verrenkungen in der Luft. Die Tanzenden erstarren, auch sie in wildesten Verrenkungen mit gefrorenen Grimassen.

Erber frohlockt. Jetzt endlich kann ich mich frei bewegen, betatschen, was ich betatschen will. Genau hingucken ohne indiskret zu sein. Der Sache, den Menschen auf den Grund gehen. Doch dann der Schock. Erber kann seine Hände nicht bewegen. Nicht seine Arme. Nicht seine Beine. Er steckt genauso in der Erstarrung fest, wie alles rund um ihn herum. Vielleicht auch besser so, denkt Erber in Gleichmut. An überreizten und überdrehten Bewegungen ist mir noch nie viel gelegen. Was sollen all die aufreizenden körperlichen Rundungen, die verführerischen Kussmünder, die einladenden Lächeln. Welche Falle würde ich machen, wenn mir Geifer aus den Mundwinkeln triefte und ich meine fleischliche Begierde gerade gebannt an geilen Anblicken wetzte, denkt Erber und kann unmöglich zurück zu seinem Tisch, geschweige denn einen Schluck aus seiner Bierflasche nehmen. Doch da regt sich plötzlich etwas.

Der Hinterteil der ihm zufällig im Moment der Erstarrung in den Blick gefallen ist, wird zusehends ausladender, wuchert zu einem Fettsteiss sondergleichen heran, als ob er Lust mit noch mehr und immer noch mehr Lust toppen möchte. Und dann ein Knall …

Die von Erbers Sohn Fritz zugestossene Haustüre fällt ins Schloss. Erber schreckt auf. Paula ruft in die Eingangshalle hinaus, „Fritz, kommt her, uns Gute Nacht sagen. Du bist wieder einmal spät dran!"
„Und ihr," grinst Fritz schelmisch, „schläft wieder einmal selig vor dem Fernseher. Falls ich nicht nachhause gekommen wäre, hättet ihr den Weg in eure Betten nie gefunden. Und spät bin ich nicht dran. Die anderen sind noch in der Disco geblieben."

Statement 3. April 1979

Erber hat die Nase voll. Von den lästigen
Fahrrillen. Er muss seinem Überdruss Luft machen.

Die Lage ist ernster denn je. Lasst uns darüber
lachen.

Von überall her plätschern meine
Unzulänglichkeiten auf mich nieder. So viel, wie mir
vorgeworfen wird, falsch zu machen, mache ich überhaupt
nicht. Ich bin nur ein Mensch. Ich mache, was ich kann. Dies
und das. Doch viel mache ich wirklich nicht. Dennoch hagelt
es auf mich runter mit Trottel, Scheisskerl, Spiesser,
Verklemmter, Frustrierter, Verführter, Versager, Nachläufer,
Anpasser, Langweiler, Arbeitsloser, Almosenempfänger,
Abhängiger. In Wolkenkratzern bauen sie Air-Conditioning
ein. Schaffen so die Begründung, die Fenster luftdicht zu
verriegeln. Klar, wären die Fenster zu öffnen, würden die
Menschen sich aus den Fenstern stürzen, um ihrem Elend ein
Ende zu bereiten. Einer nach dem andern. Das muss mit allen
Mitteln verhindert werden. Weil es sonst keine Menschen
mehr gibt, die Geld ausgeben müssen. Menschen sind
notwendig, damit der Rubel rollt. Zu beneiden sind die
Hochstapler und Gauner, die Reichen und die Herrschenden.
Doch wir, die wir uns nach der Decke strecken müssen! Die
wir Geld ausgeben müssen, doch bloss beschränkt Geld
haben. Ich tu, was ich kann. Öffne jeden Tag eine

Konservendose. Schneide mir an den scharfen Konservendosenrändern meine Finger wund. Dann tropft mein Blut auf die Karotten. Wuach! Ich klatsche mir auf die Wunde einen Plastiflexverband. Wuach! Auch für diesen Verbandstoff habe ich Geld ausgegeben und die Wirtschaft in Schwung gehalten. Morgen gibt es keine Karotten mehr, doch Schwarzwurzeln. Wuach!

Nina Hagen schreit mich mit flutsch-glotz-glotz-Floskeln an. Travolta tanzt durch eine Kitsch-Idylle und wackelt mit seinem Arsch. Der halbstarke Orpheus beschimpft mich während drei Stunden von der Bühne her als Asche. Dabei sitze ich fünf Tage die Woche während achteinhalb Stunden in einem Büro, dessen Fenster auf eine Strassenschlucht hinausgeben. Die Fenster kann ich nicht öffnen. Begründung siehe oben. Egal, die Luft draussen ist auch nicht mehr besser, als hier drinnen. Ich werde zu einer Weiterbildung verdonnert. Im Prospekt heisst es, die innere Bereitschaft zur beruflichen Leistung müsse gefördert werden. Wozu? Blödsinn! Die Bereitschaft jeden befohlenen Blödsinn zu machen, muss beschränkt werden. Sonst machen die Menschen sich kaputt. Ich habe so Einiges total über. Die beschissene Technik. Das Räderwerk der Lügen. Das Schlitzohrentum. Die Scheinheiligkeit. Das Profitstreben und die Unmenschlichkeit. Ich lasse mich nicht kaputt machen. Ich kann ohne all diesen Scheiss leben. Daher beschränke ich meine Bereitschaft mitzumachen. Mal sehn, wer den Längeren zieht!

Ich meinerseits tue mein Möglichstes. Ich putze meine Zähne mit der alten Zahnbürste. Weil ich die elektrische Zahnbürste nicht leiden kann. Ich benutze kein Deodorant, weil es ekliger stinkt als Schweiss. Ich kneife mir die Nase zu, wenn ich den Platz des Triumphes mit der Siegessäule überquere. Weil ich den Gestank von Beton, Blei, Asphalt und Benzin nicht ausstehen kann. Ich pfeife darauf, wenn die Betschwestern der Politik wieder einmal Friedensnobelpreise nachgeworfen bekommen. Ja, ja, schon gut. Okay, ich besitze ein Motorrad. Ich stehe dazu. Ich habe sogar Spass daran. Ehrlich. Ein wenig Widersprüche dürfen durchaus sein.

Trommelwirbel: bumbumbum, brrrrrrrrrrr, trrrtrtrtrrrrrr

Leute, wir leben in einer abgetakelten Welt. Einen Lacher, bitte! Ja, unsere Welt, wie wir sie arrangiert haben, ist am Arsch. Wir müssen uns ändern, sonst bricht die ganze Schose auseinander.

Trommelwirbel: bumbumbum, brrrrrrrrrrr, trrrtrtrtrrrrrr

Ein Schmierfink ist er. Jener, der mit Sprühdosen schwarze oder rote Drahtmännchen auf Beton und Steinflächen sprayt. Wozu, stellt dieser Schmierfink sich vor, sind die Häuser da! Glatter Unfug. Um einen Kopf kürzer müsste man ihn machen. Anderen Arbeit zu bereiten. Mühselige Arbeit. Kratzen Sie sich mal Ihre Fingernägel wund, um das Geschmiere wegzubringen. Schön soll sie aussehen, unsere Stadt. Nicht so lotterig, verunstaltet mit Drahtmännchen und Drahtweibchen. Zu hoffen bleibt, dass der Schmierfink eines Nachts bei seinen Ausflügen beim Hindernislauf zwischen den tausend und abertausenden von Baugruben in eine Baugrube hineinfällt und sich das Genick bricht. Er zersetzt die Moral unserer Stadt – und das mit Absicht!

Trommelwirbel: bumbumbum, brrrrrrrrrrr, trrrtrtrtrrrrrr

Ich liebe ihn, den Schmierfink! Das heisst, seine Drahtmännchen.

Trommelwirbel: bumbumbum, brrrrrrrrrrr, trrrtrtrtrrrrrr

Weshalb immer dieser tierische Ernst!

Trommelwirbel: bumbumbum, brrrrrrrrrrr, trrrtrtrtrrrrrr

Hoch sollen sie leben, die Illusionisten! Irgendwann wird der Traum der Höchstzivilisation ausgeträumt sein und ich finde endlich wieder einen Ort, wo ich in Ruhe meine Karotten anpflanzen kann. Ich lasse mich nicht für dumm verkaufen mit jährlich zwei Wochen in der Karibik, mit einem Flug, wo ich wie in einer Sardinenkiste sitze, und mit einer prallen Sonne, vor der ich fliehen muss, um nicht einen Sonnenstich zu kriegen. Ich müsste mich, ehrlich, die übrigen 50 Wochen im Alkohol ersäufen. Machen wir auf Immer und Ewig im Zirkus der Unfreiheiten mit? Lach schon, bitte!

Trommelwirbel: bumbumbum, brrrrrrrrrrr, trrrtrtrtrrrrrr

Illusionist sein, wie jene Gaukler der Strasse, die Feuer schlucken und sich dabei nicht verbrennen. Die mit brennenden Fackeln jonglieren und keine versengten Hände haben. Die sich starr bewegen wie Automaten und dabei leben. Die dicke Eisenketten, die um ihre Brustkästen gewunden sind, mit der Kraft ihrer Atmung sprengen. Die auf Seilen tanzen. Die zur Gitarre singen. Die weder Beton noch Uran benötigen, um uns ihre faszinierenden Illusionen darzubieten. Den Unterschied zwischen einem Gaukler und einem Drachen, die beide Feuer speien, genau beschreiben.

Trommelwirbel: bumbumbum, brrrrrrrrrrr, trrrtrtrtrrrrrr

Der Magie des Lebens in seiner eigenen Dynamik erliegen und mündig sein!

Redet mir nicht ein, ich sei ein Wurm und verstünde nichts von der Sache. Ihr könnt mich nicht weichklopfen. Ich schere nicht in eine Depression aus. Ihr bringt mich nicht ins galoppierende Desinteresse und damit zum Schweigen. Ich glaube nicht an Eure Plastik- und Computerwelt. Ich liebe die Natur so, wie wir mit ihr friedlich Umgang finden können. Die Vorwürfe meiner Unzulänglichkeit plätschern zu Unrecht auf mich nieder. Sie perlen an mir ab. Ich lache darüber. Verschreit mich als Linken. Welche Ehre! Mir reicht zu wissen, dass ich nicht auf den Kopf gefallen bin. Daher mache ich weiter.

Ich habe das Karussell der Grausamkeiten satt. Ich habe es satt, jede Einzelheit der Grausamkeiten genüsslich ausgebreitet zu erhalten. Und sollte man noch nicht genug davon haben, dann – platsch – Grossaufnahme und erst noch in Farbe! Von Minen zerfetzte Körper. Triefendes Blut. Die Bilder von Grausamkeiten werden zur Gewohnheit. Und damit wächst die Bereitschaft, all die Dinge, die diese Grausamkeiten erst ermöglichen, zu akzeptieren. Eine fiese Tour der Herrschenden, bei der alle Kulis mitmachen, die Politiker, die Medien und alle. Was ist von Reden zu halten, wo das Leben gepriesen, doch der Tod der Schwachen und Schwächsten mit allen Mitteln gefördert wird.

Trommelwirbel: bumbumbum,   brrrrrrrrrrr, trrrtrtrtrrrrrr

Welchen Ausweg gibt es aus dem Labyrinth der menschengemachten Katastrophen?

Trommelwirbel: bumbumbum,   brrrrrrrrrrr, trrrtrtrtrrrrrr

Menschengemachte Katastrophen sind nicht das Leben. Anstatt Waffen stellt endlich Feuerwerke mit Sternchen und Flitter und Lametta und Glimmer her. Lasst uns staunend das echte Wunder des Lebens wieder wahrnehmen.

Trommelwirbel: bumbumbum,   brrrrrrrrrrr, trrrtrtrtrrrrrr

Jetzt muss ich mich auf die Socken machen. Die Gaukler sind auf der Landi-Wiese und ich brauche unbedingt ein Bier.

Zeitenlauf 1 oder du

Zum Beispiel ein Foto. Mitten in der Schneelandschaft eine junge Frau, beinahe ein Mädchen noch, eingehüllt in einen mit Lammfell gefütterten Wildledermantel, blonde Locken stehen auf dem hochgeschlagenen Mantelkragen auf, eine dunkle Brille verdeckt die Augen, eine breites Lachen. Sie ist gerade dabei mit weit ausholender Bewegung schwungvoll einen Schneeball in die Richtung des Fotografen zu werfen.

Wie lange mag es her sein? 15 Jahre? In meinem Fotoalbum ist es eines der wenigen Bilder, das ich nicht selber geschossen habe. Du hattest mir dieses Foto von Dir geschenkt. Oder ich hatte Dir das Foto geklaut gehabt. Es muss zu Beginn unserer Beziehung gewesen sein.

Du besuchtest öfters meinen Onkel, der im gleichen Haus wie wir gewohnt hatte, ein Stockwerk unter uns. Einmal kreuzen wir uns zufällig im Treppenhaus. So vage weiss ich, wer Deine Eltern sind, wo Ihr wohnt. Du gefällst mir wahnsinnig. In der Kleinstadt waren wir uns öfters schon begegnet. Weil Du mir so gefällst, brauche ich Dich bloss zu erspähen, um augenblicklich heftig zu erröten. Dann muss ich immer wegschauen, wenn wir uns kreuzen. Solche Dinge kommen in jedem Jungenleben vor. Ich kann es kaum fassen, dass wir uns jetzt zufällig im Treppenhaus unseres Wohnhauses begegnen. Bestimmt erröte ich bei

Deinem Anblick. Doch diesmal ist es mir egal. Ich schaue nicht weg. Ich mache mich beim Dienstmädchen meines Onkels schlau, wann Du meinen Onkel wieder aufsuchen werdest. Das Dienstmädchen meint, wie üblich, wohl in einer Woche. Es versteht mich, dass ich auf Dich fliege. Als Du die Woche drauf klingelst, um meinen Onkel aufzusuchen, öffnet das Dienstmädchen Dir die Wohnungstüre. Ich verstecke mich hinter einer der Säulen der Eingangshalle der Wohnung meines Onkels, um zumindest einen Blick auf Dich zu werfen. Ich schwelge in Deinem Anblick, diesem adrett gekleideten Mädchen mit dem strahlenden Gesicht. Du bist für mich der Inbegriff des schönen Mädchens. Es ist keine Leidenschaft, die mir schlaflose Nächte bereitet hätte. Bloss eine Freude. Ich bin ja erst vierzehn, du etwa zwölf.

Einige Jahre später, ich bin achtzehn, Du etwa sechzehn, besuchen wir beide Schulen in Zürich. Benutzen jeweils am Morgen den gleichen Zug, um nach Zürich zu fahren. Auf dem Bahnsteig sehen wir uns. Der Zufall will es, dass wir uns eines schönen Morgens im selben Zugabteil gegenübersitzen. Ich meine Scheu überwinden und Dich anquatschen kann. Dann das Glücksmoment, als ich mitbekomme, dass Du ebenso gerne wie ich ins Theater gehst. Was mittels geschickter Gesprächsführung in eine Verabredung zu einem gemeinsamen Theaterbesuch mündet.

Dann Tage des Jubilierens, des Singens, des Tanzens, des Jauchzens, des die ganze Welt Umarmens – alles bloss in der Vorstellung. Über Schulbüchern in Träumereien versinkend. Ein Gedicht schreiben, in das mein Herzblut fliesst – romantisch, süsslich und abscheulich. Die grosse Liebe. Ich bin verliebt. Mit geschwellter Brust im Konfirmationsanzug durch die Kleinstadt gehend. Jedem muss auffallen, dass ich nun das schönste Mädchen der Welt in ihrem Elternhaus abholen werde.

Herzklopfen, Klingeln an der Haustüre, trrrrrr. In meinen Schläfen pocht das Blut. Hitze steigt in den Kopf. Schiss und wegrennen. Bloss jetzt nicht kneifen! Gütig lächeln und mich nett empfangend Deine Mutter. Du werdest gleich bereit sein. Ich solle eintreten. Dann Dein weltmännischer Vater, die eindrucksvolle Figur und, wie die ganze Gegend weiss, ein erfolgsreichster Geschäftsmann. Verdattert stehe ich vor ihm und kämpfe mit Schweissausbrüchen. Beantworte seine Fragen. Meine Hände sind feucht. Ich wische sie verstohlen an meinen Hosenbeinen ab. Ich atme auf, als wir endlich auf der Strasse, an der frischen Luft sind. Im Theater Plätze in der ersten Reihe Balkon. Ich lasse mir den Abend etwas kosten. Um dann während der Aufführung doch bloss in Deine Richtung zu schielen und nur Dich zu sehen. In der Pause kommen wir überein, dass die „Nora" wohl auch im zweiten Teil des Abends nicht spannender werde. Augen in Augen etwas trinkend. Beliebiges Geplauder. Auf der Treppe der Bahnhofsunterführung in Brugg der erste zaghafte Kuss, der in eine Unmenge von Küssen mündet. Händchen Halten. Eng umschlungen trotz klirrender Kälte stundenlang vor der Haustüre Knutschen. Ich drücke Dich dabei unbewusst gegen die Hauswand. Ohne es zu merken, drücken wir dabei die Hausklingel. Bis Dein Vater wütend die Haustüre aufreisst und uns, die wir fürchterlich erschrecken, anschreit, was uns einfalle, mitten in der Nacht Sturm zu läuten!

Die Liebe wird in den Alltag eingebettet. Sonntägliche Morgenspaziergänge auf den Bruggerberg. Hinter uns das Geflüster, ein schönes Paar! Trinkschokolade im Café Schober, wo das alte Fräulein Schober sagt, „Nichts da mit, ‚bitte ohne Schlagrahm!'. Ihr seid jung, ihr mögt Schlagrahm gut vertragen. Also, zweimal Schokolade MIT Schlagrahm." Wir fügen uns. Nach einem Kinobesuch – wir hatten ‚Boudu sauvé des eaux' mit dem grandiosen Schauspieler Michel Simon gesehen – schlendern wir Hand in Hand durchs Niederdorf. Ein schlaksiger junger Mann kommt uns entgegen. Du stösst mich an. Der junge Mann sehe Michel Simon total ähnlich. Ich muss dir recht geben. In der schmalen Strasse kommt ‚unser' Michel Simon direkt auf uns zu, steuert Dich an. Wir weichen nicht aus. Wir stehen uns gegenüber. Der junge Mann fasst Deinen Kopf mit beiden Händen, drückt Dir einen Kuss auf Deine Stirne, sagt, ‚weil du so schön bist'. Er lässt Dich gleich los, geht an uns vorbei und weiter, ohne sich noch einmal umzuwenden, ‚unser' Boudu. In der Bodega bei Wein am runden Tisch. In Gesellschaft von uns unbekannten Spaniern. Sie schauen Dich immer wieder an. Du lächelst. Sie singen für Dich ein spanisches Lied. „Singen verboten!" Sie singen das Lied zu Ende. Viele Gäste des Lokals applaudieren.

Dein freier Lebensstil und Deine Lässigkeit prallen auf meine Verstrickung in Konventionen. Du spottest, „dein Ziel ist es, dereinst einmal goldene Mokka-Löffelchen zu besitzen!". Ich stehe beinahe Kopf, als Du den Goldschmuck, den Du zur Deiner Konfirmation erhalten hattest, verkaufst, um Dir nicht etwa schöne, doch total ausgeflippte Kleider zu kaufen. Ich hatte mich gemeldet für Dekorationsaufbau für den Uni-Ball im Universitätsgebäude und hatte zur Belohnung für diese Freiwilligenarbeit eine Paar-Eintrittskarte zum Uni-Ball erhalten. Ich bin weder erstaunt, noch bedrückt, als Du mir den Laufpass gibst, doch ärgere ich mich schrecklich, dass ich eine Paar-Eintrittskarte zum

Uni-Ball besitze, doch keine Frau mehr habe, die ich zu diesem für junge Leute ultimativen gesellschaftlichen ausführen kann.

Nach ein paar Jahren ein zufälliges Wiedersehen. Nun sind wir gute Kumpels und freuen uns, uns wiedergefunden zu haben. Als wir in Deiner Wohnung an der Augustinergasse gemütlich auf Matratzen am Boden sitzen und aus portugiesischen Keramikschalen bei Kerzenlicht ein Nachtessen einnehmen, meinst Du plötzlich, „Du bist nicht ganz so reaktionär, wie ich geglaubt hatte!". Wir grinsen uns an. Fliegen uns nicht mehr in die Arme, finden uns jedoch gegenseitig ganz okay. Auf jeden Fall wagen wir die gemeinsame Reise im Mai in meiner grünen MG Midget in die Camargue. Ich kann bloss lachen über Deine Träume von der grossen Liebe, von der Möglichkeit, wegen der grossen Liebe alles aufzugeben. Ich kann mir nun mal nicht vorstellen, mich einer gewissen Verantwortung und gewissen Pflichten zu entziehen. Du legst mir einen Zeigefinger auf den Mund. „Ich will ein Kind. Ein Kind von einem schönen Mann. Doch den schönen Mann habe ich noch nicht gefunden, ach!". Wir liegen in Saint-Paul-de-Vence in einer Wiese vor der Fondation Maeght und quatschen über Gott und die Welt. Wir schlafen am Strand in Schlafsäcken. In Sainte-Marie-de-la-Mer das grosse Fest der Zigeuner. Wir trinken Pastis und lachen mit verschiedenen Leuten. Eine Gruppe junger Deutscher, kurze Hosen und so, blonde Haare und so, einer aus deren Mitte zackig, doch unbeholfen an einer Gitarre zupfend. Umstehende Zigeuner kauen Kaugummi und schütteln ihre Köpfe, verdrehen ihre Augen über das Geklimper der Deutschen. Ein schmächtiger, kleiner Zigeunerjunge, dunkel-gebräunte Haut, weisses Hemd, schwarze, lange Hose, ein aufgeweckter Junge, nähert sich mit bestimmten Schritten der deutschen Gruppe, bittet um die Gitarre. Der Deutsche gibt dem Jungen seine Gitarre. Die Deutschen belächeln den Jungen. Der Junge hat ein selbstsicheres Grinsen auf seinen Stockzähnen, probiert ein paar Griffe aus, zupft diese oder jene Saite kurz an. Dann folgt mit fulminanter Energie und umwerfendem Elan der ‚Galop de Camargue', dass alle hingerissen sind und beim Ende frenetisch applaudieren. Augenzwinkernd gibt der Junge dem Deutschen seine Gitarre zurück und schlendert davon.

Abends in einem Lokal in Sainte-Marie-de-la-Mer. Ungefähr ein Duzend Zigeuner sitzen in einem Kreis. Zwei Gitarren kreisen. Jeweils zwei Männer spielen gemeinsam und erfreuen sich an ihrer Musik. Die andern Männer begleiten die Musik mit Klatschen, Singen und Zwischenrufen. Einer der Männer ist Manitas de Plata. Wir stehen mit unserem Pastis direkt hinter ihm und geniessen diese unbeschwerte Fröhlichkeit.

Spaziergang durch Sainte-Marie-de-la-Mer. Ein Zigeuner kommt uns entgegen. Ein schöner, stolzer, dunkler Mann, strotzend vor Männlichkeit. Ich schaue ihn an. Dann wende ich meinen Blick zu Dir. Du löst Dich von meinem Arm. Ich begreife nicht, was geschieht, bis ich tatsächlich sehen muss, wie du strahlend auf diesen Mann zugehst, Dich vor ihn stellt und ihm einen Kuss gibst. Dann kommst Du grinsend zu mir zurück. Ich bin entsetzt.

„Erber, Du bist verklemmt. Dieser Mann ist extrem schön. Ich musste ihn küssen. Was ist schon dabei!"

Mir fehlen die Worte. Noch am gleichen Tag bekomme ich heftigste Zahnschmerzen. Muss dringend nachhause. Du glaubst mir nicht. Wir bekommen Streit.

Reisen Hals über Kopf ab. Bei strahlendem Sonnenschein. Das Verdeck im Kofferraum. Wir wechseln bis zuhause kein Wort mehr. Einmal versuchst du, auf den Vorfall zurückzukommen. Ich unterbreche Dich sogleich.

„Du kannst zu deiner Rechtfertigung sagen, was du willst. In meinen Augen benimmst du dich wie eine Hure – oder noch schlimmer!"

Der Faden ist gerissen. Ein paar Jahre später. Ich sitze in der Stube meines Cousins und verbringe mit ihm und seiner Familie einen vergnügten Abend. Es klingelt an der Haustüre. Die Frau des Cousins geht zur Türe.

„Nein, wie schön, so eine Überraschung," klingt die Stimme der Frau des Cousins vor Freude eine Oktave höher aus dem Korridor. Und dann vernehme ich eine Stimme, von der ich sofort weiss, dass es Deine ist. Ich würde am liebsten im Polster des Louis-Phillipe-Sofas auf dem ich sitze, versinken. Du sprudelst über und ich hadere mit meiner Natur, die mir Reaktionen aufoktroyiert, die mich danach beschämen. Ich war damals doch bloss neidisch gewesen, dass Du Dich so frei und schamlos verhalten konntest, wie ich es schlicht nicht konnte.

„Weisst du noch, Erber, wie kindisch wir damals gewesen waren, in Südfrankreich. Es war die Bombe gewesen, wie du schockiert warst."

Das Eis schmilzt einmal mehr. Weil weder Du noch ich den Weihnachtsabend bei je unseren Eltern verbringen wollten, protestierten wir gegen den bürgerlichen Scheiss, indem wir ein ganz normales Nachtessen in Deiner kleinen Wohnung am Rennweg assen. Als einzige Beleuchtung die Leuchtschnüre mit den tausend kleinen Lämpchen der Weihnachtsdekoration über der Strasse durch die Fensterscheiben von draussen reinschimmernd. Wir trinken Champagner aus Silberbechern und kugeln uns vor Lachen, weil die Becher vom gekühlten Champagner eiskalt sind und der Champagner hübsch Zimmertemperatur annimmt. Dazu Räucherlachs mit Kapern, Zwiebeln, Zitrone und Toast-Brot.

„Ich war wie betäubt gewesen. Ich habe geschrien, ich will zu ihm, ich will zu ihm! Vergeblich. Er war weg …"

„Gelebt zu haben und plötzlich die Erkenntnis, ich habe nie wirklich gelebt. Ich war gleichsam immer tot gewesen."

Wir haben unsere Bäuche vollgeschlagen. Trinken den lauwarmen Champagner aus.

„Vollgefressen. Pfefferminztee soll gut sein, wenn man zu viel gefressen hat."

Das war vorgestern gewesen. Ich halte das Foto in Händen und schüttle meinen Kopf.

Ideale

Am 4. April sitzt Erber in der Frühlingssonne an einem Marmortischchen vor dem Restaurant Sunny-Boy und löffelt genüsslich aus einem überdimensionierten Glas Schokoladen-Eis mit Schlagrahm in sich hinein. Die Sonne spielt neckisch auf seinem Gesicht und er blinzelt ihr entgegen. Neben sich bemerkt Erber eine attraktive Blondine mit roten Kusslippen, die ein Modemagazin durchblättert. Aus seinen Augenwinkeln schielt er immer wieder zur ihr rüber und träumt die wildesten Träume. Als sie zu ihm her blickt, ist Erber total verlegen und weiss nicht, was und ob er überhaupt etwas sagen soll. Sie lacht. Erber fällt nichts anderes ein als „schönes Wetter, oder?". Es folgen spannende Gespräche über die Frühjahrsmüdigkeit, das Ende der Skisaison und als sie wieder auf die erquickliche Sonne zu sprechen kommen, entleert sich just über der Terrasse des Restaurants Sunny-Boy, wo die Sonnenstoren noch nicht ausgefahren sind, aus einer hinterrücks angezogenen schwarzen Wolke ein Platzregen. Fräulein M. – so hatte sie sich zuvor vorgestellt gehabt – und Erber räumen fluchtartig, nachdem sie die notwendigen Moneten auf den Tisch gelegt hatten, das Feld. Das aufgeschlagene Modemagazin über beide Köpfe haltend. Fräulein M. rennt in kurzen Trippelschrittchen und ihr wohlgeformter Busen wogt bei jedem Tritt. Erber kann sich wie zufällig an sie anschmiegen. Ihm gefällt die Aussicht, den Tag mit Fräulein M. zu beenden recht gut.

Fräulein M. wohnt möbliert. Die Puppen jedoch gehören ihr, betont sie stolz. 58 Puppen. In unterschiedlichen Größen und aus den verschiedensten Ländern. Erber grinst.

„Bei ihm zuhause stehen, sitzen und liegen keine Puppen herum. Jedoch 357 Bücher."

Beim Wort Bücher zuckt Fräulein M. teilnahmslos mit ihren Schultern und lässt ein gelassenes „Aha" fahren. Ihr Schmollmund verformt sich bald wieder zu einem Kussmund und Erber tastet sich mit einer Hand auf Fräulein M.'s Knie vor. Sie koche nun Kaffee, kündigt Fräulein M. an, steht auf und bittet den auf der Bettkante sitzenden Erber – die Enge des Zimmers erlaubt es nicht, einen Stuhl ins Zimmer zu stellen – etwas zur Seite zu rücken, sonst könne sie die Tassen nicht aus dem Schrank nehmen. Sie giesst Wasser in ein Gefäss und steckt den Stecker des Tauchsieders in eine Steckdose. Sie langt nach einer Büchse Nescafé. Später schlägt Erber vor, ins Kino zu gehen. Ob er nicht alle Tassen im Schrank habe, fernzusehen sei billiger, mokiert sich Fräulein M. und dreht den auf der Kommode stehenden Fernseher an.

„Du darfst dich auf das Bett legen. Und ich lege mich neben dich. Du musst mir aber versprechen, dass du nicht frech wirst," raunt Fräulein M. mit Miezekätzchen-Stimme. Sie lassen das Gute-Nacht-Geschichtchen für Kinder über sich ergehen.

„Sollen wir in ein Dancing gehen?", fragt Erber.

„Doch nicht am Sonntag!"

Es folgen Werbung, die Nachrichten, wieder Werbung und dann ein belangloser, flimmriger Film. Zuerst zieht Erber Fräulein M. das Kopfkissen weg. Doch sie berührt ihn nie. Zuletzt steht sie auf und holt ein zweites Kopfkissen aus dem Schrank. Dann kitzelt Erber Fräulein M.. Sie erbost sich. Um weiter bei ihr bleiben zu dürfen, müsse er ihr versprechen, von nun an ein braver Junge zu sein. Um neun Uhr siebenundfünfzig erzählt Fräulein M. Erber ganz aufgeregt, morgen kaufe sie sich vielleicht hochhackige rote Schuhe mit 11-Zentimter-Absätzen und mit ganz schmalen Lederriemchen. Erber zuckt mit den Schultern.

Einige Tage später holt Erber Fräulein M. von ihrem Arbeitsplatz ab. Er trudelt gegen halb Sechs in ihrem Büro ein. Er findet sie in einem riesigen Büroraum zwischen Schreibtischen, immergrünen Pflanzen in Kübeln, beige-weichem Spannteppich und dumpfem Schreibmaschinengeklapper. Sie sitzt zwischen unzähligen Kolleginnen auf einem Drehstuhl vor dem Telex, beisst ihre Unterlippe wund und lässt die Tasten rattern. Erber sagt etwas. Sie winkt mit knapper Handbewegung ab. Er sei zu früh. Ihre Arbeitszeit dauere noch drei Minuten. Erber will Fräulein M. nicht auf den Wecker fallen und unterlässt es, eine zynische Bemerkung zu machen. Immerhin ist sie pflichtbewusst. Ein guter Charakterzug. Er schaut sich gelangweilt um. Überall sitzen die Mädchen verbissen hinter den Maschinen und werfen ihm bloss verstohlene Blicke zu. Er tritt hinter Fräulein M. und schaut ihr über die Schulter. Zuerst bloss aus Langweile. Plötzlich zieht ihn das, was er zu sehen bekommt, an. Er schaut auf das Papier, das langsam aus der Maschine ausgespuckt wird. Mit vor Verblüffung runtergefallenem Kinnladen saugt er Buchstabe um Buchstabe in sich herein. Er verschlingt Worte, Sätze, Texte. In seinem Hirn beginnt es vor Ahas und Hopplas zu dampfen.

„Willst du hier Wurzeln schlagen!"

Erber schreckt auf. Fräulein M. wirft ihm einen vorwurfsvollen Blick zu. Sie windet sich aus ihrem Drehstuhl, steht auf. Auf roten, hochhackigen Schuhen mit schmalen Lederriemchen. Steht Erber gegenüber. Ihr Kussmund strahlt Erber an. Sie ergreift eine zu ihren Schuhen passende Handtasche, lässt diese an ihren Beinen herumschlenkern.

„Punkt halb Sechs," sagt sie.

„Sag mal ...", sagt er.

Sie packt ihn bei der Hand. Zieht ihn weg. Ruft nach allen Seiten „Tschüss", „Schönen Abend", „Bis Morgen" und zu Erber, „Trödel nicht rum, wir gehen!". Die Mädchen an den Schreibtischen tuscheln und kichern. Fräulein M. stolziert mit Erber an allen vorbei.

„Was hast du," fragt sie ihn im Plapperton.

„Ich habe zufällig einen Blick auf das geworfen, was du geschrieben hast. Das ist ja ...", will er zögernd ein Thema aufbringen. Doch sie lacht bloss und unterbricht ihn.

„Den ganzen Tag schreiben. Nichts wie schreiben. Total langweilig. Doch der Lohn stimmt. – Sag mal, ist dir was über dein Leberchen gekrochen. Du wirkst so ...."

Fräulein M. und Erber fahren eingequetscht mit ihm fremden Menschen im Lift runter. Sie schweigen. Kaum sind sie draussen an der frischen Luft, plappert Fräulein M. munter weiter.

„Ich habe mich so auf diesen Abend gefreut. Und ganz besonders toll war, dass du mich abgeholt hast. Ist dir aufgefallen, wie die Mädel geguckt haben? Morgen werde ich ins Büro kommen und so tun, als ob nichts gewesen ist. Sie werden mich löchern. Sie sind total neidisch, dass ich, ausgerechnet ich einen so gut aussehenden Freund habe.

Keine Widerrede, du siehst blendend aus und jede Frau kann stolz darauf sein, einen so gut aussehenden Mann zu haben. Wo gehen wir heute hin?"

„Bevor ich dir das verrate, musst du mir sagen, was das war, das du da geschrieben hast. Denn es ist …".

„Ist mir doch egal. Der Arbeitstag ist lang und ich habe so Vieles zu schreiben, wenn ich da alles, was … Sag mal, wie gefallen dir meine neuen Schuhe. Du hast noch gar nichts dazu gesagt. Träumer, wach endlich auf. Wie findest du sie, die neuen Schuhe?"

„Du hast einen Einblick in Dinge, die hochinteressant und brisant sind …".

„Ich habe mir abgewöhnt, auf das zu achten, was ich schreibe. Was soll es? Muss ich tatsächlich all diesen hochgestochenen Blödsinn lesen. Ich bin zum Schreiben angestellt. Und das tue ich aus dem FF. Etliche Anschläge mehr pro Minute als die andern Mädels. Ja, ja, mein Lieber, du könntest echt stolz auf mich sein, wenn du nicht immer …", lässt Fräulein M. ihren harschen Tonfall und den begonnen Gedanken auslaufen und fährt mit Miezekätzchen-Stimme fort, „jetzt wollen wir das Leben geniessen. Es ist so rasch wieder Morgen."

Dabei krault Fräulein M. Erber im Nacken und ihr Kussmund strahlt ihn an. Er denkt, ich will ihr den heutigen Abend nicht verderben …

Erbers Roman

Erber spürt in sich die Notwendigkeit einen
Roman zu schreiben, mit dem Titel

Kalte Einsamkeiten
Roman

Kapitel 1

Hans und Fritz laufen sich zufällig in der Stadt
über den Weg, entscheiden sich, das Zusammentreffen in der
Mala mit einem Bier zu feiern. Fritz weiss immer spannende
Geschichten zu erzählen.

„Dieser Typ, das glaubst du nicht, tolle Villa am
See, einen Jaguar E-Type, kennt Gott und Welt, feiert ständig
mit den berühmtesten Leuten. Da bekommst du einen
Geschmack vom wahren Leben. Bloss etwas ist seltsam an
ihm, Er hat einen ganz schiefen Mund. Nein, ehrlich, so
schief. Weiss auch nicht weshalb ...“

Hans beneidet Fritz um dessen Einblick in die
grosse Welt. Er selber hätte auch mal gerne dort
hineingeschielt. Doch scheint er dauernd mit den falschen
Leuten rumzuhängen oder schlicht nicht das Zeugs zu haben,
für Typen aus der grossen Welt interessant zu sein.

Kapitel 2

Hans ist wieder einmal blank. Also latscht er in seine Bank und stellt sich in die Schlange der Wartenden. Kaugummikauend und seine Hände in die Hosentaschen vergrabend vertreibt er sich die Zeit mit Herumspербern. Er gewahrt hinter sich einen Typ mit einem seltsam ganz schiefen Mund. Oha, blitzt es durch seinen Kopf, der Einblick von Fritz in die grosse Welt! Er richtet sich auf. In seinem Denkstüblein rumort es. Er stösst den Typ mit dem ganz schiefen Mund absichtlich, doch wie aus Versehen an. Entschuldigt sich überschwänglich. Verwickelt den Typ, der durchaus gesprächsbereit ist, in eine Unterhaltung. Der Typ lädt Hans zu einem Bier ein. Im abgetakelten weissen Blechkistchen mit Rostflecken, das der Typ als sein Auto bezeichnet, fahren sie zusammen zu einer Gartenwirtschaft. Etwas stimmt nicht. Der Typ sollte einen Jaguar E-Type besitzen.

Kapitel 3

Hans und der Typ verbringen eine lustige Stunde zusammen. Nach und nach vermutet Hans, dass Fritz, dem Technik nicht so geläufig ist, die rostige Blechkiste wegen der weissen Farbe für einen Jaguar E-Type gehalten haben könnte. Der Typ lädt Hans zu sich nachhause zum Nachtessen ein. Während der Fahrt betrachtet Hans den Typ von der Seite er. Er kommt zum Schluss, dass der Mund des Typs nicht ganz so schief ist. Sie nähern sich dem Dorf, den Fritz damals als Wohnort des Typs mit dem ganz schiefen

Mund genannt hatte. Der Typ parkt seine Blechkiste vor einer windschiefen Hütte, an die verschiedene Funktionsgebäude, wie anscheinend Stall und Heuschober angebaut sind. Ein runtergewirtschafteter Bauernhof. Der Typ lächelt Hans zu.

„Ich sehe, da staunst du, wie?"

Der Typ hat bei seiner Frage die vor der Hütte blühenden Osterglocken im Blick und nicht die windschiefe Hütte, bei der Hans sich fragt, ob es menschenmöglich ist, darin überhaupt zu hausen.

„Ich warne dich, heute früh hatte ich keine Zeit gefunden aufzuräumen."

Hans beruhigt den Typ. Seine Kaffeetasse vom Frühstück stehe auch noch nicht abgewaschen im Spültrog seiner Küche.

Kapitel 4

Spinnweben hängen von den Zimmerdecken, von den Ecken zu den Kommoden, auf denen Nippes stehen. Ein Bein des Tisches ist durch den morschen Holzboden eingebrochen, so dass der Tisch schief steht. Hans wundert sich, dass die mit Speiseresten und Schimmel bedeckten Teller nicht von der schief stehenden Tischplatte gleiten. Verfaulte Orangen liegen im Verpackungspapier zwischen leeren Weinflaschen und abgenagten Apfelbutzen. Über allem ein Geruch von Moder, gestockter Luft. Durch die mit einem Staubfilm belegten Fensterscheiben dringt dämmrig etwas Licht in den Raum.

„Ich liebe das Unkonventionelle meiner Villa,"
lacht der Typ. „räumen wir erst mal auf, danach können wir
kochen."

Hans und der Typ schrubben und putzen während
zwei Stunden und dreiundfünfzig Minuten. Sie füllen acht
Kehrichtsäcke mit Abfall. Danach präsentiert sich der Raum
in einem Zustand, der leidlich die Bezeichnung leicht
unordentlich verdient. Der Typ macht Hans immer wieder
auf Möbelstücke oder Gegenstände aufmerksam und
kommentiert mit „Schönstes Louis XV", „Feuervergoldet
Empire", „Aus Schlossbesitz" oder „Ein Vermögen wert".
Später, bei der dritten Flasche Wein im nun doch noch recht
gemütlichen Raum, in tiefen Louis XVI-Fauteuils sitzend,
erzählt der Typ, er sei erst Dreiundzwanzig, studiere und
betreibe in seiner Freizeit einen florierenden
Antiquitätenhandel, der es ihm erlaubt habe, sich dieses
Haus mit eigener Hände Arbeit zu kaufen. Seine Kundschaft
setzte sich aus der Crème de la Crème der Gesellschaft der
Schönen und Reichen zusammen. Das solle ihm mal einer
nachmachen. Der Salon werde in den Stall hinein erweitert
werden. Der Heuschober werde zur Bibliothek umgebaut
werden. Im Hühnerstall werde eine Sauna eingebaut …

Kapitel 5

Hans trifft den Typ, dessen ganz schiefer Mund
ihm längst nicht mehr auffällt, öfters. Der Typ fällt dermassen
aus dem Rahmen, dass Hans, je mehr dieser ihm über sein
Leben und seine Lebensumstände berichtet, immer
neugieriger wird, was hinter diesem Mensch steckt, was ihn
ausmacht und was ihn antreibt. Der Typ verfügt über ein

Selbstbewusstsein, das Hans beinahe erschlägt. Doch bloss beinahe. Hans schafft es, ihm ohne Scham gegenüber zu treten, ihm Fragen zu stellen. Was der Typ sich gefallen lässt und leutselig erzählt, was Hans wissen möchte. Lässt Hans eine zynische Bemerkung fallen oder hinterfragt er die Darstellungen des Typs, fixiert ihn dieser mit grossen Augen und wirft ihm einen bösen Blick zu.

Hans trifft zufällig Fritz und spricht diesen auf die Villa, den Jaguar E-Type und die guten Verbindungen zur Welt der Reichen und Schönen des Typs mit dem ganz schiefen Mund an. Er habe ihn ebenfalls kennengelernt.

„Oje, du mit deiner Ironie und deinen Zynismus kannst wieder einmal nichts gelten lassen. Musst alles runterreissen. Zugegeben, ich habe weder Villa, noch den weissen Sportflitzer gesehen. Ich habe mir schlicht vorgestellt, wenn er schon so von seinem weissen Sportflitzer schwärmt, dann muss es ein Jaguar E-Type sein. Sie sind doch bei den Reichen und Schönen zurzeit sehr in Mode. Okay, und auch wenn es kein Jaguar E-Type ist! Wenn man jemanden trifft, der es geschafft hat, und nicht nur das, der es in jungen Jahren geschafft hat, dann darf man nicht jedes Wort auf die Goldwaage legen. Du mit deinen ständigen Nörgeleien und dem obsessiven Hinterfragen! Schliesslich bietet der Typ uns einen Einblick in die grosse Welt. Wir kennen ja bloss die kleine Wohnung in der Mietskaserne und die Fortbewegung auf dem Fahrrad.

Kapitel 6

Hans hat auch Gelegenheit, den Typ mit dem ganz schiefen Mund in Gesellschaft zu beobachten. Der Typ verfügt über diese herrliche Gabe, strahlend auf alle Menschen, selbst Menschen, vor denen man gewissermassen vor Ehrfurcht erstarren und Distanz zu ihnen halten müsste, schon nur aus Anstand, zuzugehen, sie anzuquatschen wir alte Bekannte und sie im Nu um den Finger zu wickeln.

„Weil ich so erfolgreich bin, kommen alles Leute auf mich zu und reissen sich darum, mich zu sprechen," flüstert der Typ Hans lachend ins Ohr. Nun ist es an Hans, mit Lachen loszuprusten, mit einem Hohngelächter. Zu spät bemerkt er, dass er dieses Lachen besser unterdrückt hätte. Der Typ ist stinksauer und wendet sich abrupt ab von Hans. Hans wirft in Gesellschaft nun öfters die Frage auf, weshalb alle diesem Typ mit dem ganz schiefen Mund auf den Leim gehen. Auf seine leise und ernsthaft gestellte Frage erntet Hans bloss Kopfschütteln, entgeisterte Blicke und die Tatsache, dass er mit seinem Hinterfragen alleine auf weiter Flur steht. Doch wenn Hans in stillen Momenten in sich geht, muss er sich wohl oder übel eingestehen, dass die Begegnung mit eben diesem Aufschneider, der letztlich einen Erfolg hat, der ihm mal einer nachmachen soll, eine neue Dynamik in seine Beziehungen zu seiner Umwelt gebracht hat, ihn gefangen hält, ihm Anschauungsmaterial für Realsatire im Alltag beschert, ihm auf witzige Art vorführt, wie die Dynamik in Gesellschaften funktionieren kann und letztlich echt amüsiert. Wer den Typ zu ernst, bis hin zu todernst nimmt und gleichsam seine Ideologie aus ihm konstruiert, ist selber dumm und braucht kein Mitleid.

Kapitel 7

Die Leute, die sich um den Typ scharen, verdrängen Hans. Das heisst, Hans lässt sich ohne

Gegenwehr abdrängen. Hans kann sich schlicht nichts vorstellen, was ihm den Typ unentbehrlich machen würde. Der Typ mit dem ganz schrägen Mund sonnt sich in seinem Erfolg. Hans findet es eher kurios, wie der Typ es schafft, ihm Freunde und Bekannte abspenstig zu machen. Und wie der Typ Hans scheinbar bedenkenlos links liegen lässt, sogar trotz Verabredungen hocken lässt, wenn ihn andere Leute mehr locken. Als Folge davon fehlt Hans nach und nach seine gewohnte Runde beim Rumhängen in Bars und Saufen. Daran ist der Erfolg des Typs mit dem ganz schrägen Mund schuld. Hans mischt sich unauffällig unter seine ehemaligen Saufrunden, die jetzt dem Typ mit dem ganz schrägen Mund hörig zu sein scheinen und Hans bloss noch diskret beachten, wenn der Typ mit dem ganz schiefen Mund nicht rum ist. Hans flüstert in die Runde, „Der Typ hat einen ganz schiefen Mund". Die Anderen nehmen die Worte von Hans entweder nicht zur Kenntnis oder lachen ihn aus. So schlimm ganz schief sei der Mund des Typs nicht.

„Ihr werdet noch eure blauen Wunder erleben", raunt Hans.

Kapitel 8

Nach und nach schwindet das Amüsement von Hans über den Typ mit dem ganz schiefen Mund und über die Dynamik, die er auslöst. Unmerklich ballt sich in ihm eine Wut zusammen. Ohne sich dessen bewusst zu sein, gerät er in eine Trotzphase, faltet seine Hände zu Fäusten, stampft zornig auf den Boden und erzählt fiese Geschichte über den Typ mit dem ganz schiefen Mund, die niemand hören will.

„Ja, ja, der Hans, er ist eben, wie er nun mal ist, ist bloss neidisch auf den Typ," wird Hans verspottet und verlacht und grossmehrheitlich gemieden.

Hans kann es schlecht vermeiden, dass ihm der Typ mit dem ganz schiefen Mund immer mal wieder über den Weg läuft. Kaum erblickt er den Typ von Ferne, zwingt er sich, nicht gleich die Strassenseite zu wechseln. Wundert sich dann über seinen Spontanimpuls, vor dem Typ davonzulaufen. Überwindet sich und sagt sich, jetzt erst recht und erst noch recht freundlich. Bei einer dieser Begegnungen, wo der Typ Hans sogar wahrnimmt und auch grüsst, bleibt der Typ, o Wunder, stehen, grinst und lädt Hans zu einem Bier in der Mala ein.

„Ich habe bloss Zeit für ein kurzes Bier. Ich bin wahnsinnig in Eile. Ich sollte längst woanders sein," sprudelt der Typ mit dem ganz schiefen Mund los.

Hans lässt ein paar höfliche Nettigkeiten fallen, deren Ironien und Zynismen einem feinen Ohr nicht entgehen können. Der Typ mit dem ganz schiefen Mund hängt sie sich wie höchste Orden an seine geschwellte Brust und beginnt jeden einzelnen Satz, den er von sich gibt, wie Hans plötzlich auffällt, mit dem kleinen Wörtchen ich, das er aber zu einem unüberhörbaren Ich aufplustert.

„Ich muss jetzt gehen. Ich habe diese dringende Verabredung mit … Ich kann und darf dir nicht sagen, um welche Berühmtheit es sich handelt. Ich würde es ausplaudern, das …"

In dem Moment betritt Silv die Mala. Sie kommt schnurstracks und fröhlich mit blitzenden Äugelein lachend auf Hans zu, küsst ihn auf beide Wangen. Der Typ mit dem ganz schiefen Mund, der bereits aufgestanden war, bleibt beim Anblick von Silv mit offenem Mund stehen, setzt sich wieder wie in Trance, ohne seinen Blick von Silv abzuwenden. Hans bleibt nichts anderes übrig, als die Honneurs zu machen und Silv und den Typ sich gegenseitig vorzustellen.

„Und deine ach so dringende Verabredung mit dieser Berühmtheit …", schiebt Hans fragend nach, worauf er abrupt einen Blick vom Typ einfängt, der klar den Befehl enthält, seine Klappe gefälligst zu halten. Dazu noch eine abwehrende, lockere Handbewegung, die Hans ins Pfefferland katapultieren soll. Hans lässt sich nicht abwimmeln. Er zählt die Ichs, die der Typ in den höchsten Tönen auf Silv abfeuert und ihr dabei schmachtenden Blicks in die Augen schaut. Was Silv wiederum zu amüsieren scheint. Nach zwei Stunden platzt Hans der Kragen. Er steht auf und verlässt die Beiden. Kaum draussen aus der Mala nimmt er trippelnd rennende Schritte hinter sich wahr und weiss, Silv ist ebenfalls draus gelaufen. Der Typ mit dem ganz schiefen Mund ist für ihn ab dato gestorben, schwört sich Hans.

Kapitel 9

Hans findet sich damit ab, dass er seinen eigenen Weg gehen muss. Dass er halt alleine sein Bier säuft und auf muntere Gesellschaft verzichten muss. Er sinnt darüber nach, dass es alles in allem nicht einmal ohne ist, Eigenbrötler zu sein. Nach und nach bemerkt er, zuerst mit Schrecken ob der ungewollten Störung, dann aber mit Freude, dass einer nach dem anderen seine alten Freunde wieder bei ihm sitzen, wenn er in Ruhe sein Bier trinken will.

„Und der Typ mit dem ganz schiefen Mund," fragt Hans seine Freunde mit gespielter Sorge, doch höhnischem Ton.

Einige Freunde verwerfen ihre Hände in Abwehrbewegungen. Andere rümpfen ihre Nasen. Oder werfen ganz einfach hin, „fuck him!". Unter der Barthecke, kaum zu sehen von seinen Freunden, reibt er befriedigt seine Hände.

Kapitel 10

Mitte Juno schwimmt Hans im See. Die Wassertemperatur ist knapp 20°C., nimmt er an. Ihn fröstelt. Er muss sich ganz bewegen und anstrengen, um nicht tatsächlich zu frieren. In der Ferne sieht er einen Kopf über der Wasseroberfläche. Der Kopf nähert sich ihm. Während Hans kräftig seine Arme und Beine schwungvoll ausstreckt und kraftvoll zusammenzieht, um nicht zu erfrieren, überlegt er sich, ob der andere Schwimmer die Wassertemperatur im See ebenfalls grenzwertig finde.

„Ach, der Hans," japst der Mund des sich Hans nähernden Kopfes über das Wasser.

„Ach, der Fritz," kann Hans in die Richtung des Kopfes, den er als den Kopf von Fritz erkannt hat, zurückjapsen.

Hans und Fritz schwelgen im Zufall, der sie mitten im See zusammentreffen lässt. Sie lästern über die Hässlichkeit der hohen Hochhäuser aus Beton hinter der hübschen Stadtsilhouette, aus der die Kirchtürme am meisten abheben.

„Hätten wir doch einen Eiffelturm, dann wären es zumindest nicht die Kirchtürme."

„Wir haben die quadratschädligen Wolkenkratzer, die tatsächlich wir Bohnenstangen ins Kraut schiessen und die Wolken kratzen."

Um den Blödeleien ein Ende zu bereiten, fragt Hans Fritz, ob er den fiesen Typ mit dem ganz schiefen Mund noch sehe.

„Stimmt!"

„Was stimmt. Du hast meine Frage nicht beantwortet."

„Der Typ mit dem ganz schiefen Mund ist echt fies."

Hans fällt im Staunen über diese Antwort spontan der Kiefer runter. Worauf eine Welle in seinen Mund schwappt. Hans spuckt eine Wasserfontäne aus und produziert einen Hustenanfall.

Kapitel 11

Ein ganz so schöner Einblick in die grosse Welt sei die Beziehung zum Typ mit dem ganz schiefen Mund auch wieder nicht gewesen, räsoniert Fritz schwimmend. , nachdem Hans ausgehustet hat. Schon ein Einblick. Doch bloss ein Einblick in eine partielle grosse Welt. Dabei stelle sich ultimativ die Frage, was unter der grossen Welt zu verstehen sei. Letztlich sei selbst für sie Durchschnittsbürger die grosse Welt nicht unbedingt erstrebenswert. Hans möchte das beliebige Geschwätz von Fritz unterbrechen. Er ist bloss begierig darauf, ein paar saftige Müsterchen der Fiesheit des

Typs mit dem ganz schiefen Mund erzählt zu bekommen. Er fällt Fritz ins Wort.

„Habt ihr euch gegenseitig tüchtig auf den Grind gehauen, der fiese Typ mit dem ganz schiefen Mund und du?!"

„Ein dummer Trottel ist er," wirft Fritz genervt hin. Mehr kann Hans aus Fritz im Moment anscheinend nicht entlocken.

Kapitel 12

Von sich aus, ohne eine diesbezügliche Frage von Hans, kommt Fritz noch einmal auf das brisante Thema zu sprechen.

„Er hat sich aufgeplustert. Seine Einbildung ist immer absurder geworden. Er kam mir vor, wie ein bereits prall aufgeblasener Luftballon, in den jemand immer noch mehr Luft hineinpustet. Es ist so weit gegangen, dass er bei der geringsten Widerrede aufstand und sich aus dem Staub machte. Die beleidigte Leberwurst. Mit so jemandem kann man keine Beziehung haben. So einer ist ein dummer Trottel …"

Fritz redet und redet. Hans hört nicht mehr hin. Er hatte sich so sehr darauf gefreut, dass Fritz endlich gegen den Typ mit dem ganz schiefen Mund vom Leder zieht. Jetzt, wo es geschieht, klingt alles so banal, im Grunde, wie Hans es erwartet hatte, ohne ein überraschendes Element und bringt ihm nicht die geringste Befriedigung. Irritiert ihn bloss. Am liebsten möchte er alles um den fiesen Typ mit dem ganz schiefen Mund vergessen.

„Kalt hier draussen. Ist einfach nicht behaglich, wenn's so kalt ist," lenkt Hans Fritz von dessen Äusserungen ab.

„Du hast recht. Der Frühling hat zu spät eingesetzt. Das Wasser ist noch einige Grade kühler als andere Jahre um diese Jahreszeit. Wenn wir zum Wasser rauskommen, sind unsere Pimmel so klein geschrumpft, wie die von Junges mit zwei Jahren."

Kapitel 13

„Seltsam, kaltes Wasser verunmöglicht ein Gefühl des Zusammenseins. Jeder kämpft für sich gegen die Kälte."
„Zwei kalte Einsamkeiten im Dialog."

Kapitel 14

Im Julei stossen Hans und Fritz zufällig aufeinander. Sie trinken zusammen ein Bier im schattigen Garten der Eintracht.

„Der fiese Typ mit dem ganz schiefen Mund," beginnt Hans, doch Fritz unterbricht ihn sogleich.

„Von dieser Knalltüte will ich nichts mehr hören! Schluss damit!"

„Ich komme von ihm schlicht nicht los," fährt Hans unbeirrt fort. „Es irritiert mich, dass ich ständig spontan über ihn nachdenke. Irgendetwas stimmt doch da nicht. Wir finden ihn, oder fanden ihn lustig, weil er schiefe Ideen hat, sie äussert und an sie glaubt. Weil die schiefen Ideen drollig sind und wir, zumindest eine Zeit lang, selber auch daran glauben, widersprechen wir ihm nicht. Er fühlt sich bestärkt.

Letztlich kann er seine schiefen Ideen bloss ausleben, weil wir ihn lustig finden. Dann treibt er es zu bunt und kommt zu Fall oder eben auch nicht. Einerlei, irgendwie, wenn ich's mir genau überlege, habe ich weder eine Wut auf den fiesen Typ mit dem schiefen Mund, noch verachte ich ihn. In meinem Innersten bewundere ich ihn, dass er entgegen jeglicher Vernunft seine Verrücktheit ausleben kann, es dabei sogar zu einem Wohlstand bringt, von dem wir bloss träumen können, und vor allem, uns so sehr irritiert und irritiert hat, dass er lange Zeit über Gegenstand unserer ernsthaften Bedenken ist, was uns wiederum einen Schritt weiter bringt oder bringen kann, falls wir genügend offen sind …"

Fritz berührt mit dem Handrücken seiner Rechten die Stirne von Hans.

„Fieber hast du anscheinend keines. Doch normal im Kopf bist du nicht ganz. Der Einblick in die grosse Welt. Wie konnte er uns diesen bloss vorgaukeln!"

„Der Einblick in die grosse Welt ist unser Problem, nicht seins."

FINIS

Erber überfliegt stolz seine Notizen und ist überzeugt davon, dass diese Story einen packenden Roman ergibt. Diesen Roman will er unbedingt schreiben. Es wird ihn viel Zeit und viel Energie kosten. Doch dieser Herausforderung will er sich unbedingt stellen. Für einen guten Roman aus der eigenen Feder ist ihm kein Aufwand zu gross. Er atmet erleichtert aus und strahlt in sich hinein. Bedenkt die Story genüsslich und sucht nach guten

Formulierungen um ... Spontan blitzt der Gedanke durch seinen Kopf, im Grunde ist alles bereits gesagt. Jedes weitere Wort ist Schnörkel und Girlande und Seitenschinderei. Erber lässt es dabei bewenden, was aus einem inneren Drang heraus ohne viel darüber nachzudenken aus seinem Innern aufs Papier geflossen ist. Das muss reichen. Es ist genau die Story, die ihm vorgeschwebt hatte und die er nun erzählt hat.

Plädoyer eines liederlichen Subjektes

Gehalten im gewöhnlichen Strassenlärm auf dem Platz vor dem Bahnhof Wiedikon am dreiundzwanzigsten Hornung neunzehnhundertachtzig. Benzinkutschen und Strassenbahnen dröhnen in geregelter Ordnung vorbei. Anständige Leute hasten über den Platz. Ein korrekt gekleideter Bürger presst angewidert hervor: Die Obrigkeit müsste Besoffene wie diesen hier einsperren und Anstand lehren. Dann eilt der korrekt gekleidete Bürger über den Fussgängerstreifen und verschwindet hinter der nächsten Häuserecke. Die Sonne scheint, als ob Frühling würde. Niemand bleibt stehen, um sich das Plädoyer des liederlichen Subjektes anzuhören. Ausser der Aufzeichner, die Leser, die Zuschauer, die zuhören usw. Obwohl das liederliche Subjekt wie ein Wasserfall redet, ohne Punkt und Komma, geschweige denn Pausen, die sich als Absätze einfügen liessen, wird in dieser Wiedergabe Interpunktion verwendet, doch auf Absätze wird verzichtet, weil der Aufzeichner nichts Eigenes in den Text einbringen möchte.

Das liederliche Subjekt:

Meine Damen und Herren, ich bin ein liederliches Subjekt. Nehmen Sie sich in Acht vor mir. Von mir können Sie nichts Gescheites lernen. Mein Einfluss ist schlecht. Das wurde mir soeben gesagt. Ehrenwort. Ich beweise es Ihnen schwarz auf weiss, mit Unterschrift und Siegel. Blablablablablablabla.b l a B l a b l a b l a b l a b l .a .b l a b l a b l a. Kruzitürken, sie haben vergessen aufzuschreiben, dass ich ein liederliches Subjekt bin. Kann den Wisch von oben nach unten und wiederum nach oben überfliegen, das liederliche Subjekt ist ihnen durch die Latten gegangen. Gesagt jedoch hat er es, der ernste Mann mit dem weissen Kragen. Irgendwo zwischen den Zeilen steckt es drin. Schade, könnte ich es Ihnen zeigen, müssten Sie mir glauben. Ich bin nicht stolz darauf, ein liederliches Subjekt zu sein, aber – irgendwie – Ordnung muss sein. Ein liederliches Subjekt ist nun mal ein liederliches Subjekt. Daran gibt es nichts zu rütteln. Der ernste Mann mit dem weissen Kragen hat es mir gesagt. Er muss es wissen. Er ist sehr gescheit und weiss sehr viel. Ich hingegen bin das liederliche Subjekt. Lachen Sie nicht! Für mich ist das, was für Sie der Umstand ist, ein korrekter Bürger zu sein. Ich muss mit mir leben. Ich habe schon immer gewusst, dass etwas mit mir nicht stimmen kann. Alle andern sind anders. Und heute sagt mir der ernste Mann mit dem weissen Kragen: sie sind ein liederliches Subjekt. Was würde aus der Welt werden, wenn alle so wären wie sie! Er hat geseufzt. Seinen Kopf geschüttelt. Mich ernst und traurig angeschaut. Dieser Blick hat mich geschafft. Ich habe mich geschämt. Ich wollte ihn nicht enttäuschen, den ernsten Mann mit dem weissen Kragen. Was sollte ich tun? Ich bin leer. Leer, wie man nur leer sein kann. Schliesse meine Augen, weiss nichts. Spüre bloss mein Gewicht. Mein Gewicht. Ich bin zu schwer. Mein Gewicht drückt mich in den Boden rein. Ende der Musik. Jetzt ist es soweit. Mein Lehrer hatte es mir vorausgesagt. Er musste es geahnt haben. Der mangelnde Verstand eines liederlichen Subjektes lässt sich nun mal nicht verheimlichen. Der Verstand fehlt. Wo andere lange nachdenken und dann richtig handeln, trete ich frisch, frei und fröhlich in die Pfütze sein – und amüsiere mich erst noch über das Wasser das hochspritzt und in meine Schuhe rinnt. Bisher ist es gut gelaufen. Die anderen sagten, du bist ein Clown, nimmst nichts ernst im Leben. Plötzlich lachen die Menschen nicht mehr über mich. Was mache ich falsch? Diese Frage kann ich mir beim besten Willen nicht beantworten. Womöglich hängt es damit zusammen, dass ich … ich bitte Sie, Sie wären doch ebenfalls lieber der Marie nachgestiegen, als blöde Rechenaufgaben zu lösen. Daraufhin hatte mein Lehrer mich ins Gebet genommen. Er hatte mir prophezeit, dass es mit mir ein böses Ende nehmen werde. Ich hatte geantwortet, Herr Lehrer, das weiss ich nicht. Daraufhin war er echt ranzig geworden. Willst immer klüger sein?!!! Nein, Herr Lehrer, gerade das nicht, weil ich ja nicht weiss, was aus mir wird. Der Kopf des Lehrers war hochrot angelaufen und drohte zu platzen. Du hast noch viiieeelll zu lernen!!! Ich hatte mir gesagt, jetzt ist der Zeitpunkt gekommen zu schweigen. Ich hatte bloss mit den Schultern gezuckt. Dem Lehrer war in glühendstem Gestammel in höchsten Tönen entfahren, u..u…un…und w…wu…wu…wu…wurstig bist du auch! A…a…au…aus meinen Augen, a…a…au…aus meinem Sinn! F…f…f…f…fü…für mich bist du a…a…a…ab heute Luft, ja…ja…ja…jawohl! Objektiv hatte ich da den Salat. Selbstverständlich hatte ich mich riesig gefreut, dass das mit der Schule ein Ende gefunden hatte. Dennoch, begriffen habe ich nie, weshalb der Herr Lehrer damals so wütend geworden war. IHM kann egal sein, wie ICH ende! Selbst falls er es wüsste, mir ist es wurst. Ehrlich, ein böses Ende vorgesagt bekommen, sind keine guten Aussichten. Ausgerechnet gescheite Leute versteifen sich immer wieder darauf, böse Enden vorherzusagen. Es muss an der Zeit liegen. Oder daran, dass diese gescheiten Leute selber nicht weiter wissen. Unter uns gesagt, was angeblich kommen wird, hat mich nie im Geringsten interessiert. Schliesslich weiss man nie mit Bestimmtheit, was kommen wird. Könnte ja sein, dass plötzlich ein Märchen wahr wird oder einem der

Himmel auf den Kopf fällt, dann ist klar, dass ein allfälliges Wissen um eine lineare Zukunft einen auch nicht weitergebracht hat. Mit solchem Scheinwissen habe ich schlicht nicht gegessen. Mein Hunger bleibt. Vom Wissen will ich nichts wissen, denn auch ohne Wissen verhungere ich nicht – ausser es käme plötzlich eine landesweite Hungersnot. Dann aber würde ich mit meinem gesamten Wissen, trotz meines Wissens verhungern. Ergo, so einfach ist es: Ich brauche mir um das Wissen keine Sorgen zu machen. Es gibt bloss zwei Möglichkeiten. Entweder wuselt da oben ein gütiger alter Herr mit langem Bart herum und lässt uns schon nicht verkommen oder es gibt ihn nicht. Gibt es da oben nichts, kann man nichts darüber wissen. In einem Nichts liegt alles drin oder eben nichts. Gibt es jedoch den gütigen alten Herrn mit langem Bart, der uns nicht verkommen lässt, dann hat er uns so Vieles voraus, dass wir ihn nie einholen können. Ich kann also getrost von Pfütze zu Pfütze hüpfen und brauche mir keine Sorgen zu machen. Ich vertraue entweder auf das Nichts oder auf den gütigen alten Herrn mit langem Bart. Bis heute haben es das eine oder der andere für mich ganz gut geschafft. Hahahahahahahaha! Sie hätten dabei sein sollen, ehrlich! Was sie für Grimassen geschnitten hatten! Stellen Sie sich vor: Ernst-gewichtige Herren in dunkeln Anzügen, weissen Hemden. Oder, halt, war es der Polizist gewesen? Einerlei, der Polizist oder diese ernst-gewichtigen Herren in dunkeln Anzügen fragten mich, was haben sie sich dabei gedacht? Um diese Frage zu beantworten, brauchte ich keinen Augenblick nachzudenken. Ist doch klar, Menschenskind! Als der kleine Schnukkel zur Welt gekommen ist, drehte ich beinahe durch. Du, ich habe mich so doll gefreut. Verstehst Du es? Gefreut! Ich habe Raketen und Leuchtsterne und Sonnen und Flitter und Glitzer in die Luft hinauf gejagt, das grösste Feuerwerk, das ich mir vorstellen konnte, um dem Schnukkel zu sagen, schön, dass du gekommen bist! Und dann hatten wir gesungen und getanzt und getrunken und die ganze Nacht hindurch ein riesiges Fest – halt, so hatten wir es uns vorgestellt. Dann kam die Polizei dazwischen. Hahahahahahahaha! Sie haben sich blöd angestellt. Doch unsere Stimmung konnten sie uns nicht verderben. Und zum Schluss hatte ich die Scherereien. Stellen Sie sich vor, was sie mir an den Kopf geschmissen haben! Feuerwerk strikte am Nationalfeiertag und an Sylvester! Singen abends im Freien verboten! Ich dachte, ich höre nicht richtig. Ist Schwachsinn! Weshalb soll ich nicht feiern dürfen und die ganze Welt mit mir?! Hätte ich vielleicht dem Schnukkel zuflüstern sollen, du, ich freue mich, doch nur leise, niemand darf es hören. Ich lasse mir meine Freude nicht verderben. Ich nicht. Ja, starre mich nur an! Ich bin besoffen und ein liederliches Subjekt. Daran ändert alles Starren nichts. Ich bin und bleibe es. Okay, Ich lasse Dich leben. Lass Du aber auch mich leben! Man kann nicht alles über einen Leisten schlagen. Selbst mein Vater sagt, Sohn, geschehe, was wolle, nachhause kommen kannst du jederzeit, doch Zaster gebe ich dir keinen, keinen roten Heller! Dabei hat er mir mit seiner Hand in meine Haare hineingegriffen, hat meinen Kopf leicht geschüttelt und ich habe gespürt, er meint es ernst. Auch heute hat er mich nicht gefragt, was hast du jetzt schon wieder angestellt, dass sie dich zitieren? Er hat bloss gefragt, kannst du vor dir verantworten, was du getan hast? Da musste ich selbstverständlichen lachen. Wie sollte ich das vor mir nicht verantworten können??!!! Ja, ich bitte Sie! Ich habe den Schnukkel gern. Das können Sie mir glauben. Ich habe es an nichts fehlen lassen, an überhaupt nichts. Wie aber das den ernsten Männern mit den weissen Krägen begreiflich machen?! Ich weiss nicht, was diese Männer mit meinem

Schnukkel vorhaben. Dabei will ich nur, dass mein Schnukkel es ebenso schön hat wie ich. Weshalb können die Leute Karla, den Schnukkel und mich nicht einfach in Ruhe lassen! Wenn wir zusammen sein könnten, wären wir alle drei zufrieden. Ehrenwort! Und ich würde bestimmt nichts machen, was nicht in Ordnung ist. Sehen Sie, neulich, als das mit der Badehose war, da habe ich mir selber gesagt, Bürschchen, jetzt bist du schon ein wenig auf des Messers Schneide. Ach, Sie wissen ja nicht … also gut: schönster Sommernachmittag. Unter der Woche. Ich latsche durch die Landschaft. Erspähe ein Schwimmbad. Das muss einen verleiten. In frisches Wasser zu platschen und etwas darin herum plantschen. Hat mich gelockt. Wären Sie da hart geblieben? Also habe ich den Entschluss gefasst und schon ist das Dilemma da. Badehose. Schaue etwas zerknirscht um mich und siehe, da hängen doch just an einer Wäscheleine eines Hauses neben dem Schwimmbad fünf Badehosen. Nur mal so schnell ausleihen für ein Stündchen, habe ich mir gesagt, wenn die Badehosen ja hängen, braucht niemand sie. Ich bin ums Haus rumgegangen. War niemand da, den ich hätte fragen können. Also habe ich mir die blaue Badehose ausgewählt. Es klappte wunderbar. Meine Kleider legte ich hinter einen Baum. Kletterte über den Zaun der Badeanstalt. Achtete sorgsam darauf, dass ich mit der ausgeliehenen Badehose nirgends hängen blieb. Wäre peinlich gewesen, wegen eines blöden Drahtzauns ein Loch in die hübsche Badehose zu reissen. Bin ins Wasser gejuckt. Toll war's! Als ich nach einiger Zeit die Badehose zurückbrachte, kam der Bauer mit der Mistgabel … nein, das muss ein ander Mal gewesen sein. Sei dem, wie ihm war: Schwierigkeiten hat es alleweil gegeben, obwohl – und das will ich mit Nachdruck betonen -, obwohl ich nie auf Schwierigkeiten aus gewesen war. Ich frage Sie, wer liebt schon Schwierigkeiten?! Wäre bescheuert. Irgendwie hängen einem die Schwierigkeiten bisweilen an, ohne dass man es möchte. Mit der Badehose hatte ich ja nichts vor, was ich nicht hätte verantworten können. Ja, ja, ich weiss. Man klettert nicht über Zäune von Badeanstalten. Man geht schön ordentlich zum Eingang und bezahlt. Doch, ehrlich, ich bin blank. Beinahe schon ein Dauerzustand. Eher ein Zufall, wenn ich einen Fünfer in meiner Tasche habe. Soll ich mir, bloss weil ich blank bin, das Bisschen Schwimmen verkneifen?! Ist mein Handeln so schlimm, ehrlich? Sie können beruhigt sein, ich habe meine verdiente Strafe bekommen. Während dreier Tage hatte ich entzündete Augen. Gebrannt haben meine Augen, Sie können es sich nicht vorstellen. Diesen Schmerz wünsche ich niemandem. Karla meinte, logo, wenn man in solcher Chlor-Brühe schwimmen geht! Mag mein Augenschmerz kommen, woher er kommt, mir erschien er wie eine Strafe für das Vermeiden des Eintrittsgeldes. Alles rächt sich, so oder so. Und immer folgt dann zu allem Überfluss noch die leidliche Geschichte mit dem ernsten Herrn mit seinem weissen Kragen und er glaubt im Ernst, auch er muss seinen Senf noch dazugeben. Was soll's! Damals, als das mit der Badehose gewesen war, hätte es ihn keineswegs gebraucht. Er ist überdies so schwer von Begriff. Ich habe hundertmal versucht, ihm zu erklären, dass ich kein Unmensch bin. Er hat mich nur mit starrer Trauermiene angestarrt. Ich versuchte, ihm zu erklären, sehen sie, es hingen ja fünf Stück an einer Wäscheleine und ich hatte nur wenig Zeit, denn Karla wartete auf mich. Nachdem ich gebadet hatte, wieder über den Zaun zurückgeklettert war und mich umgezogen hatte, lachten Heckenröslein mich an. So niedlich. Kann oder soll man da widerstehen?! Aus Begeisterung pflückte ich ein kleines Sträusslein. Der Röslein-Hecke sah man nichts an. Dann fragte ich mich, wozu habe ich das Sträusslein gepflückt. Für den ersten Menschen, dem ich begegne, nein! Für die Person, von der ich die Badehose entliehen hatte! Ist niemand rum, stecke ich das Sträusslein zu der Badehose. Da – ich freute mich riesig – sah ich eine Frau bei der Wäscheleine stehen. Ich rannte freudig auf sie zu, streckte ihr das Sträusslein und die Badehose entgegen, überschwänglich dankend für alles. Sie jedoch begann zu schreien. Als ob ihr der Himmel auf den Kopf fiele. Sie rannte wie eine Furie ins Haus rein, wieder raus aus dem Haus, und wieder rein und raus und rein. Da habe ich die Badehose und das Sträusslein hingelegt und bin gegangen. Und wieder gab es Scherereien. Dem ernsten Herrn mit seinem weissen Kragen erzählte sie im Ernst, ich hätte sie vergewaltigen wollen. So ein Humbug. Ich habe Karla. Da hat sogar der ernste Herr mit seinem weissen Kragen bemerkt, dass sie lügt. Er hat sie nämlich gefragt, hat er sie berührt? Sie schüttelte wie wild ihren Kopf. Das hätte gerade noch gefehlt, doch hat er mir lüsterne Blicke zugeworfen, lüsterne! Und welcher Mann, gnädiger Herr, bringt einer alten Schachtel wie mir Rosen, wenn er nichts von ihr möchte?! Mir glaubte der ernste Herr mit seinem weissen Kragen nicht. Das mit dem lüsternen Blick blieb an mir hängen. Stempel und Unterschrift drunter, bestätigt und so weiter. Als ob ich Absichten gehabt hätte! Ich Dreiundzwanzig und sie, bestimmt schon weit über Dreissig. Immer bin ich der Sündenbock. Ist was, rennen die Leute zum ernsten Herrn mit seinem weissen Kragen und dann ist der Teufel los. Der ernste Herr mit seinem weissen Kragen plappert immer etwas von Freiheit und fügt mit erhobenem Drohfinger und stur-todernstem Gesichtsausdruck hinzu, ja, ja, aber nicht das, was du, Bürschchen, dir unter Freiheit vorstellst! Ich will diesem Heini seine Freiheit nicht vermiesen. Mich ärgert bloss, dass er mir vorschreiben will, was ich als Freiheit zu sehen hätte, wenn ich niemandem was zu Leide tue. Hätte ihm am liebsten zugerufen, was willst du, hoher Herr, von Freiheit wissen, wenn du bloss immer hinter diesen Schranken sitzest und dich dahinter sicher fühlst?! Ich habe es bleiben lassen. Egal. Ich will bloss meine Ruhe haben. Aus meiner Sicht braucht es den ernsten Herrn mit seinem weissen Kragen nicht. Was er mich lehren will, will ich nicht wissen. Sollte ich so gescheit werden wie er, damit auch mir das Gesicht zu einer stur-todernsten Fratze erstarrt?! Ich bedanke mich! Ich kenne meine Grenzen. Weshalb kennt er seine nicht? Ich bin nicht blöd, habe wohl verstanden, dass die Eltern der Karla nichts mit mir zu schaffen haben wollen. Klar, es sind rechtschaffene Leute und er macht bestimmt fünfundachtzigtausend im Jahr. Ich hin anders gestrickt. Immer wieder halten Leute mich an, sagen, Wahnsinn, wie gut du ausschaust, und immer schnitzeldrauf! Soviel kann ich Ihnen sagen, es reicht nicht. Mir schon, doch denen nicht. Für Karlas Eltern hätte ich Flanellhosen, einen Blazer und Krawatten tragen müssen. Logo, dass die Eltern von Karla apodiktisch gesagt hatten, diese Hochzeit kommt nicht in Frage, Punktum! Zuerst war ich zornig gewesen. Jetzt kann ich darüber sprechen. Man fühlt sich da als Mensch zweiter Klasse. Neineineinein, Irrtum, es gibt Menschen zweiter Klasse. Ob Sie es glauben wollen oder nicht. Es gibt sie. Ich habe mich damit abgefunden. Eine Hochzeit wäre unvorstellbar gewesen. Karlas Eltern wären nie dahin gekommen, wo meine Eltern Hochzeiten feiern, und umgekehrt. Meine Eltern im Ballsaal des Palace!!! Oder ich im Palace! Ich habe vorgeschlagen, ohne Eltern zu feiern. Karla daraufhin, und wer bezahlt?! Ich hatte eine irre Idee. Wir feiern draussen auf einer Wiese. Wir sammeln Beeren im Wald und ein Bisschen Früchte. Dann winde ich der Karla einen Kranz aus Blumen und lege ihn ihr aufs Haar. Alle Menschen, die wir mögen, kommen und wir singen und tanzen. Karla meinte, typisch du, du spinnst! Dann stellten sich unsere Gespräche über unsere Hochzeitsfeier als überflüssig heraus, weil die Hochzeit ins Wasser fiel. Ich bemerkte, dass die Eltern von Karla nicht nur etwas gegen eine Hochzeit hatten, aber auch nicht wollten, dass wir zusammen sind. Es fällt mir zwar schwer, doch irgendwie kann ich es zur Not noch nachvollziehen. Die Karla ist so schön und so fein. Sie gehört in ein Schloss, nicht irgendwohin. Ich hatte von jemandem eine seidene Decke bekommen. Glänzend rosarot. Diese Decke breitete ich auf dem Boden meiner Hütte aus und streute Blumen drauf, damit die Karla es schön hat bei mir. Dann ging alles sehr schnell. Zuerst hat man nichts gesehen. Dann schwoll ihr Bauch an und dann war der Schnukkel da. Dann haben sie mich abgeholt. Ein ernster Herr mit seinem weissen Kragen redete auf mich ein. Unzucht mit einer Minderjährigen! Ich dachte, ich höre nicht recht. Lachhaft! Ich und Unzucht. Ich sagte, neineineineinein, ich liebe die Karla und dann haben wir Liebe gemacht und dann ist der Schnukkel gekommen und wir beide lieben den Schnukkel. Denn wir haben uns den Schnukkel gewünscht. Das hat der ernste Herr mit seinem weissen Kragen nicht begriffen. Ich frage mich, was solche Herrschaften sich vorstellen?! Wir sind lange nebeneinander gelegen, die Karla und ich. Und dann haben wir Liebe gemacht. Für mich ist es das erste Mal gewesen. Für die Karla ebenfalls. Ein paar Wochen später hat sie dann gesagt, du, ich weiss nicht, könnte sein, dass ich ein Kind erwarte. Da hat mein Herz zu klopfen angefangen. Ich habe nicht glauben können, dass es wahr ist. Ich war ausser mir vor Freude. Später sind wir oft auf irgendeiner Wiese gelegen und ich habe meinen Kopf auf Karlas Bauch gelegt, um den Schnukkel auch ein bisschen zu spüren. Ja, und dann kam das mit der Hochzeit, die in die Binsen ging. Und die Frage, was hast du dir dabei gedacht? Es ist verboten! Da konnte ich bloss lachen. Hätten wir Liebe gemacht, wenn wir es nicht hätten tun können?! Auf eine Welt, wo man sich nicht einmal lieben darf, pfeife ich. Nein, wirklich, da hat das Leben keinen Sinn. Hier bekam ich mit dem ernsten Herrn mit seinem weissen Kragen echt Streit. Er fauchte mich an. Bei mir sei Hopfen und Malz verloren. Wenn ich nicht geistig so minderbemittelt und überdies noch frech wäre, hätte ich gewusst, „dass das von ihnen missbrauchte Mädchen erst zwei Wochen nach der gehabten Unzucht Sechzehn geworden ist" blablabla. Ich liess das Donnerwetter über mich ergehen und mischte mich nicht mehr ein. Bloss so total bedeppert, wie er mich hingestellt hat, bin ich selbstverständlich nicht. Klar, ich wusste von Karlas Geburtstag. Ich schwänzte die Schule und arbeitete eine Woche als Eisenleger auf dem Bau, um für die Karla ein goldenes Kettchen mit einem goldenen Herzchen dran zu kaufen. Es hat so hübsch ausgeschaut. Und die Karla hat sich sehr darüber gefreut. Für die Karla und mich war von diesem Augenblick an klar, wir gehören für immer zusammen. Dann kam die Überraschung mit dem Schnukkel. Wir hatten solches Glück und waren total glücklich. Wenn da die Umwelt nicht wäre! Ich bin zwar eine glückliche Natur, doch, eben, diese ernsten Herren mit ihren weissen Krägen kommen mir etwas zu häufig in die Quere. Als ich diesem ernsten Herrn mit seinem weissen Kragen, dem stur todernsten Gesichtsausdruck und dem erhobenen Drohfinger gegenüber sass, musste ich mir die Fingernägel meiner rechten Hand in meinen linken Unterarm bohren, um etwas Schmerz zu verspüren und wenigstens ein bisschen traurig dreinzuschauen. Bloss um dem ernsten Herrn mit seinem weissen Kragen seine Freude nicht zu verderben. Ich habe mir während der gesamten Untersuchung vorgestellt, worum es im Grunde geht. Worum geht es? Irgendwie mögen die Leute der Karla und mir den Schnukkel nicht gönnen. Und wenn ich an den Schnukkel denke, dann freue ich mich so, dass ich nicht traurig oder schuldbewusst dreinschauen kann. Er sieht so niedlich aus. Wenn er mich anschaut, dann macht er mit seinem Gesichtchen so, ja, genau so. Süss, nicht wahr?! Und dann die blonden Locken. Ich frage Sie, was haben die Leute gegen den Schnukkel und dass wir unseren Schnukkel lieben. Ich stellte mir vor, was der Schnukkel denken würde, wenn er das Theater mit dem ernsten Herrn mit seinem weissen Kragen miterlebte. Da kann man doch bloss lachen. Ich musste mich immer beherrschen, dass ich nicht losprustete. Zugegeben, gerade lustig ist es für den Schnukkel nicht, wenn alle denken, am besten wäre er nicht da. Ich habe alles drangesetzt, dem Schnukkel die schönste Welt zu bieten, doch gewisse Leute wollen es mit allen Mitteln verhindern. Dem ernsten Herrn mit seinem weissen Kragen konnte ich nicht mehr zuhören. Er hat mir die Worte im Mund verdreht und aus allem eine schlüpfrige Sache gemacht. Ist es nicht schrecklich, wenn man so aneinander vorbeiredet und er mir nicht einmal zuhören will, mich nie ausreden lässt, höhnisch sagt, „ich werde dir, Bürschchen, den Meister zeigen." Ich will mich ja nicht beschweren. Es ist glimpflich abgelaufen, die Sache ist im Sand verlaufen. Und ich wusste – das brauchte niemand mir zu sagen –, Junge, jetzt trägst du Verantwortung. Klar, sich der Verantwortung bewusst zu werden, ist schon ein Schock. Doch wenn man so liebt, wie ich liebe, ist es schon okay. Doch alles wurde etwas kompliziert. Karlas Eltern waren total wütend, dass ich nicht hinter Gitter kam und ausgeschaltet war. Sie bestimmten, dass ich weder die Karla noch den Schnukkel sehen darf. Alles kein Problem. Wir trafen uns heimlich. Was auch eine Zeitlang gut ging, bis … Nun, es kann nicht alles so schön sein, wie man es sich vorstellt. Ich mache der Karla keinen Vorwurf. Sie hat sich tagein tagaus immer nur anhören müssen, dass ich ihr Untergang sei. Womöglich hat sie es am Schluss selber geglaubt. Mich hat es schon sehr traurig gemacht und es hat mich einige Mühe gekostet, diesen Schlag zu überwinden. Aber klar, ich hätte ihr nie bieten können, was dieser Student ihr bieten kann. Getröstet hat mich dann, dass mit einem Mal die Mutter der Karla sich nicht mehr ganz so abweisend verhielt. Ich habe rasch herausgefunden, wann der Schnukkel wo ist und wo in der Villa ein Fenster offen steht. Die Mutter der Karla wusste haargenau, dass ich meinen Schnukkel jeden Tag einmal sehen musste. Sie hat mich nie verraten. Nun, ich hatte schon etwas Stress, doch es war okay. Kaum gewöhnt man sich daran, beginnt es trotz des Stresses Spass zu machen. Ich will mich nicht aufspielen. Schauen Sie selbst, ich sehe sehr gut aus. Das gefällt den Frauen. Ist doch klar. Es schmeichelt ihnen, wenn sie mich anschauen dürfen. Besonders die Älteren. Ist eine mal über, sagen wir, Siebenundzwanzig, dann wird sie schnell schwach, wenn ich ihr den Schmus bringe. Ich habe mir eine Polaroid von einem Freund ausgeliehen, um ein Foto von meinem Schnukkel zu schiessen. Da, schauen Sie! Ist er nicht total süss?! Ich bin von Haustüre zu Haustüre gegangen, habe geklingelt und wenn die Hausfrau rausgekommen ist, habe ich sie erst mal richtig angestrahlt. Ich hatte ja nicht den geringsten Grund, wie ein Trauerkloss dazustehen. Viele begehen am Anfang den entscheidenden Fehler, demütiger Hundeblick – total daneben! Man muss etwas Positives ausstrahlen. Ich bin eine glückliche Natur und muss mich ums Strahlen nicht sonderlich bemühen. Es geht wie von selbst. Insbesondere wenn ich an meinen Schnukkel denke. Dann erzählte ich den Frauen, wie es sich mit meinem Schnukkel so verhält und … ja, eben, was es so zu erzählen gibt. Frage dann, ob in ihrem Haus eine Arbeit für mich ist. Fenster putzen, Kartoffeln schälen, Auto waschen, Böden reinigen, einkaufen oder was an Arbeit anfällt. Sie können sich nicht vorstellen, wie viele Frauen froh um mein Angebot sind. Ich habe auch kein Hehl daraus gemacht, dass ich kein Geld wollte, aber was kleine Kinder zu benötigen. Ein bisschen was zu essen, Süssigkeiten, gebrauchte Kinderkleider, Spielzeug und so weiter. Die Frauen sind in der Regel geschmolzen. Manchmal war es mir direkt peinlich, weil alles ja Berechnung war. Ich bekam, was ich wollte. Der Schnukkel hat so viele Kleider, wie kaum ein anderes Kind. Keineswegs nur Ramsch. Ich bekam ein Laufgitter, einen Kinderwagen, ein Schaukelpferd aus echtem Holz. Selbst den täglichen Bedarf konnte ich locker decken, Milch, Eier, Butter. Das einzige Problem war, dass die Frauen mir zu viel geben wollten. Ich will den Schnukkel nicht überfüttern. Wenn gewisse Frauen sich mal auf etwas einlassen, sind sie kaum mehr zu stoppen. Sie können sich nicht vorstellen, wie gering der Bedarf von mir und meinem Schnukkel ist. Alles in Allem habe ich die besten Erfahrungen gemacht. Bloss eine Frau hat mich direkt ins Schlafzimmer gelotst. Ich habe ihr klar gesagt, dass das nicht drin liegt. Ich wäre mir irgendwie billig vorgekommen. Dann haben wir zusammen Kaffee in der Küche getrunken. Sie hat mich dann gefragt, ob ich nicht einen Bruder oder vielleicht einen Freund hätte, der mir ähnliche sehe. Ich winkte ab. Solche Geschäfte sind nicht meine Sache. Ich will ja bloss, dass es dem Schnukkel und mir gut geht. Mehr will ich nicht. Die Frau hatte es sehr gut begriffen. Sobald ich genügend beisammen hatte, rannte ich zur Villa und legte dem Schnukkel das Zeugs in sein Kinderzimmer. Der Kleine hatte immer alles bekommen, was er sich bloss wünschen konnte. Dann spielte ich jeweils mit ihm, bis die Luft jeweils dick wurde und ich wieder verschwinden musste. Karlas Mutter gab mir jeweils ein Zeichen, wenn ich zu lange geblieben war. Sie war echt nett. Ein paar Mal hat sie mir Kaffee gekocht. Als ich schüchtern, wie beiläufig erwähnte, ich liebte Bier, stellte sie mir jeden Tag eine Flasche Tuborg hin. Zufällig kam einmal die Karla dazu. Ich hatte sie nicht kommen hören. Plötzlich stand sie da. Hochnäsig war sie und behandelte mich von oben herab. Sie sagte, mein Einfluss auf Schnukkel sei schlecht. Im Übrigen wünsche ihr Vater, dass der Humbug aufhöre. Überdies seien sie durchaus in der Lage, Heinrich – für diesen Namen kann ich nichts, sie hatte darauf bestanden, Schnukkel Heinrich zu nennen, nach ihrem Vater – angemessen zu versorgen. Hingegen sollte ich endlich mal die … Wie hatte sie gesagt? Ein Wort mit A. Und es ging ums Bezahlen. Also um Geld. Ich verstehe nichts von Geld. In irgendeinem Urteil stehe, dass ich für den Schnukkel Geld bezahlen müsse. So und so viel. Die Karla nannte einen Betrag. Ihr Vater wisse von meinen finanziellen Verhältnissen und sei grosszügig. Er verzichte auf den vollen Betrag, sei einverstanden mit einer minimen Teilzahlung. Das aber müsse sein. Schliesslich gehe es um's Prinzip. Wer nicht einmal diesen minimalen Betrag bezahlen könne, sei ein Taugenichts. Zudem dürfte ich ab sofort ihren Heinrich – sie nannte meinen Schnukkel ihren Heinrich – bloss noch jeden zweiten Monat drei Stunden im Beisein von Rechtsanwalt Soundso sehen, weil mein Einfluss und so weiter blablabla. Zuerst verschlug es mir beinahe den Atem. Ich konnte mich nicht mehr beherrschen. Ich prustete los vor Lachen. Dieses Theater ist lächerlich. Ich tue alles für meinen Schnukkel. Sie aber finden, das ist nicht in Ordnung. Sie wollen nicht, dass ich alles für ihren Heinrich, meinen Schnukkel tue. Fordern von mir einen läppischen Geldbetrag. Dabei haben sie Millionen am Arsch. Ich dachte, sie scherzen. Irrtum, sie meinten es total ernst. Karlas Vater hat auf hart gespielt. Als ich meinen Schnukkel am nächsten Tag besuchte, war wieder einmal ein ernster Herr mit seinem weissen Kragen angesagt. Dieser fragte mich heute, soeben, bissig drohend, „und, junger Mann, wie stellen sie es sich vor?" Ich erklärte ihm ruhig und freundlich, wie es sich verhält. Und was hat dieser ernste Herr mit seinem weissen Kragen daraufhin gemacht. Gewiehert vor Lachen. Es war tatsächlich zum ersten Mal, dass ich einen dieser ernsten Herren mit ihren weissen Krägen habe lachen hören. Er lachte aber nicht, weil er meine Geschichte lustig fand. Er lachte mich spöttisch, höhnisch, böse aus. Er presste zwischen Lachern hervor, „so, so, so einfach stellt er es sich vor!" Dann hörte er plötzlich auf zu lachen und schrie mich an. „Bürschchen, ich warne dich, mich verkaufst du nicht für dumm. Einer, der so viel Dreck am Stecken hat, sollte gefälligst mucksmäuschenstill sein und schön tun, was man ihm sagt. Sonst kommt unsere Güte an Grenzen und wir ziehen ganz andere Saiten auf! Ich bin kein Unmensch. Ich gebe jungen Leuten gerne eine Chance. Ist aber einer, wie du, Bürschchen, ein liederliches Subjekt …" Er war wütend, dass ich Dreiundzwanzig bin und er Dreiundfünfzig. Mindestens. Und der Schnukkel bald Sieben. Ich hätte diesem ernsten Herrn mit seinem weissen Kragen ins Gesicht hinein sagen können, dass ich meinen Schnukkel noch immer jeden Tag sehe. Heimlich. Der Schnukkel braucht mich. Lachen Sie nur. Denken Sie ungeniert, dieses „liederliche Subjekt" ist aber reichlich naiv. Vielleicht bin ich naiv. Das ist mir egal. Ich will dem Schnukkel die schönste aller Welten bieten. Ich will, dass er es so schön hat wie ich und sein Leben geniessen kann wie ich. Tanze ich nur immer nach der Geige von denen, kann ich dem Schnukkel kein gutes Vorbild sein. Ich ziehe Klavier oder Klarinette vor. Ich kann dem Schnukkel nicht sagen, los, los, lerne wie ein

Trauerkloss rumzugehen, dann lache dreimal böse bis du Dreiundfünfzig bist. Wenn du dreimal scharf gelacht hast, wirst du husch husch husch ein Greislein, das mit sich nichts anzufangen weiss und im Pflegeheim keinen Unfug mehr treibt. Klar, jedes Mal wenn ich anecke, denke ich, vielleicht hast du tatsächlich nicht alle Tassen im Schrank. Bin ich ein liederliches Subjekt? Vielleicht habe ich mich getäuscht, als ich spontan annahm, er hätte das liederliche Subjekt als ärgste Beschimpfung betrachtet. Hat er geschimpft, wütend und unbeherrscht? Hahahahaha. Wenn der ernste Herr mit seinem weissen Kragen wüsste, dass aus seinem Mund das liederliche Subjekt beinahe wie ein Lob klingt. Er tituliert mich so, um Distanz zu schaffen zwischen ihm und mir. Mir soll es recht sein, denn mit ihm möchte ich um nichts in der Welt verwechselt werden. Uach! An einem einzigen Tag festzustellen, dass man mit Stolz ein liederliches Subjekt ist, und dabei besoffen sein, das ist zum Heulen! Hoppla! Ich stolpere beinahe über meine eigenen Beine. Und mein Plädoyer ist für die Katze. Niemand hört mir zu. Traurig, traurig, traurig. Es ist so traurig, dass ich ausgerechnet heute besoffen bin. Doch immer im ungeschicktesten Moment lässt man sich verführen. Sie werden es kaum glauben, kaum hatte soeben der ernste Herr mit seinem weissen Kragen mich zu weiss der Kuckuck was verdonnert, begegne ich hier – dort, über der Strasse, zwei Häuser rechts davon – auf ein anderes liederliches Subjekt, das an diesem heiterhellen Nachmittag über genügend Mittel verfügt, mich mit mehr Bier und Schnaps zu verwöhnen, als ich gewohnt bin und vertrage. Die Folge, ich bin blau. Glauben Sie im Ernst, ich würde hier stehen und meine Geschichte in die Welt hinausposaunen, wenn ich nüchtern wäre?! Bestimmt nicht! Zwar habe ich mich inzwischen damit abgefunden, als liederliches Subjekt bezeichnet zu werden, ich bin sogar irgendwie stolz auf diese

Bezeichnung. Doch jetzt beginnen neue Schwierigkeiten. Bin ich besoffen, kommt mir alles drunter und drüber. Sonst ist mir meist alles sonnenklar. Ich habe schrecklich Schiss, dass ich in meinem Suff vom guten Weg abkomme. Ein Fehltritt und schon strauchelt man. Was dann? Sie lachen, doch sie brauchen mich bloss an meinem kleinen Finger zu ziehen und schon falle ich – platsch – in genau der Richtung hin, in die Sie mich fallen sehen wollen. Ich bin zwar nicht sehr gross, dafür kräftig gebaut, doch Suff ist Suff. Wenn ich nüchtern bin, können Sie mit mir überhaupt nicht machen, was Sie wollen. Fehlt mir die Überzeugung, tue ich nichts. Dabei müsste ich gerade jetzt als liederliches Subjekt Kräfte wie ein Elefant haben. Ein liederliches Subjekt zu sein, ist nicht ohne und erfordert ein starkes Durchsetzungsvermögen. Das Gefängnis droht mir. Ich muss auf der Hut sein. Wegen – warten Sie mal, ja, jetzt habe ich's – „Vernachlässigung der Unterstützungspflichten". Ich muss auf der Hut sein. Sie dürfen mich nicht erwischen. Sonst ist es aus. Wer sonst sollte dem Schnukkel eine schöne Welt bereiten. Ach, du mein liebes Bisschen, habe heute noch nichts für den Schnukkel organisiert! He, schöne Frau, ja, Sie dort, haben Sie nicht zufällig Fenster zu putzen oder sonst Arbeit für mich …?

Das liederliche Subjekt rennt davon und ist weg.

Ende des Plädoyers

Kronleuchtergeschichten

Geschichte in kurzer Raffung

„So ein Mist!", seufzt der Kronleuchter verzweifelt und fügt in tränendurchsetzten Gedanken hinzu, „c'est à devenir fou!". Keine schöne Erinnerung vermag ihn aus seinen Grübeleien über die Ungerechtigkeit der gegenwärtigen Verhältnisse hinauszureissen. Er gibt der Eigendynamik des Kummers nach und flatscht sich in seiner Traurigkeit zurecht. Er leidet stumm in sich hinein. Schluchzende Herzen und jammernde Schmerzen passen nicht in diese Zeit. Das Bewusstsein über seine eigene Sinnlosigkeit bohrt sich wie ein Schneckengewinde unter unendlichen Qualen in sein Innerstes. Er hat seine Zeit gegen seinen Willen überlebt. Ein mögliches Ende rückt in immer weitere Ferne. Ein Aussenstehender sieht dem Kronleuchter seine Trübsal nicht an. Der Kronleuchter nämlich ist das Prunkstück des Salons, um den herum der Salon konzipiert wurde, und glitzert greller und blendender denn je.

Das grelle Glitzern ist der springende Punkt. Zwar sind die zierlichen Girlanden aus Schnüren von Kristallperlen, die zerbrechlichen Blüten aus Kristallglas und die zu Glas gewordenen Tropfen voller Facetten zum spielerischen Funkeln geschaffen worden, doch sind sie lediglich Beiwerk, das dem Leuchter die Krone aufsetzt. Zweck und damit Grund des Kronleuchters ist das Licht.

Damals, vor 200 Jahren, brannten unzählige Kerzen in kunstvollen Halterungen zwischen dem funkelnden Kristall.

Der Kronleuchter hat, man höre und staune, nicht nur eine Geschichte, aber auch eine Vorgeschichte. Die in der Zeit schwelenden Unruhen hatten es für eine Familie der Aristokratie angezeigt erscheinen lassen, sich zusätzlich zum Sitz an der Loire nach einem Refugium in einem friedlicheren Land umzusehen. Die Familie baute sich in der Folge ein Lust-Schlösschen am Genfersee. Für den Ballsaal des verspielten Baus wurde in der Kristallerie ein Kronleuchter in Auftrag gegeben, der das prunkvollste Stück werden sollte, das je geschaffen wurde. Der Kronleuchter war sich seiner Verantwortung als Prunkstück bewusst. Er erstrahlte in vollster Schönheit und war der Nabel der Welt. Vom Herstellungs- zum Bestimmungsort begleiteten ihn Ahs und Ohs. Als er den Ballsaal überstrahlte, war es für ihn selbstverständlich gewesen, dass seine Herrschaft verzückt zu ihm heraufstarrte. Leicht verschnupft war er jedoch, als anlässlich des ersten Balles ihn von der illustren, funkelnden und rauschenden Gesellschaft niemand eines Blickes würdigte. Krinolinen, gepuderte Perücken, mit wertvollen Steinen besetzte Geschmeide, Orden und Knickse und Kratzfüsse rauschten in Galanterie unter ihm vorüber. Die Leute hatten die Frechheit, das Prunkstück des Ballsaales nicht zu beachten. Zu seiner Genugtuung bemerkte der Kronleuchter, dass selbst seine Herrschaft über diese Nichtbeachtung indigniert war. Hier jedoch irrt der Kronleuchter. Seine Herrschaft war nicht indigniert, weil der Kronleuchter im Ballsaal zu wenig Beachtung fand, doch weil an den Zeiten etwas faul war.

Der Kronleuchter fand sich echt gut und wäre am liebsten vor sich selber auf die Knie gesunken. Er schwelgte in einer Aura von Ehrfurcht, Verhalten- und Gedämpftheit. Einmal vormittags kam der jüngste der jungen Herren in den Ballsaal gerannt. Seine Kleidung war in unüblicher Unordnung. Ein Seidenstrumpf klingelte sich hinunter bis auf die Schuhschnalle. Das samtene Beinkleid war verrutscht und die Rüschen des Hemdes flatterten. Der Kronleuchter war brüskiert. Er rümpfte verächtlich die Nase, weil jemand das culot hatte, sich ihm in solcher Aufmachung zu nähern. Der junge Herr wischte sich mit einem Handrücken die blonden Locken aus den Augen. Seine Wangen glänzten. Der Kronleuchter verfolgte das Geschehen mit stechendem Blick. Ihm schwante Schreckliches. Der junge Herr zielte mit einer Steinschleuder. Der Kronleuchter erstarrte ob dem Mangel an Respekt. Dann machte es klick und eine Kristallklunker tanzte wie verrückt hin und her. Je heller der junge Herr auflachte, desto gekränkter war der Kronleuchter. Er schwor sich Rache. Voller Schadenfreude liess er eine Klunker so sehr tanzen, dass sie sich aus der Verbindung löste, zu Boden fetzte und in viele kleine Teilchen zersprang. Der Schrecken in den Augen des verblüfften jungen Herrn bereitete dem Kronleuchter Genugtuung. Dann rannte der Hauslehrer herbei, nahm den jungen Herrn übers Knie und verdrosch ihn dermassen, dass der Kronleuchter im ersten Moment befürchtete, er macht ihn kaputt. Schwelendes Mitgefühl unterdrückte er sogleich. Es ging ihm um's Prinzip. Der gnädige Herr gesellte sich dazu, kanzelte sowohl den jungen Herrn, als auch den Hauslehrer ab und fügte hinzu, er verbitte sich ein Geschrei um solche Lappalien. Sein Mittagsschlaf sei ihm heilig. Der junge Herr nickte in Demutsgeste. Der Hauslehrer zog sich mit Kratzfüssen rückwärts gehend zurück, zwischen den Zähnen kaum hörbar herauszischend, dann mach halt deinen Dreck alleine! Dem Kronleuchter war in Ohr gestochen, dass der gnädige Herr die mutwillige Beschädigung seiner äusseren Schönheit als Lappalie bezeichnet hatte. Dieser Ausspruch schien zu bedeuten, dass er, der Kronleuchter, seiner Herrschaft im Grunde nicht mehr wert war, als ein gewöhnlicher Leuchter. Der Gedanke, nicht mehr geschätzt zu werden als der klobige alte Louis XIII-Leuchter aus dem Salon war für den Kronleuchter die Höhe. Er will unbedingt ernst genommen und gewürdigt werden, nicht bloss eine verspielte Laune der Kreation sein.

Der Kronleuchter reifte. Er erkannte, dass der tiefste Sinn selbst eines Kronleuchters das Lichtspenden sei. Er kam auf die inneren Werte und schämte sich, äusserlich aufgeputzt zu sein und zu funkeln. Am liebsten hätte er in einem Anfall von Verinnerlichung alle Klunkern, Tropfen und Perlschnüre zu Boden fallen lassen und wäre dann als Essenz dessen dagehangen, was er tatsächlich war: ein Gerippe mit Kerzen drauf. In seine Abgeklärtheit hinein platze, diesmal auf Zehenspitzen, die Kleider schön ordentlich und den Zeigefinger seiner Rechten über den geschlossenen Lippen, wiederum der jüngste der jungen Herren in den Ballsaal hinein. Aus leise angeschleppten Tischen, Stühlen und Leitern baute der junge Herr unter Aufwendung aller Kräfte und mit vor Eifer geröteten Wangen und Schweissperlen auf seiner Stirne einen Turm zum Kronleuchter. Der Kronleuchter dachte, törichter Junge, und war auf alles gefasst. Der junge Herr klaubte etwas aus seiner Hosentasche. Diesmal keine Steinschleuder, doch eine nigel-nagel-neue Kristallklunker, die er mit angespanntem Gesichtsausdruck an die leere Halterung hänge. Der Kronleuchter wollte gerade seufzen, ich bin kein von

Putzsucht getriebenes Frauenzimmer, als er bemerkte, wie der junge Herr fasziniert zum glitzernden Kristall hin schaute, mit kleinen Fingerchen durch sachtes Antippen die Pracht zum Tanzen brachte. Um den Kronleuchter war es geschehen. Er war zu tiefst berührt. Er schämte sich seiner äusseren Erscheinung nicht mehr, aber nahm sie als das, was sie war, eine Laune der Kreation, die etwas Spiel in sein Dasein brachte. Ab dato war der Kronleuchter mit seiner Existenz ausgesöhnt und war zur Freude aller ein Kronleuchter, wie es sich gehört.

Die Geschichte ging weiter. Es kam der Tag, an dem die Spiegel im Lustschlösschen schwarz verhängt wurden. Die jungen Herren, zu stattlichen Männer herangewachsen und längst schon ausgeflogen, kamen zurück, gingen bald wieder. Bloss der Älteste blieb. Der Kronleuchter bereitete sich geistig darauf vor, dem gnädigen Herrn auch bald ins Nirwana zu nachzufolgen. Er schaute im Warten auf sein Ende dem Treiben auf dem Parkett mit einem müden Lächeln zu. Sein mildes Lächeln blieb ihm im Halse stecken, als die Schäferidyllen, Medaillons und zierlich kannelierten Stuhl- und Tischbeinchen aus dem Saal entfernt wurden und an deren Stelle Undinger aus Mahagoni mit bronzenen Sphinx-Köpfen kamen. Den Kronleuchter schauderte mit Geklirr. Tiens, tiens, tiens, so heruntergekommen sind die Zeiten! Er aber blieb oben hängen und schaute resigniert auf die Damen in immer ausgeschämteren, durchsichtigeren Nachthemdchen-Kleidern. Dann verwandelte die Herrschaft sich schon wieder. Männer und Frauen wurden schrecklich bieder. Doch dann, kaum zu glauben, flackerten die alten Zeiten wieder auf. Auf den ersten Blick hatte der Kronleuchter sich beinahe täuschen lassen. Der dannzumalige gnädige Herren glich auf's Haar seinem ersten gnädigen Herrn. Der zweite Blick bereits zeigte mit aller Klarheit, dass selbst die neuen Krinolinen, Zapfenlocken und Veilchen nicht über diese glanzlose Zeit hinwegtäuschen könnten. Der Kronleuchter war sich sicher, die schlechteste aller Zeiten und sein endgültiges Ende erreicht zu haben.

Der Kronleuchter schreckt aus seinen Grübeleien auf, als irgendeiner der aktuellen jungen Herren mit geballter Faust auf die Marmorabdeckung einer Kommode schlägt. Die Marmorplatte barst. Die beiden jungen Herren waren so eifrig in eine Auseinandersetzung verstrickt, dass sie sich dessen nicht achteten. Die Folge davon war, dass nach der Zeit der schwarz-verhängten Spiegel nicht lediglich ein neuer gnädiger Harr da war, sondern zudem drei Viertel des Mobiliars verschwand. Der Kronleuchter verhielt sich mucksmäuschenstill. Er beobachtete wie zwei junge Herren und zwei junge Damen sich um die Undinger aus Mahagoni rauften. Der Kronleuchter wurde nicht beachtet, übergangen. Er schnaufte auf, dass er seinen Stammplatz nicht aufgeben musste. Sehnsüchtig dachte er zurück an die guten alten Zeiten, als er jeweils einmal im Jahr unter den Sperberblicken von stirnrunzelnden Livrierten von der Decke hinuntergelassen wurde und kichernde Mägde und Burschen seine einzelnen Kristallteilchen kitzelten, bis er nicht anders konnte, als seine tausend und vielmals tausend Facetten glitzern zu lassen. Seit Jahrzehnten bereits war ihm diese Behandlung nicht mehr widerfahren. Er war vernachlässigt worden, was ihm die Musse beschert hatte, über die guten alten Zeiten nachzudenken. Sein Nichtbeachtetwerden enthob ihn der Aufgabe, sich mit den fortwährenden Veränderungen auseinanderzusetzen. Dem, was auf ihn zukam, vermochte er keinen Reiz abzugewinnen. Als die lieblichen Tänze nach und nach der Walzermode gewichen waren, hatte es ihm zwar beinahe den Atem verschlagen, doch hatte er seine Augen zugekniffen und darauf verzichtet, den Moralapostel zu spielen. Die Zeiten verschlechtern sich zusehends. Er ärgert sich nicht darüber, vernachlässigt zu werden. Männiglich schart sich um zwei kleine gläserne Dinger, die auf Stielen stehen und vermittels eines Klicks grässlich blendendes Licht aussenden. Der Kronleuchter findet diese beiden Dinger saublöd. Diese saublöden Dinger kann er unmöglich im Ernst ernst nehmen. Er fühlt sein Ende endgültig nahen. Eines Tages dann wird er hinuntergelassen. Leicht bang, doch abgeklärt, schliesst er mit seiner ihm bekannten Welt ab. Er wartet gefasst auf den Todesstoss. Dieser fühlt sich an, als ob in seinem Innersten alles aufgewühlt würde. Zu seinem Erstaunen findet er sich kurz darauf wieder wie gewohnt an der Decke hängen. Trotzdem stellt er Veränderungen fest. Metallene Schlangen mit Geweben drum herum ziehen sich seinem Innersten entlang. Dann macht es klick und ohne dass er im Geringsten noch an sein Ende denkt, ist es da: er sieht schwarz! Allmählich erholt er sich, gewöhnt sich an – das elektrische Licht. Die Kerzen sind weg, Glühbirnen trägt er auf sich. Er ist elektrifiziert! Seufzend schickt er sich in sein Schicksal. Er sehnt sich zurück nach den gemütlichen Kerzen und ihrem Flackern und sendet ein Stossgebet zum Himmel, dass ein gütiges Schicksal ihn vom Dasein erlösen möge, bevor er Neonröhren verpasst bekommt. Ein Bisschen vom Glanz der Elektrifizierung strahlt auch auf den neu entdeckten Kronleuchter ab, bis ein neuer Gag sich breit machte: Candle-light! Traurig und müde bekommt der Kronleuchter mit, wie die Herrschaft Blumenranken und Natur stilisieren, der neuen Technik huldigen, aber zum Gemütlichsein Kerzen den Glühbirnen vorziehen. Als der Kronleuchter aus einem

seiner unzähligen Nickerchen erwacht, zeigen die Damen
Knie, hüpfen wie wild geworden hin und her und
Straussenfedern wippen aus Stirnbändern. So geht die Zeit
vor die Hunde, grümelt der alt gewordene Kronleuchter.
Schon dröhnen in zackigem Gleichschritt Stiefel durch den
Ballsaal. Der Kronleuchter wird mit einem leinen Tuch
verhängt und betet inständig um einen würdigen Tod. Er
zählt auf drei, doch nichts geschieht. Er wartet und wartet.
Nichts rührt sich. Zum Schluss sticht ihn die Neugierde. Er
versucht mit Zittern und Beben das leinene Tuch aus seinen
Umschlingungen zu lösen. Ein Zipfel des Tuches rutscht
runter, verheddert sich in einer Perlenschnur und erlaubt den
blinzelnden Durchblick bloss durch eine schmale
Aussparung. Was der Kronleuchter sieht, lässt ihn
erschaudern. Er schwört sich, sich der Welt augenblicklich zu
verschliessen, den Unfug nicht weiter mitzumachen. Die
Verzweiflung lässt ihn wie Espenlaub erzittern und zu
seinem grössten Schrecken löst sich das leinene Tuch
vollends und gleitet zu Boden. Seine Verkrampfung löst sich,
als er anstelle der furchterregenden Uniformen auf Formen
geschnittene Nadelstreifenanzüge sieht. Ein Seufzer der
Erleichterung. La guerre est finie. Nun kann/könnte er, der
Kronleuchter, in Frieden ein würdiges Ende nehmen.

Die Zeiten aber verändern sich schon wieder.
Würdige Enden gibt es nicht mehr. Hätte die Herrschaft den
Kronleuchter über gehabt, hätte sie ihn einem Trödler
übergeben, der seufzend eine Schere nimmt, die Schnüre mit
den Kristallperlen ritsch-ratsch zerschneidet, zu unzähligen
unscheinbaren Halsketten, Ohrgehängen und Broschen
verarbeitete und dieses Zeugs für gutes Geld an Antiquare in
aller Herren Länder der westlichen Welt verkitscht mit der
Zusicherung, dass es sich bei den Kristallperlen um

Abfallprodukte von der Herstellung der Kristallsäulen beim Altar der St. Isidor Kathedrale in St. Petersburg im 18. Jahrhundert handle, die damals an die Gläubigen verkauft worden seien. Der Trödler hätte überdies aus je drei Kristallrosen, verbunden mit nachträglich gegossenen, grünen Ranken Kerzenständer hergestellt, die als norditalienischer Barock wie heisse Semmeln weggehen, jedes einzelne Stück als garantiertes Unikat. Aus dem schäbigen Überrest hätte der Trödler zu guter Letzt sechs schäbige Deckenleuchten zusammengeschustert, deren jede je einem kulturlüsternen Ehepaar als schlichte Leuchte im Tudor-Stil aus Lavough... (der Rest des Namens bleibt unverständlich) Castle in North-Irgendwo angedreht worden wäre. Doch bleibt dem Kronleuchter dieses Schicksal erspart. Der Trödler muss andere Geschäfte machen und macht sie auch. Der Kronleuchter ist zu unschuldig, um sich ein solches Ende in den Händen eines Trödlers vorzustellen. Gedanken dieser Art wären rasch überholt gewesen. Die neuste und aktuelle Herrschaft nämlich erkannt, dass das, was seit Jahrzehnten, wenn nicht gar Jahrhunderten von der Decke baumelt, nicht ein unbedeutender Kristallsalat ist, doch reinster Louis XVI! Wenn schon, sollt nicht ein x-beliebiger, dahergelaufener Trödler mit diesem Wertgegenstand sein Geschäft machen, doch die Herrschaft selber sieht den Kronleuchter als leuchtende Investition.

Seinen Anfang nimmt das Verhängnis 1957. Die Spiegel im Lustschlösschen hätten wieder einmal schwarz verhängt werden sollen. Die Herrschaft jedoch ist inzwischen so nobel und fein geworden, dass sie ihre eigenen Traditionen erfindet, den alten Plunder über Bord wirft und es als allzu gewöhnlich empfindet, sich um ein Erbe zu kümmern. Das Lustschlösschen wird mit einem

Immobilienhengstes zu klingender Münze gemacht und der Erlös zur Zufriedenheit aller zu gleichen Teilen unter fünf blasierte und sich über allem wähnende Menschlein verteilt. Das ist das Ende des Besitzes des Lustschlösschens in der ursprünglichen Familie.

Der Kronleuchter ist romantisch genug, um voller Genugtuung in Richtung Abfalleimer zu schielen und seinen letzten Weg im Bereich von allem Irdischen besiegelt zu sehen. Neuer Besitzer wird ein immens reicher Tycoon, der sich dringendst Kultur besorgen muss. Dieser drehte beinahe durch, als seine Innenarchitektin, mit der er nebenher kurz eine Affäre hat, eröffnet, unter Patina, Staub und Spinnweben einen Kronleuchter in reinstem Louis XVI entdeckt zu haben, der ein Vermögen wert sei. Sie verschweigt ihrem passageren Geliebten und Kunden, dass das Ding mangels Interesses der echten Antiquitätenliebhaber keinen Wert hat, ihr aber erlaubt, eine hübsche Rechnung zu schreiben. Zum Ärger des Kronleuchters wird er dank der unerschöpflichen Mittel des Tycoons und zu dessen höchster Genugtuung von der Innenarchitektin, die dank etlicher Geliebter und Kunden perfekt vernetzt ist, zum Nabel der Kultur-Welt hochstilisiert. Kulturfuzzis aus allen Erdteilen pilgern herbei, um der Kronleuchter in die höchsten Höhen hinauf zu jubeln. Einer der Kulturfuzzis ärgert sich schrecklich, dass er in der Menge der Kulturfuzzis untergeht. Mit dem Schicksal ringend streunt er ums Haus und entdeckt eine Bronce-Tafel, die ein Vorbesitzer hatte anbringen lassen. Er kratzt die Tafel frei vom Dreck und kann so die Inschrift lesen. Madame de Staël habe anno soundso viel – genaues Datum – zum Tee in diesem Haus geweilt. Der Kulturfuzzi schreibt darüber in kreischend aufgebrezelten Tönen. Mit einem Mal ist der Kronleuchter im reinsten Louis XVI passé. Wer im

Kulturzirkus sich behaupten will, kreischt begeistert wie von Sinnen, Madame de Staël war hier?!

Der Tycoon ist wütend, dass eine längst vermoderte Tussi mehr von sich reden machte als er. Er bereitet dem Ganzen ein radikales Ende. Der Kronleuchter wird sorgsam heruntergelassen. Die Kristalltropfen werden da und dort mit Scotch-Band festgeklebt. Das Ganze wird in Styropor und Schaumgummi verpackt und mit Plastik umspannt. Der Kronleuchter seufzt, ach, hat man mich etwa ans Museum of Modern Art verkauft!

Die Bagger kommen und in kürzester Zeit steht nichts mehr vom Lustschlösschen. Der Abriss des alten Gebäudes lockt gewisse Leute auf die Barrikaden, die ab dato jeden weiteren Abriss verunmöglichten und jedes noch so dürftige Kulturgut erhalten wissen wollen. Der Tycoon lachte sich ins Fäustchen. Mit Geld ist Einiges zu erreichen. Er brüstet sich mit, noch einmal davongekommen – hätte ich bloss ein paar Tage zugewartet, wären die Kulturschützer mir zuvor gekommen und ich hätte das Nachsehen gehabt. Er beauftragt den trendigsten und teuersten Architekten der westlichen Welt mit einem Neubau, lässt diesem Architekten freie Hand und – wie man munkelt - -zig Millionen. Trend ist nicht mehr Prunk, doch prunkvolle Bescheidenheit, funktional oder nicht. Zur Verwunderung des Fussvolkes zaubert der trendigste und teuerste Architekt der westlichen Welt – nein, nein, nein, nein, nein, kein aufsehenerregendes Gebilde aus schiefen Ebenen und gläsernen Kuppeln und das nach etwas ganz anderem ausschauen würde, als es ist – einen kühl-nüchternen Bungalow in grauem Sichtbeton und viel Glas hin. Das Fussvolk raunt hinter vorgehaltenen Händen den Nächsten zu, das müssen die Wasserhähne aus reinem Gold sein, wenn dieser mickrige Beton-und-Glas-Klotz –zig Millionen gekostet haben soll. Von den Medienbeauftragten des Tycoons hallt es zurück, seht nur, wie einfach und bescheiden der immens reiche und, ach, so wohltätige ... und so weiter blablabla.

Der Kronleuchter wird ausgepackt. Im Salon des Bungalows, dessen Raumhöhe geringer ist als die Gesamthöhe des Kronleuchters, hatte der trendigste Architekt der westlichen Welt eine Glaskuppel und im Boden eine halbkreisförmige, nachtblau bemalte, mit unzähligen kleinen Lichtspots übersäte Betonmulde eingeplant. Die Mulde als nach unten gestülpter Nachthimmel, die Glaskuppel mit dem Himmel, wie er gerade ist. Dazwischen gefangen der Kronleuchter. Der Geschäftsmann und Kulturfreak steht daneben, wippt mit der Spitze des eleganten Schuhs an seinem rechten Fuss und hat seine kindische Freude daran, auf den Nachthimmel runterzuschauen. Der Kronleuchter ist nicht mehr an Strom angeschlossen. Damit seine Perlenschnüre und Kristallklunkern funkeln wird er von raffiniert versteckten Scheinwerfern angestrahlt. Seine beweglichen Glieder sind vermittels einer besonderen Prozedur versteift worden, um nicht durch Klinkern und Läuten den Geschäftsmann und Kulturfreak zu inkommodieren. Mit Knopfdruck wird die Geschichte der Kronleuchters auf eine gegenüberliegende Wand projiziert. Ist die ganze Technik in Betrieb, blendet und funkelt es von allen Seiten, so dass der Kronleuchter nicht mehr auszumachen ist.

Der Kronleuchter hängt da, immobilisiert, blendend. Er seufzt, Mist, c'est à devenir fou! Er ist wütend, dass er dazu verdammt ist, alle Zeiten zu überstehen. Er kann nicht verstehen, dass alles Menschliche seinen Weg geht und die Menschen sich anmassen, Dinge herzustellen, die nicht kaputt zu kriegen sind. Mit Wehmut denkt er an die Zeit zurück, als er mit der Zeit noch eins gewesen war und Licht spenden durfte. Er hätte zusammen mit seinem ersten gnädigen Herrn das Zeitliche segnen sollen. Jetzt hängt er als Idiot herum und wird von Leuten, die überhaupt nicht mehr wissen wollen, was die Aufgabe eines Kronleuchters ist, als Kunstwerk bestaunt. Am liebsten wollte er zu einem Häufchen Staub zerfallen, begleitet von einem knatternden Furzgeräusch und aus dem Häufchen Staub stiege ein Schwefelduft auf.

Während der Kronleuchter seinen Gedanken nachhängt, schleicht sich auf Zehenspitzen der Jüngste des Tycoons heran und richtet seine Kalaschnikow, die ihm sein stolzer Vater zu seiner männlichen Ertüchtigung aufgezwungen hat und mit der er nichts anzufangen weiss, auf die so lustig glitzernden Kristallplempel – . Der Kronleuchter nimmt das verschmitzte Grinsen des Jungen wahr. Der innerste Kristall des Kronleuchters beginnt zu hüpfen, der Junge macht mich tatsächlich zu Staub …

Cross-road 30. Juni 1981

140

Carlo S. Astreks Pauken und Trompeten

Kurzer Schwenker auf Astreks Geschichten

Carlo S. Astrek hat einen Knacks. Er lächelt immer. Sein Knacks bringt ihm das Lob ein, ein fröhlicher Mensch zu sein. Tatsächlich aber bedeutet das andauernde Lächeln für Carlo S. Astrek Stress. Es bringt ihn zum Schwitzen. Er verflucht den Moment, in dem er sich für das Lächeln entschieden hatte. Lang, lang ist's her.

Ein kleines Teufelchen hatte sich Carlo S. Astrek auf die Schultern gesetzt und ihm diesen Blödsinn ins Ohr geflüstert. Wenig später steht Carlo S. Astrek mit klopfendem Herzen im Salon, fällt wegen seiner hastigen Bewegungen beinahe hin, klaubt zusammen mit der Steinschleuder auch noch das Innenfutter seiner Hosentasche heraus, stopft das Innenfutter der Hosentasche ungeduldig wieder zurück und wühlt in den tiefsten Tiefen seiner anderen Hosentasche nach dem Steinchen, bis er es greift und aus der Hosentasche befördert. Wegen seiner vor Schweiss etwas glitschigen Finger entgleitet ihm das Steinchen beinahe. Dann endlich ist alles bereit. Carlo S. Astrek zielt auf die grösste Kristallklunker des Kronleuchters. Das Steinchen fliegt leise zischend durch die Luft und prallt mit einem glockenhellen Ping auf der Kristallklunker auf, die nun wie wild zu tanzen beginnt. Das kleine Steinchen, das Geschoss, fliegt wieder zu

Boden und prallt mehrmals auf dem Marmorboden ab, bis es liegen bleibt. Carlo S. Astrek starrt gebannt zur tanzenden Kristallklunker hin und lacht. Schielt auch zaghaft von Zeit zu Zeit nach allen Seiten, sich vergewissernd, dass niemand ihn beobachtet bei seinem tun. Dann stürzt er sich auf das Steinchen am Boden und wiederholt das Experiment mehrmals. Jedes Mal gelingt es. Bis die Kristallklunker sich mit einem Mal beim unbändigen Tanzen aus der Halterung löst, mit Klirren auf dem Marmorboden aufschlägt und in viele kleine Einzelteilchen zerspringt. Carlo S. Astrek erschrickt zu tiefst. Er hastet hin. Wagt kaum zu atmen und sieht sich die Bescherung an. Ihm wird heiss. Mit seinen kleinen Patschhändchen wischt er die Scherben notdürftig zusammen. Verbirgt sie in beiden Fäustchen. Schneidet sich dabei im Eifer in eine Handfläche. Gräbt im Komposthaufen ein Loch, um die Überreste der Kristallklunker verschwinden zu lassen.

Beim Nachtessen kommt die Sprache auf den Schaden am Kronleuchter. Alle schauen dabei Carlo S. Astrek an. Im Bruchteil einer Sekunde steigt Carlo S. Astrek das Blut in den Kopf. Er spürt seine Ohren brennen und Schweiss auf seine Stirne treten. Klar, alle wissen, dass er der Übeltäter ist. Er bereitet sich geistig darauf vor, dass ihm, sein Hintern versohlt wird. Von Freunden hat er gehört, dass das bei schwersten Streichen als Strafe droht. Für lediglich eine Ohrfeige, wie er sie auch schon eingefangen hat, scheint ihm sein Streich zu gewichtig. Dabei hätte er gegen eine Ohrfeige nichts einzuwenden gehabt. Seit Vater Grossvaters schweren Siegelring trägt, kann der Schlag auf der Backe nicht mehr voll aufklatschen. Danach hat er jeweils einen blauen Fleck auf der Wange, der jedoch nicht sonderlich schmerzt. Die Vorstellung, Schläge auf seinen Hintern zu bekommen, bereitet ihm spontan Sorgen. Der Vater würde bestimmt das Lineal zum Schlagen nehmen. Das könnte sehr schmerzhaft sein. Etwas Erleichterung verschafft Carlo S. Astrek der Einfall, dem Vater im Ernstfall zuvorzukommen, bevor dieser das Lineal zur Hand nimmt, und ihm einen gepolsterten Kleiderbügel zu reichen. In einem Gedankengeschwrubel sondergleichen wartet Carlo A. Astrek auf die gerechte Strafe und das, was da kommen wird.

Zu Carlo S. Astreks grossem Erstaunen entlädt sich kein Donnerwetter über ihm. Mamma und Papa sehen ihn lediglich traurig und total ernst an. Einerseits schnauft Carlo S. Astrek auf, andrerseits versteht er die Reaktion der Eltern nicht. Ihn verletzen die ernsten und traurigen Blicke der Eltern und ihr Schweigen. Zuerst zaghaft, dann aber sehr bestimmt, strahlt er seine Eltern unschuldig an. Die Eltern lassen sich nicht rühren. Sie mustern ihn weiter mit unbeweglichen Blicken und sagen kein Wort. Carlo S. Astrek bekommt es mit der Angst zu tun. Er heult los. Tränen schiessen aus seinen Augen und er schluchzt. Papa sagt, er solle mit dem kindischen Quängeln aufhören, und wendet sich mit einem verächtlichen Blick von Carlo S. Astrek ab. Mama sagt mit strenger Stimme, Papa hätte erwartet, dass Carlo S. Astrek genügend gross und vernünftig sei, um sich, wie es sich nach einer solchen Katastrophe gehöre, anständig zu entschuldigen. Papa verkündet weiter, nach dem Essen habe er leider keine Zeit, da er zu einer Parteiversammlung müsse, doch morgen werde er mit Carlo S. Astrek ein ernsthaftes Wörtchen reden. Falls er nicht augenblicklich zu plärren aufhöre, würde ihm Gelegenheit gegeben, im Keller darüber nachzudenken, wie ein grosser Junge sich aufführen soll.

Nun kommt Carlo S. Astrek aus dem Busch. Dieses Gesülze der Eltern geht ihm total auf den Kecks. Augenblicklich stellt er die Heulerei ein und verhält sich, wie er sich vorstellt, dass ein grosser Junge, der nicht mehr Strumpfhosen und kurze Hosen trägt, aber wie sein älterer Cousin, Kniestrümpfe und Knickerbockers. Er muckst lautstark auf.

„Ich bin ja nicht blöd. Ich bin nicht darauf aus gewesen, die Kristallklunker kaputt zu machen. Zielt man mit einem Steinchen darauf, ertönt ein schönes Pling und die Kristallklunker tanzt lustig umher."

„Hast du nicht verstanden, dass wir morgen darüber reden! Halt schon dein freches Mundwerk!"

„Und es hat einen so herrlichen Klang gegeben, als die Kristallklunker auf dem Marmorboden zersprungen ist und die Scherben so toll sternförmig auseinandergerutscht sind. Zudem hat Opa mir erzählt, wie er als kleiner Junge mit einer Steinschleuder auf diese Kristallklunker gezielt hat."

„Hör auf zu lügen. Du bist ein böser Junge, den man nicht lieben kann", kreischt Mamma wie von Sinnen.

Später sitzt Carlo S. Astrek alleine im Kohlenkeller. Langsam wird es dunkel. Er heckt einen Plan aus. Er will es seinen Eltern zeigen. Er schwört sich, den Vorratskeller zu verwüsten. Endlich mal nach Lust und Laune aufzufressen, was es da gibt. Selbst wenn er sich dabei seinen Magen verdirbt. Und das, was er nicht mag, kaputt zu machen. Die Eltern täuschen sich gewaltig, wenn sie glauben, er sei zu klein, um die lottrige Türe des Kohlenkellers aufzubrechen und in den Vorrats- und Weinkeller zu gelangen. Er wird alle Weinflaschen von Papa zerschlagen und den Wein über die Schwarzwurzeln und die Randen in den Sandkisten ausgiessen. Den Steinguttopf mit den eingelegten, harten

Eiern umwerfen. In das Sauerkrautfass hineinpinkeln. Die Gläser mit den eingemachten Birnenhälften, Bohnen und Himbeeren auf dem Kopfsteinboden des Vorratskellers zerschmettern. Und essen, worauf er Lust hat. Doch verspürt er Lust auf nichts. Bloss vielleicht ein Glas Ovomaltine, ein Stückchen Schokolade und ein Butterbrot mit Zucker. Doch das gibt es im Vorratskeller nicht. Es wird dunkler. Er kriegt es mit der Angst zu tun und wagt kaum mehr, sich zu rühren. Er hält es nicht mehr aus. Er schluchzt laut auf und heult los. Rinnsale fliessen aus Nase und Augen. Carlo S. Astrek wischt in Verzweiflung mit seinem rechten Arm über sein Gesicht. Er hört, wie die Kohlenkellertüre aufgeschlossen wird. Wie ein geschlagener Hund schleicht er an Mamma vorbei. Sie fragt ihn, ob er jetzt wieder vernünftig geworden sei und lieb sein wolle. Bei diesen Worten durchzieht Carlo S. Astrek erneut ein Weinkrampf. Mamma ruft ihm nach, wenn er nicht gescheiter geworden sei, müsse er ohne Gutenachtkuss zu Bett gehen. Und er könne darauf gefasst sein, dass Papa ihm morgen die Ohren langziehen werde.

Im Badezimmer steht Carlo S. Astrek vor dem Spiegel und ist entsetzt über sein Aussehen. Er begreift total, dass niemand einen so verheulten Jungen liebhaben mag. Und schon heult es wieder aus ihm heraus. Er hat auch Angst davor, von Papa ausgeschimpft zu werden. Er stellt sich vor, dass etwas ganz Gewaltiges auf ihn zukommen werde, wenn Papa es so sehr auf die lange Bank schiebe. Carlo S. Astrek will nicht skalpiert, im Kochtopf gesotten oder verkauft werden! In der Nacht wälzt er Gedanken und wird von schlimmsten Träumen heimgesucht. Am nächsten Morgen geschieht nichts. Über Mittag auch nichts. Nach dem Abendessen geht Carlo S. Astrek vor seinem in der Stube in seinem Fauteuil sitzenden und Zeitung lesenden Papa eine

Weile auf und ab. Doch nichts geschieht. Die Situation ist beklemmend. Auch in der nächsten Nacht wälzt Carlo S. Astrek wilde Gedanken. Er stellt sich vor, dass seine Eltern heimlich planen, ihn bei Nacht und Nebel auf grausame Weise zu bestrafen. Er tastet sich zögernd an Mamma und Papa heran. Nichts geschieht. Das Misstrauen von Carlo S. Astrek bleibt bestehen. Er leidet und betrachtet seinen leidenden Gesichtsausdruck im Badezimmerspielgel. Da kriegt er einen Lachanfall. Er schlägt mit einer flachen Hand auf einen seiner Oberschenkel und grinst, wie bin ich blöd!

Er hat es über, auf die Folter gespannt zu sein. Er muss etwas unternehmen, um wieder glücklich zu sein. Ihm fallen tausend Dinge ein, die ihm Freude machen könnten. Doch nichts überzeugt ihn. Er muss etwas mit viel Trari und Trara machen, mit Pauken und Trompeten! Mamma und Papa hocken stundenlang vor dem Grammophon und hören sich irgendein Gedudel ein und wollen unbedingt nicht gestört werden. Er will ihnen eine Freude bereiten und damit ihre Herzen zurückerobern. Pauke hat er keine. Dafür eine kleine Spielzeug-Trommel, die an einer Schnur befestigt ist, die er sich um den Hals legt, so dass die Trommel vor seinem Bauch baumelt. Seine Trompete ist aus Blech. Ältere Jungs lachen ihn aus, seine Trompete quäkse. Der Trommelstock ist etwas beschädigt und könnte bei zu heftigem Trommeln entzweibrechen. Er weiss genau, wie er sein Konzert hinlegen will. Zuerst die Trompete, dann einen Trommelwirbel, dann nochmals die Trompete. Er stösst die Stubentüre einen Spalt weit auf. Schiebt sich verschmitzt lächelnd auf Zehenspitzen mit klopfendem Herzen in die Stube. Mamma lächelt ihm kurz zu und stickt dann wieder konzentriert weiter an ihrem Gobelin. Papa zischt schschsch und hält seine Augen in der verdammten Musik schwelgend geschlossen. Carlo S. Astrek hält die Trompete vor den Mund, holt tief Luft, drückt das Mundstück des Instruments fest gegen seine Lippen, plustert seine Wangen auf, doch bevor er einen Ton rauskriegt, sieht er die bösen Blicke, die Mamma und Papa ihm zuwerfen. Er lässt die Hand, die die Trompete umklammert hält, fallen und lächelt verlegen. Mamma und Papa lächelt zurück. Carlo S. Astrek probiert nun einen trotzigen Blick. Sofort verhärten sich auch die Blicke von Mamma und Papa. Diese Übung wiederholt er mehrmals. Böse Blicke, Lächeln, böse Blicke, Lächeln. Dann stellt er sich dicht vor Papa hin und lächelt ihn unverhohlen an. Papa erwidert das Lächeln und klopft Carlo S. Astrek anerkennend auf die Schulter. Bei Mamma funktioniert es gleich. Bloss klopft sie ihm nicht auf seine Schulter, aber sie streichelt seine Schulter ein wenig. Carlo S. Astrek versteht zwar die Welt nicht mehr. Zuerst sind Mamma und Papa total böse, wollen ihn unbedingt für seinen Streich bestrafen, hecken während Tagen die grausamsten Pläne aus, wie sie ihn bestrafen könnten. Carlo S. Astrek mobilisiert all seine Möglichkeiten, um Mamma und Papa eine Freude zu bereiten und sie zu versöhnen. Doch von seiner Überraschung für sie wollen sie nichts wissen. Sind bereits mit einem läppischen Lächeln zufrieden. Carlo S. Astrek schüttelt seinen Kopf. Dass ein Lächeln seine kleine Welt retten kann, erscheint ihm nun doch allzu billig. Doch ein Lächeln kostet ihn nichts.

Carlo S. Astrek experimentiert mit seinem Lächeln. Er lächelt, wenn immer er Mamma oder Papa über den Weg läuft. Sein Lächeln bringt ihm das Lob ein, ein lieber Junge zu sein, endlich vernünftig zu werden und für alle andern Kinder ein leuchtendes Beispiel zu sein. Das Lob der Eltern lässt sich in Materielles umsetzen. Ein flüchtiges Lächeln bringt ihm ein zwar aus erzieherischen Gründen kategorisch abzulehnendes Mickey-Mouse-Heft ein, ein intensives Lächeln den neusten Band der Biggels-Serie, ein sehr intensives Lächeln das notwendige Geld für einen Eintritt in die Mini-Golf-Anlage. Doch nicht bloss das Materielle zählt. Carlo S. Astrek ist auch das Ideelle lieb. Je mehr er lächelt, desto mehr wird er gelobt, selbst wenn er wieder einmal totalen Mist gebaut hat. In der Schule langweilt es ihn, so zu schreiben, dass immer alle Buchstaben in die gleiche Richtung schauen. Auch ist ihm egal, ob man viel oder fiel mit Vögeli-V oder Flügeli-F schreibt. Strafaufgaben langweilen ihn tödlich. Ist seine Schrift wild bewegt und hat er wieder einmal das falsche F erwischt, tadelt der Lehrer ihn zwar nach wie vor. Doch wenn Carlo S. Astrek den Lehrer während seiner Strafpredigt unterwürfig strahlend anlächelt, brummt ihm dieser keine Strafaufgabe mehr auf, lässt es bei den Straf- und Moralpredigten und Belehrungen bewenden. Sein neues Verhalten bringt ihm das Lob ein, ein gewissenhafter Junge zu sein, der es endlich kapiert habe, dass es lohne, sich Mühe zu geben, weshalb er gute Noten verdiene. Carlo S. Astrek lacht sich derweil ins Fäustchen und übt sich im Hundeblick mit feucht-strahlenden Augen.

Sein Lächeln ebnet Carlo S. Astrek den Weg in allen Bereichen. Er wächst zum hoffnungsvollen Jüngling heran, der sich angenehm von den zornigen und Barrikaden bauenden jungen Männern abhebt. Oft hört er den Spruch, jede Mutter einer Tochter wünsche sich einen Schwiegersohn wie Carlo S. Astrek. Der Haken daran ist, dass keines der Mädchen wegen seines Lächelns in ihm den feurigen Liebhaber sieht. Das Lächeln ist ihm dabei so zur Gewohnheit geworden, dass es ihm zu mühsam ist, es sich für besondere Gelegenheiten abzugewöhnen. Sein grundsätzliches Schweigen und sein geheimnisvolles Lächeln, lässt ihn für

Viele zum stillen Geniesser werden. Für andere zu einem Vertreter der schweigenden Mehrheit. Für noch andere zum klugen Nein-Sager. Für alle aber zu einem klugen Kopf. Carlo S. Astrek hat gelernt, dass er sich mit Pauken und Trompeten bloss den Kopf einrennt. Sein Auftritt ist subtiler. Zu Beginn ist er jeweils unscheinbar in der Masse, im Hintergrund, um nach und nach wegen seines Lächelns hochgelobt zu werden und plötzlich im Zentrum zu stehen. Inzwischen hat er auch Speck und Fett angesetzt und führt ein gemütliches Leben. Er kann versonnen lächelnd in seinem Eames-Chair hocken und Zeuge eines Streites von zwei Parteien sein. Er will überhaupt nicht wissen, worum es im Streit geht. Er lächelt auf beide Seiten und kann sich so die Sympathien beider bewahren. Seine Lustlosigkeit zum Streit langweilt ihn bisweilen, doch nimmt er sie um des lieben Friedens willen doch in Kauf. Seine grösste Sorge ist, bloss nicht in einen Streit hineingezogen zu werden. Widerspricht ihm jemand, verletzt es ihn persönlich. Seinen Schmerz schluckt er jedoch um des lieben Friedens willen runter. Rechtfertigungen und geistreiche Erwiderungen legt er sich bloss in Gedanken zurecht, ohne sich tatsächlich zu äussern. Selten, wenn er es überhaupt nicht mehr aushält, explodiert er kurz. Schreit für ein paar Sekunden und Minuten wüsteste Schimpftiraden in die Welt hinaus. Dann sehen alle Umstehenden ihn total erschreckt an und erkennen ihren sonst so sanftmütigen Carlo S. Astrek nicht wieder. Atmen erleichtert auf, wenn der Ausbruch zu Ende ist und Carlo S. Astrek wieder der alte ist und lächelt. Heftige Diskussionen und laute Gespräche sind Carlo S. Astrek ein Gräuel. Er bezeichnet sie als primitiv und weit unter seiner Würde. Er lächelt sogar, wenn seine Frau mit anderen flirtet und die Kinder ihn einen Waschlappen schimpfen. Dabei ist er unheimlich stolz darauf, für seine Toleranz von den Meisten bewundert und gelobt zu werden.

Carlo S. Astrek nistet sich kuschelnd in seinem Eames-Chair ein und ein Gefühl der Wohligkeit durchrieselt seinen Körper. Er bestätigt sich zum tausendsten Mal, dass er ein zufriedener Mensch ist. Reichtum, Macht, Erfolg strebt er nicht an. Sie bringen bloss unnötigen Stress und die Gefahr, fatale Fehler zu begehen. Er ist stolz darauf, ein zuverlässiger und senkrechter Bürger zu sein. Werden am Fernseher Berichte über Freaks, Aussenseiter und entfesselte Künstler gezeigt, lässt Carlo S. Astrek lächelnd fallen, diese Menschen seien total unsympathisch und hätten bestimmt einen Knacks. Wenn Andere von Kämpfen, Schmerzen, Anstrengungen, Verzweiflungen, Mühen und Leidenschaften sprechen, kann Carlo S. Astrek bloss lächelnd seinen Kopf schütteln und einmal mehr feststellen welch Glückspilz er ist, während die Anderen selber schuld sind an dem, was sie sich aus welchen Gründen auch immer einbrocken. Sein Glück befriedigt ihn vollauf und das kleine Unbehagen, dass er für sein So-Sein, wie er ist, später einmal bezahlen müsse, wischt er bedenkenlos beiseite.

Carlo S. Astrek fällt aus allen Wolken und kann nicht anders als blöd lächeln, als sein Jüngster aus Rand und Band gerät, weil im Fussballstadion ein Weltcup-Spiel stattfindet. Er selber betreibt keinen Sport. Begleitet nur dann und wann die Kinder in ein Schwimmbad, und das erst noch mit Widerwillen. Er ermuntert die Kinder dennoch zu sportlicher Betätigung. Warnt sie vor Sportarten, die bloss dem gesellschaftlichen Image dienen und viel kosten, aber auch vor den Sportarten, die die einfachen Gemüter als Zuschauer in den Bann ziehen und wegen der bewegten Massen immer wieder zu Exzessen führen. Das Gerangel um einen Ball ist ihm ein Gräuel. Am liebsten hätte er gesehen, dass seine Kinder aus eigenem Willen Dressur reiten. Die Fussballbegeisterung des Jüngsten führt er auf die etwas heruntergekommene Nachbarschaft und den schlechten Einfluss von Schulkameraden zurück, und auch auf den Unverstand eines Zehnjährigen. Die Bitte um das Geld für eine Eintrittskarte schlägt Carlo S. Astrek aus und schenkt dem Kleinen stattdessen Viktor von Scheffels ,Der Trompeter von Säckingen'. Der Kleine lässt nicht locker, feilscht und quengelt.

„Die anderen dürfen auch!"

„Wenn die anderen sich in Unkultur gross tun, bedeutet es noch lange nicht, dass du sie nachahmen sollst."

Trotzig fordert der Kleine einen Taschengeldvorbezug, den Vorbezug des nächsten Geburtstags- und Weihnachtsgeschenks. Delia lässt sich erweichen und kauft dem Kleinen die gewünschte Eintrittskarte. Carlo S. Astrek quittiert das inkonsequente Verhalten seiner Frau und der Mutter des Kleinen mit einem süss-säuerlichen Grinsen. Dann geht er zum Angriff über. Springt über seinen Schatten und kauft zwei beste Sitzplätze auf der Tribüne für sich und den Kleinen. Er überrascht den Kleinen lächelnd mit der Mitteilung, dass sie am Sonntag gemeinsam ins Stadion pilgern werden. Der Kleine glaubt ihm nicht. Nicht, bevor er die Eintrittskarte mit eigenen Augen gesehen hat.

„Das habe ich mir schon immer gewünscht, ein Papa, der mit zum Fussballspiel kommt. Die Väter von allen anderen Jungs tun es," seufzt der Kleine wonnevoll.

Am Sonntag sagt der Kleine naseweis, es sei lässiger, mit dem Tram zum Stadion zu fahren. Carlo S. Astrek ist sich sicher, dass er einen Parkplatz in der Nähe des

Stadions finden wird, wenn er genügend zeitig dran ist. Hätte sich sein Lächeln in seinen Gesichtszügen nicht bereits so sehr eingefurcht, dass er automatisch lächelt und nicht anders kann, hätte sich beim endlosen Kreisen auf der Suche nach einem geeigneten Parkplatz sein total verärgertes Inneres nach aussen gekehrt. Der Kleine ist schrecklich aufgeregt und ist überzeugt, das Spiel zu verpassen. Sie schaffen es knapp und werden wie Vieh durch Eingänge und Durchgänge geschleust. Sie landen glücklich auf ihren Vorzugsplätzen. Der Kleine ist ganz kribbelig und schaut ganz aufgekratzt herum. Erkennt da und dort Kollegen auf schlechteren Plätzen, steht auf, verwirft seine Arme und schreit den andern etwas zu, während er an Ort hüpft. Carlo S. Astrek heisst den Kleinen, nicht einen solchen Radau zu vollführen. Sich anständig hinzusetzen. Schliesslich habe er Anstand gelernt. Und wolle doch bestimmt nicht zu diesen gewöhnlichen Leuten gehören, die nicht wissen, was sich gehört. Bevor Carlo S. Astrek sich's versieht, ist der Kleine ihm entwischt, von der Tribüne gesprungen und in den Menschenmassen untergetaucht.

Carlo S. Astrek schaut, obwohl zu tiefst beunruhigt, lächelnd nach links und rechts. Als ob alles in Butter ist. Seine Wut auf den Kleinen und auf die Tatsache, dass er sich an einem Ort in einer Situation befindet, die ihm zuwider sind, bleibt in seinem Innersten Verborgen. Er ist unfähig, an diesem Spektakel teilzuhaben, dem Spiel mit Blicken zu folgen. Ein grosser Brocken zu seiner Rechten klopft ihm mit Fleischerpranken auf eine Schulter aus Begeisterung über den genialen Schachzug seiner Lieblingsmannschaft auf dem Schlachtfeld. Carlo S. Astrek quittiert den Schlag auf seine Schulter mit einem gleichmütigen Lächeln.

Mitten im frenetischen Jubel der Hälfte der Zuschauer und Zuschauerinnen geraten die Person zu Carlo S. Astreks Rechten und die zu seiner Linken in die Haare, schreien sich gegenseitig an, fuchteln, nachdem sie sogar aufgestanden sind, mit Armen und Händen über Carlo S. Astreks Kopf herum. Ihm wird wind und weh, doch das Lächeln bleibt ihm.

„Was grinsest du so blöd, du überhebliche Sau," wird Carlo S. Astrek angeschrien und plötzlich befindet er sich mitten in einer Schlägerei. Wird hin- und hergeschubst. Aus seinem Sitz gehoben. Zu Boden geworfen. Mit Schlägen traktiert. Kann sich nicht wehren. Ist dem Mob hilflos ausgeliefert. Die Polizei greift ein. Carlo S. Astrek kommt erst wieder so richtig zu Besinnung, als er sich auf der Polizeistation des Stadions befindet und von jemandem mit Jod und Verbandszeug verarztet wird.

„Gratuliere, dass sie die Schläge mit über allem stehendem Lächeln eingesackt haben," sagt der Polizist, der zuschaut, hebt zum Scherz einen Drohfinger, mit dem er wackelt, und schneidet eine Grimasse. „So lässig, hast du gesehen, Kumpel, ein so angefressener Fan, dass er sich für die Ehre seiner Mannschaft schlägt, verhauen wird, bis er blutet und dennoch lacht. Sie gefallen mir, echt. So, jetzt sind sie verarztet."

Carlo S. Astrek stürzt aus dem Stadion, springt in ein Taxi und lässt sich in die Notfallstation des Spitals kutschieren, wo der Notfallarzt den notdürftigen Verband kurz öffnet.

„So schön, endlich mal einen Notfallpatienten zu haben, der nicht heult, aber lacht. Die Wunde sieht gut aus, wird in ein paar Tagen verheilen. Ich lasse den Verband so, wie er ist."

Delia erschrickt, als sie ihren Carlo S. Astrek sieht. Lässt sich rapportieren, was ihm zugestossen ist. Carlo S. Astrek erzählt, wie er auf der Strasse gestolpert und mit dem Kopf unglücklich gegen einen Randstein gestossen sei. Delia kocht ihm einen Kamillentee und fragt, wo er den Kleinen gelassen habe. In dem Moment stürmt der Kleine ins Haus rein. Total begeistert vom lässigen Fussballspiel, sprudelt über vor Erzähleifer. Der Blick des Kleinen fällt zufällig auf Carlo S. Astrek.

„Dann bist du mitten in der Keilerei gewesen, die die Polizei dann aufgelöst hat! Ich fass es nicht, Papa in einer Schlägerei, ihn kann man nicht alleine lassen," und der Kleine prustet los vor Lachen.

Da bemerkt Delia, dass Carlo S. Astrek nicht lächelt. Zum ersten Mal sieht sie ihren Carlo mit einem Ausdruck grösster Ratlosigkeit, ohne auch nur den Hauch eines Lächelns. Sie staunt, wie gelöst und hübsch sein Gesicht ohne dieses verflixte Lächeln ist.

LOLA VESPUCCI

Eine Geschichte kurzen Glamours

„Ich bin mindestens so sexy wie Marilyn Monroe,“ säuselt sie und nennt sich ab dato Lola Vespucci. Weil dieser Name so viel besser klingt, als ihr Tauf- und Familienname. Sie findet, jeder Filmproduzent, der sie noch nicht für den Film entdeckt habe, sei selber schuld. Sie spürt, wie ihre Bestimmung aus ihr hinausfliesst. Sie hat unzählige Fotos von Marilyn Monroe studiert und beherrscht alle Posen von Marilyn Monroe bestens. Sie ist dabei, das Kleid, das Marilyn Monroe in ‚Some like it hot‘ getragen hat, selbst zu schneidern. Sie ahnt, dass sie darin umwerfend aussehen wird. So, in diesem neuen Kleid, wird sie die Welt erobern. Und die Welt erobert sie, die einzigartige Lola Vespucci. Da Marilyn Monroe es hatte schaffen können, besteht kein Grund zur Annahme, dass sie, Lola Vespucci, es nicht schaffen sollte. Sie hat sich die Nähmaschine ihrer Tante Klara ausgeborgt und ist voller Eifer am Werk.

Das Kleid passt wie angegossen. Schmiegt sich den sanften Rundungen von Lola Vespuccis Körper an. Macht sie stolz auf sich selber. Bloss beim Busen hat sie ein ganz klein wenig gemogelt. Das Kleid innen, nicht wahrnehmbar von aussen, mit etwas, ganz wenig, Schaumgummi gepolstert. Schliesst weiss sie ja auch nicht, ob bei Marilyn Monroe alles echt gewesen war. Die Auswahl der Schminke bereitet ihr etwas Schwierigkeiten. Sie besitzt bloss einen Schwarz-Weiss-

Fernseher, konnte „Some like it hot' bloss in Schwarz-Weiss-Sehen. Die Fotos, die sie aus der Fernsehzeitschrift herausgeschnipselt hat, sind ebenfalls bloss Schwarz-Weiss. Sie denkt sich in ihr Vorbild hinein und ahnt, dass Marilyn Monroe karminroten Nagellack und Lippenstift und himmelblauen Lidschatten gewählt hätte. Kaum ist ihr Werk vollendet, wird sie total aufgeregt. Vor Ungeduld überstürzen sich ihre Bewegungen und sie muss sich unendlich zusammenreissen, die Posen von Marilyn Monroe formvollendet und locker hinzukriegen. Sie stellt sich vor den Spiegel. Schliesst ihre Augen. Konzentriert sich. Es ist soweit. Sie öffnet ihre Augen: Voici! Erwartungsvolle Überanspannung. Die grosse Enttäuschung! Der alte Schlafzimmerspiegel ist halbwegs blind. Zwar spiegelt er undeutlich und ohne Glanz das, was vor ihm steht. Für ein tatsächliches Urteil reicht das von diesem Spiegel reflektierte Bild bei weitem nicht. Der halbblinde Spiegel verpfuscht ihr ihren grossen Moment. Voller Wut reisst sie ihn vom Haken. Schmettert ihn zu Boden. Der flauschige Spannteppich dämpft den Aufprall. Es knirscht leicht und der Spiegel hat einen Sprung. Lola Vespucci will sich nicht mit der Sperrgutabfuhr herumschlagen. Sie stellt den ungeliebten Spiegel, der sich nicht zerstören lassen will, in den Keller.

Am folgenden Samstagmorgen durchstöbert Lola Vespucci alle Warenhäuser und Einrichtungsgeschäfte nach dem schönsten Spiegel. Sie steht gebannt vor dem Traum aller Träume. Er muss es sein oder keiner. Als ihr der Preis genannt wird, stürzt sie kurz in ein Dilemma und knabbert an ihrer Unterlippe. Der Preis ist wesentlich höher, als die von ihr gesetzte Limite. Sie ringt sich zu einem Ja durch. Kaum hängt der Spiegel in ihrem Schlafzimmer an der Wand, geht das Spiel mit dem Posieren von neuem los. Beide Hände in ihren Haaren, die Ellbogen weit ausgestreckt, ihren Kopf in den Nacken geworfen, Luft angehalten und schon glänzt Lola Vespucci strahlend das Ebenbild von Marilyn Monroe entgegen. Ihr Eifer macht Nase, Wangen und Stirne immer wieder glänzen. Mehrmals dämpft sie den zu starken Glanz mit Puder von der Quaste. Unversehens ein Knurren. Lola Vespucci horcht erstaunt auf. Bloss wenig verunsichert zuckt sie mit den Schultern und fährt fort mit dem Posieren. Dann knurrt es wieder. Diesmal ist Lola Vespucci sicher, dass nicht ihr Bauch geknurrt hat. Sie schaut sich in ihrem Schlafzimmer um. Sie ist sich sicher, dass hier nichts einfach so knurren kann. Jedes Mal, wenn eine Pose ihr besonders gut gelingt, knurrt es. Dann kommt ihr die Idee, dass ein Spanner vor dem Fenster sie beobachten und dieses seltsame Geräusch von sich geben könnte. Sie schaut zum Fenster raus, öffnet das Fenster, lehnt sich zum Fenster raus. Weit und breit kein Spanner.

Die Lösung des Rätsels mit dem Knurren ist simpel. Gleichzeitig aber dermassen irritierend, dass Lola Vespucci sich schämt, es jemandem preiszugeben. Sie befürchtet, wenn sie die Wahrheit sagt, als verrückt erklärt zu werden. Es ist nämlich der neu gekaufte Spiegel, der knurrt.

Kaum checkt Lola Vespucci, dass der Spiegel jedes Mal knurrt, wenn ihr eine Pose ausnehmend gut gelingt, beruhigt sie sich und flirtet mit ihm, dem Spiegel. Bedankt sich auch schon mal für das anerkennende und sie beruhigende Knurren. Eine Abfolge der Posen spielt sich ein. Sobald das Knurren des Spiegels erfolgt, ist Lola Vespucci sicher, dass die Pose sitzt. Mit der Zeit schafft sie es, dass die gesamte Abfolge der Posen, inklusive mehrmaliges Frisieren zwischen den einzelnen Posen und Kleiderwechseln, eine

Stunde dauert. Das gemütliche Knurren des Spiegels gefällt ihr sehr.

„Hallo, Lola Vespucci, wie wär's wenn wir hier das linke Bein etwas anheben würden," quakst eine Stimme, die Lola Vespucci echt erschreckt. Bis sie feststellt, es muss die Stimme des Spiegels sein.

Der Spiegel kann nicht nur knurren, aber auch mit quakender Stimme sprechen. So hört Lola Vespucci Sätze wie, „Hallo, Lola Vespucci, wie wär's wenn ..." und „Hallo, Lola Vespucci, wollen wir nicht mal ..." und gewöhnt sich daran. Sie antwortet, worauf sich für Lola Vespucci wertvolle Dialoge entwickeln. Der Spiegel entwickelt sich zu ihrem Wunschpublikum. Lola Vespucci und der Spiegel verstehen sich bestens. Von den Zwischenrufen und Anregungen des Spiegels lässt sich Lola Vespucci anfeuern. Einmal schlägt der Spiegel vor, eine Haarsträhne etwas mehr seitlich zu platzieren. Lola Vespucci überzeugt dieser Vorschlag des Spiegels nicht, weshalb sie nicht darauf eingeht. Doch der Spiegel beharrt auf seiner Feststellung. Die Haarsträhne gehöre leicht verschoben. Lola Vespucci sieht kopfschüttelnd in den Spiegel hinein und schneidet eine Grimasse, streckt auch ihre Zunge raus.

„Mit diesem Vorschlag, mein lieber Spiegel, zeigst du bloss, wie schlecht du Marilyn Monroe kennst. Sie hat ihr Haar nie, absolut nie so getragen, wie du es vorschlägst," wirft Lola Vespucci schnippisch hin. Verbissen führt sie ihre Show zu Ende. Der Spiegel knurrt, doch diesmal ist sein Knurren eher trotzig.

Lola Vespucci muss sich mit der Tatsache abfinden, dass der Spiegel öfters meckert. Sie wehrt sich mit, „Wer macht hier die Show, du, lieber Spiegel, oder ich?". Laut krächzend verteidigt der Spiegel sein Meckern mit dem Umstand, dass er seit Urzeiten die immer gleiche Show spiegeln müsse, was ihn zu Tode langweile.

„Angeber du, lieber Spiegel, seit genau vier Monaten. Nicht seit Urzeiten!"

„In früheren Zeiten war ich Spiegel bei Marilyn Monroe gewesen. Ihre Show war besser gewesen," wirft der Spiegel neckisch hin.

Lola Vespucci schnappt ein. Sie bricht ihre Show auf der Stelle ab und schmollt. Das Schweigen des Spiegels macht ihr in der Folge zu schaffen. Nach einigen Tagen hält sie es nicht mehr aus und fragt den Spiegel, was er vorschlage.

„Mach endlich mal dein eigenes Ding!"

„Meinst du? Meinst du tatsächlich, ich kann mein eigenes Ding machen? Okay."

Lola Vespucci hirnt tagelang darüber nach, welches eigene Ding sie dem Spiegel zeigen könnte. Eines Tages ist es soweit. Sie kann den Spiegel mit nigelnagelneuen Kleidern, einer total neuen Frisur, einem von ihr entworfenen Makeup und neu kreierten Posen überraschen. Sie hat Lampenfieber und zieht ihre Nummer wie in Trance durch. Sie ist ganz begierig auf den Kommentar des Spiegels. Kein Wort vom Spiegel! Er knurrt nicht einmal. Lola Vespucci löchert den Spiegel mit Fragen. Dann endlich bequemt der Spiegel sich, doch noch etwas fallen zu lassen. Wie beiläufig wirft er hin, was sie ihm geboten habe, sei aufgewärmter kalter Kaffee. Zuerst die Posen der Mae West, dann die der Marlene Dietrich und zu guter Letzt noch Posen der Liza Minelli. Lola Vespucci wirft sich aus Wut bäuchlings auf ihr Bett und hämmert mit ihren zu Fäusten geballten Händen auf die Matrize ein. Der Spiegel brummt missmutig, „Kreutz-Blitz-

und-Donnerwetter, ich will endlich ein eigenes Ding von dir sehen, nicht immer diesen billigen Abklatsch!"

Lola Vespucci hält sich ihre Ohren zu und gibt vor, nichts gehört zu haben. Sie schnaubt den Spiegel an.
„Du undankbares Spiegelwesen. Von deinem Bekritteln habe ich endgültig die Nase voll."

Dann sticht Lola Vespucci der Hafer. Es wäre gelacht, wenn sie es diesem blöden Spiegel aus dem Warenhaus nicht zeigen könnte! Sie will, ja, sie will das Ausgefallenste machen, das je ein Mensch gemacht hat. Darunter macht sie es nicht. Sie muss Katharina die Grosse, Sissy, Greta Garbo, Sophia Loren, Zaza Gabor, Fürstin Grace, Liz Taylor, Silvie Vartan, Indira Gandhi, Imelda Marcos in den Schatten stellen und alles bisher Dagewesene überstrahlen. Dann endlich kommt ihr die Erleuchtung. Die Fetzen fliegen. Die Fetzen werden neu zusammengesetzt. Die Döschen und Stifte fliegen ebenfalls, nachdem sie wilde Spuren hinterlassen hatten. Der Kamm und die Bürste rauschen durch ihr Haar. Endlich ist es soweit. Trara trara!

Der Spiegel lacht zwar. Sein Lachen klingt weder freudig, noch begeistert. Doch höhnisch. Zwischen glucksenden Auflachern presst er hervor, „erstens finde ich Posen ganz allgemein blöd. Zweitens machen es alle. Und drittens ist deine Pose eine Imitation der Elizabeth Arden Reklame vom vorletzten Jahr."

Lola Vespucci ist zerstört am Boden. Auch ihr war schon einmal der Gedanke durch ihr Bewusstsein geflattert, dass Posieren langweilig und dröge ist. Doch diesen Gedanken hatte sie sogleich wieder verscheucht. Insgeheim hatte sie auch schon mal aufs Posieren verzichtet und versucht, eine Geschichte mit entsprechender Mimik zu erzählen. Doch dazu ist sie zu untalentiert. Das muss sie bleiben lassen. Bei dieser Erkenntnis hatte sie geseufzt, „es ist zum Verzweifeln", sich einen Stoss gegeben und weiterhin Posen, die verrücktesten, die ausgefallensten Posen ausprobiert.

Zu allem Überdruss gibt der Spiegel keine Ruhe. Lola Vespucci würde gerne auf dessen Kommentare verzichtet. Für sie hatte es sich ausgespiegelt. Doch dessen so schleimig verführerische Stimme krault sich in ihr Innenohr und sie kommt nicht umhin, zuzuhören.

„Liebes Mädel, erzähle ganz einfach eine kleine Geschichte und sei du selber."

Lola Vespucci explodiert. Genauer beschrieben, sie implodiert. Sie steht vor dem Spiegel. Mit gesenkten Schultern, die verheulten Augen geschlossen und, ohne dass sie es will, beginnt es aus ihr heraus zu sprechen, die Worte plätschern nur so aus ihr raus, ohne dass sie weiss oder auch bloss zur Kenntnis nimmt, wie ihr geschieht.

„Du bist so gemein. Total gemein. Ist es Zuviel verlangt von einem Mädchen, einmal, nur einmal im Leben ein kleines Bisschen am Glamour teilzuhaben?! Seit ich denken kann, studiere ich darüber nach, was ich tun muss, dass die Leute mich endlich zur Kenntnis nehmen. Zuerst habe ich Mutter imitiert, dann das Schneewittchen, dann das Mädchen in der vordersten Schulbank, mit den langen, blonden Zöpfen, das zu allem immer die richtige Antwort weiss und die besten Aufsätze schreibt, die sie der Klasse immer vorlesen darf. Dann wollte ich so gescheit sein wie die Physiklehrerin. Wie Madame Curie. Und seit mir klar ist, dass es im Leben nicht nur um Intelligenz geht, ist mein Idol Marilyn Monroe. Auf sie bin ich nicht von selber gestossen. Einmal, als Peter mich küsste, bemerkte ich mit Irritation, dass er, während er mich küsste, zu etwas hinstarrte, das in meinem Rücken liegt. Bei Gelegenheit wende ich mich um. Von der Auslage eines Zeitungskiosks strahlt das Titelbild einer Illustrierten aus dem Marilyn Monroe mit verführerischem Blick ins Leere alle Männerblicke und jetzt auch meinen anzieht. Mir fällt es wie Schuppen von den Augen, dass ich in Konkurrenz, auch bloss mit einem Foto, mit Marilyn Monroe klar den Kürzeren ziehe. Ich es mit dieser schönen Frau nie aufnehmen und mir deshalb meines Peters nie so ganz sicher sein kann. Seit da bin ich besessen von der Idee, eine noch bessere Marilyn Monroe zu sein als Marilyn Monroe gewesen war. Obwohl, Peter hat längst eine Andere und ich …"

Lola Vespucci schluchzt herzzerreissend.

„Peter hat gefunden, ich spinne. Dabei war ich überzeugt, ja, und ich bin es noch, dass ich es eines Tages schaffen werde. Dass ich entdeckt werde. Dass die richtigen Leute sich um mich reissen werden. Dass die Welt mir zu Füssen liegen wird. Neulich in Marseille hat eine Wahrsagerin mir aus der Hand gelesen. Dann hat sie mich ernsthaft angeschaut. Mademoiselle, hat sie gesagt, sie werden entdeckt werden und zu Starruhm kommen."

„Und was dann," frotzelt der Spiegel. „Wirst du, Lola Vespucci, dann mitten auf der Strasse gehen und nach beiden Seiten huldvoll winken? Mädchen, Mädchen, jetzt endlich bist du ehrlich du gewesen. Dein Seelenschmetter hängt mir zu meiner mit Aluminium beschichteten Glasplatte raus. Ich will Spiegelbilder liefern, nichts weiter!"

Ein feines Klirren und mit einem Mal ist der Spiegel blind und bleibt stumm. Lola Vespucci schaut misstrauisch hin. Der Nagel, an dem der schwere Spiegel hängt, krümmt sich. Der Spiegel saust zu Boden. Zerbirst mit einem lauten Knall. Lola Vespucci stösst einen Schrei aus. Setzt sich auf die Bettkante. Sie versteht die Welt nicht mehr.

Lola Vespucci weiss genau, was sie tun wird. Sie wird nämlich genau das tun, was Marilyn Monroe in dieser Situation tut. Ihr fällt aber trotz grösster Anstrengung nicht ein, was Marilyn Monroe in dieser Situation getan haben könnte. Womöglich würde Marilyn Monroe um so etwas Nebensächliches wie Scherben nicht kümmern. Sich sogleich einen neuen Spiegel besorgen. Irgendwelche Bediensteten sich mit den Scherben herumschlagen lassen. Genau das wird sie, Lola Vespucci, jetzt ebenfalls tun. Zumindest in der Stadt im Einrichtungsgeschäft den schönsten und teuersten Spiegel kaufen. Bedienstete, die die Scherben des alten Spiegels wegräumten könnten, hat sie nicht. Schliesslich ist sie nicht Marilyn Monroe. Im Einrichtungsgeschäft lässt sie sich die schönsten und teuersten Spiegel zeigen. Spontan blitzt ihr durch den Kopf, Liseli Schubiger, du spinnst. Sie fühlt sich total fehl am Platz. In diesem noblen Einrichtungsgeschäft. Bei diesen kostbaren Spiegeln, die ihr Budget bei weitem übersteigen. Der Verkäufer, ein netter Junge, sagt entschuldigend, manchmal würden einem eben Dinge in die Augen stechen, die etwas sehr teuer seien. Lola Vespucci schwingt ihre Nase hoch, lässt schnippisch fallen, darum gehe es nicht, sie müsse zuhause abklären, ob dieser Spiegel überhaupt zu ihren Vorhängen passen würde. Kaum sind die Worte in diesem ätzenden Tonfall raus, tut ihr der kleine

Verkäufer leid, der sie betreten anschaut. Sie muss etwas Nettes sagen.

„Können sie mir sagen ... äääh .... Schwer zu beschreiben ... äääh .... Bumms fällt der Spiegel zu Boden, zerbricht in tausend Stücke ... äääh ... Jetzt habe ich vergessen, was ich fragen ... äääh .... Ach, ja: Kann man den Spiegel reparieren? ... ähhh ... Und dann noch ...“

Inzwischen haben die Blicke des kleinen Verkäufers und des Liseli Schubiger sich in einander verfangen.

„Sie haben die schönsten grünen Augen, die ich je gesehen habe. Darf ich sie am Samstag nach Drei zu einem Eis in der Vespucci-Eisdiele einladen?“

Lola Vespucci könnte sich ohrfeigen, dass sie aus Feigheit dem kleinen Verkäufer zugesagt hat. Weil sie nett sein wollte. Dabei kann der kleine Verkäufer ihr gleichgültig sein. Sie wird ihn versetzen. Verbissen näht sie an einem Kleid, das sie auf irgendeinem Foto von Marilyn Monroe gesehen hatte. Um zwei Uhr siebenunddreissig sticht sie sich mit der Nadel in die Fingerbeere des Zeigefingers ihrer linken Hand und stösst einen Fluch aus. Ein Bluttropfen sickert in den eierschalenfarbigen Stoff hinein. Sie schmeisst ihre Näharbeit wütend in eine Ecke. Dabei streift ihr Blick die Scherben des Spiegels, die noch am Boden liegen. Marilyn Monroe würde mit den Fingern schnippen, auf den Scherbenhaufen weisen und die Putzfrau hätte sofort mit Besen und Schaufel die Überreste des Spiegels in den Abfalleimer befördert. Lola Vespucci, die auf immer und ewig dazu verdammt ist, in der Haut der unscheinbaren kleinen grauen Maus Liseli Schubiger stecken zu bleiben, kann lange mit den Fingern schnippen. Keine Putzfrau weit und breit. In ihrer Verzweiflung streift ihr Blick nun ihre Armbanduhr. Liseli Schubiger stellt mit Schrecken fest, dass bereits zwei Uhr achtunddreissig ist. Dass der verliebte Verkäufer in zweiundzwanzig Minuten in der Eisdiele auf sie warten wird. Dass sie Eis so gerne mag. Dass sie nicht mehr die geringste Lust hat, auf ihre Linie zu achten, um in die prall über ihren Körper gestrafften Kleider à la Marilyn Monroe zu passen. Selbstverständlich wird sie die Eisdiele Vespucci nicht betreten. Sie wird dem kleinen Verkäufer in dem der Eisdiele gegenüberliegenden Tea Room auflauern. Um sicher zu gehen, dass er es ernst gemeint hat. Dann wird sie unbemerkt abhauen. Falls der verliebte Verkäufer sie dennoch nachhause begleiten sollte, würde er die Scherben sehen. Hastig holt Liseli Schubiger Besen und Schaufel und beseitigt die Scherben, schrubbt den flauschigen Spannteppich. Rennt in die Keller, um den alten Spiegel mit dem Sprung zu holen und aufzuhängen. Hastig zieht sie sich irgendetwas über und rennt los. Aus Versehen rennt sie nicht zum Tea Room, wie geplant. Ohne es zu wollen, steht sie total verdattert in der Eisdiele Vespucci.

Es stellt sich heraus, dass der verliebte Verkäufer gar nicht so total über beide Ohren in sie verliebt, bloss auf ein Abenteuer aus ist. Das wiederum stört Liseli Schubiger nicht im Geringsten. Für eine brennende Liebe hätte sie keine Zeit gehabt, weil sie mitten in den Prüfungen an der Uni steckt. Daher hatte sie sich ja auch dazu entschlossen, bis nach den Prüfungen sich noch sich noch zu gedulden, bis sie sich für einen der beiden Typen entscheidet, die bei ihr scharren. Beide gefallen ihr …

166

Das Ringen um eine Lösung

Geschichte mit kurzem Prozess

Tschitsch Lesto ist Werbetexter und hat Siebzigtausend auf die hohe Kante gelegt. Nun ist es an der Zeit, das Leben zu geniessen. Johnny Alwes meint, wer klug ist, investiert in Pferde. Einen Cadillac spazieren zu führen, sei in diesen Zeiten Unfug. Tschitsch Lesto zuckt mit den Schultern. Er kauft sich eine Gold Wing. Johnny Alwes klopft mit dem gekrümmten Zeigefinger seiner Rechten gegen seine Stirne, schüttelt seinen Kopf und lässt fallen, „kaum berührt dein Hintern zum ersten Mal richtig den Sattel deiner Gold Wing, bist du im Falle eines Wiederverkaufs mindestens 40% deines Einsatzes los." Tschitsch Lesto grinst und nickt. Er lässt sich seine Vorfreude auf seine bestellte Gold Wing nicht vermiesen.

Der Händler liefert die Gold Wing franko Haus. Je weicher Tschitsch Lestos Knie werden, desto mehr streckt er seine Brust raus. Er steht schweigend dabei, als die Maschine vom Anhänger geladen wird. Er gibt sich so gelassen, als würde er täglich dreizehn Gold Wings in Empfang nehmen. Dabei klopft sein Herz wie wild. Der Händler fragt, ob sie gemeinsam eine Probefahrt unternehmen sollten. Tschitsch Lesto schüttelt seinen Kopf. Nach einem kurzen Händedruck des Händlers, nach den Wünschen des Händlers für gute Fahrt und nach der kurzen Bemerkung des Händlers, „wenn sie mal wieder was haben...", steht Tschitsch Lesto alleine vor dem Unding, von dem er jahrelang geträumt hat. Er geht rund um seine Gold Wing herum. Er hält seinen Atem an, bevor er den Lenker mit seinen Fingerspitzen zum ersten Mal berührt. Er kann es noch immer kaum fassen, dass er nun glücklicher Besitzers dessen ist, was ihn aus unerklärlichen Gründen seit Jahren in den Bann gezogen hat. Tschitsch Lesto interessiert sich nicht für Technik und versteht nichts davon. Zudem ist er unsportlich. Ihm schiesst durch den Kopf, dass Sportwagen und Schiesseisen Phallus-Symbole sind. Bei jedem dröhnenden Geratter einer hochtourigen Maschine, zieht es ihm den Kopf in die Richtung aus der der lärmige Wohlklang kommt. Beim jedem Anblick einer schweren Maschine durchrieselt ihn ein wohlig kühles Gefühl. Er verfolgt mit argwöhnischen Blicken die wilden Kerle in ihren Lederkombis, mit den im Wind flatternden Halstüchern und den Helmen. Tschitsch Lesto ist kein verantwortungsloser Mensch. Er weiss, dass jeder vernünftige Mensch in diesen Zeiten Sparnisse anlegt und auf öffentliche Verkehrsmittel umsteigt. Seine antizyklischen Gelüste erwiesen sich als stärker als seine Vernunft. Nun steht er mit gemischten Gefühlen vor seiner sich in klarer Form verwirklichten Lust. Er sieht das Bild seiner Gold Wing auf einem Sockel und sich ehrfürchtig zu ihr hinaufstarren. Er spürt die Blicke seiner lieben Mitmenschen hinter den Gardinen in den umliegenden Häusern und ahnt ihre Erwartungen, dass er, Tschitsch Lesto, ihnen nun mit seinem Geknatter die Ruhe vermiesen wird.

Sein neues Lederkombi und sein neuer Helm sind in seiner Wohnung. Tschitsch Lesto schwebt plötzlich vor, den total wilden Kerl zu markieren und sich lässig in Jeans und mit den Hausschuhen an den Füssen auf seine schwere Maschine zu schwingen und zum staunend-neidischen

Entsetzen der hinter den Gardinen lauernden Nachbarschaft sich mit scharfem Aufdröhnen zum Drehen einer ersten Runde aufzumachen. Er muss seinen Kopf beisammen haben. Gut zum Schwung seines rechten Beines ausholen, um beim Aufsteigen auf seine Gold Wing nirgends anzustossen und um bloss nicht seine Unerfahrenheit mit solchen Dingern zu demonstrieren. Zuerst bewegt er das Ding vom Ständer. Spürt nun das Gewicht, das er zu halten hat. Ihm wird etwas schummrig. Auf dem Ding sitzend, drückt, stösst oder zieht er mal an jedem Schalter, Knopf und Hebel, um sich alles einzuprägen. Er schaltet die Zündung ein und startet den Motor. Er dreht das Gas ein wenig auf. Dann mehr. Beim Aufheulen des Motors rieselt es ihm kalt seinen Rücken runter. Sein Herz hüpft. Er legt den ersten Gang ein. Gibt zögernd etwas Gas. Lässt die Kupplung etwas los. Lässt schleifen. Die Gold Wing tuckert langsam brummend los. Tschitsch Lesto schwankt mit dem Lenker hin und her. Gibt zu viel oder zu wenig Gegensteuer. Hält sich krampfhaft fest und versucht, den Zick-Zack-Kurs auszugräden. Lässt die Kupplung ganz springen. Die Gold Wing macht einen Hupf. Der Motor stirbt ab. Tschitsch Lesto kann mit letzter Kraft die Gold Wing vor dem Fall bewahren. Steht mit zittrigen und gespreizten Beinen da, seine Maschine zwischen den flatternden Schenkeln. Er verwünscht die Gold Wing. Wäre am liebsten weit, weit weggerannt. Er beisst auf seine Zähne und beginnt die ganze Übung noch einmal von vorne. Er kriegt die Maschine diesmal wieder in Gang und kann sie mehr oder weniger in die Richtung lenken, die er will. Ihm graut vor der ersten Kurve, die es gleich zu nehmen gilt. Er hat den Bammel. Geschafft! Tschitsch Lesto ist im siebenten Himmel. Auf der Gerade dreht er das Gas auf. Das richtige Motorradgefühl stellt sich ein.

Als Tschitsch Lesto aufwacht, erinnert er sich nur dumpf an ein Blackout. Später erfährt er, dass sein Kiefer gebrochen, die eine Körperseite blutig aufgeschürft und am linken Bein ein doppelter Beinbruch ist. Es dauert insgesamt drei Monate, bis er wieder einigermassen zusammengeflickt ist. Im Spital und bei der Erholung auf dem Land kommt er nicht umhin, gewisse Rechnungen anzustellen. Seine erstmalige richtige Berührung seines Hintern mit dem Sattel seiner Gold Wing kostet ihn nicht, wie Johnny Alwes prophezeit hatte, 40%, aber 100% seines Einsatzes. Das Wrack der Gold Wing ist wertlos. Dennoch bleibt ihm vom Ersparten genügend, um das Leben zu geniessen, sobald er sich endlich mal erholt hat und wieder auf den Beinen ist. Das Fahren ohne Motorradausweis bringt ihm zu seiner Befriedigung nicht wie befürchtet eine saftige Busse ein, bloss ein paar Wochen Haft bedingt, so dass sich auch diese Kosten im Rahmen halten. Seine dritte Rechnung besagt, dass der Preis klar zu hoch gewesen wäre, falls ihm diese einzige Fahrt auf dem Motorrad nicht gefallen hätte. Also kann er es sich durchaus leisten, ein begeisterter Motorradfahrer zu sein.

Vom Kauf eines neuen Motorrads sieht Tschitsch Lesto ab. Der Erhalt eines Lernfahrausweises für Motorräder ist ihm zurzeit wegen des leidlichen Ausrutschers und dessen rechtlichen Konsequenzen nicht möglich. Er brüstet sich nicht mit seinem Unfall. Er ist überhaupt nicht stolz auf den Unfall. Nur wenige Eingeweihte wissen, weshalb er für einige Zeit weg vom Fenster ist, weshalb er hinkt und was mit seiner schönen Gold Wing geschehen ist. So kommt es, dass Melvin Rittner in aller Unschuld fragt, ob Tschitsch Lesto als eingeschworener Honda-Fan nicht auch einmal erleben möchte, wie das Fahrgefühl auf einer wirklichen Maschine sei, seiner Harley Davidson. Er überlasse sie Tschitsch Lesto für eine Runde. Tschitsch Lesto wäre sich blöd vorgekommen, das Angebot abzulehnen, geschweige denn kleinlaut seine Geschichte preiszugeben. Er dreht eine Runde auf der Harley. Er fährt etwas zögernd und schwankend los.

„Hahaha, bei einer richtigen Maschine kommen sogar erfahrene Honda-Fahrer noch ins Schlottern," ruft Melvin Rittner ihm nach.

Tschitsch Lesto und auch die Harley überstehen die Runde heil. Später beim Bier stottert Tschitsch Lesto etwas zusammen, im Sinne von, er habe seine Gold Wing aus diesen und jenen Gründen verkauft und denke darüber nach und so weiter blablabla et cetera. Melvin Rittner nickt. Melvin Rittner ist ein echt guter Kumpel von Tschitsch Lesto. Daher erstaunt es Tschitsch Lesto nicht gross, dass Melvin Rittner ihm die Harley für vierzehn Tage überlässt. Er verreise nämlich mit einem Freund auf seiner Triumph auf die Isle of Man. Das Angebot jedoch stürzt ihn in einen Gewissenskonflikt. Er weiss, dass nach seinem Unfall mit der Gold Wing ein unheimliches Getratsche in seiner Nachbarschaft losgegangen war. Unglücklicherweise wohnt zwei Häuser weiter als Tschitsch Lesto ein Polizeiwachtmeister mit seiner Familie. Nun weiss er schlicht nicht, ob der Polizeiwachtmeister allenfalls mitbekommen hat, dass Tschitsch Lesto ohne Fahrausweis unterwegs gewesen war. Der Reiz, auf einer Harley in der Weltgeschichte herumzubreschen ist stärker als der Gewissenkonflikt. Zur Sicherheit stellt Tschitsch Lesto die Harley nicht bei seinem Wohnhaus ab, aber bei seinem Bruder Karl Lestermann. Dieser ist Programmierer in der EDV-Abteilung einer Grossbank. Er stellt fragend fest, „aha, dann hast du Schlingel inzwischen auch einen Fahrausweis.", und Tschitsch Lesto antwortet mit einer lässigen, durchaus interpretationsbedürftigen Handbewegung.

Johnny Alwes nimmt Tschitsch Lesto ins Gebet. So könne es nicht weitergehen. Das sei keine Lösung und so weiter blablabla et cetera. Tschitsch Lesto mault dazwischen. Sein Leben habe durch das Motorradfahren an Intensität und Qualität gewonnen. Er geniesse sein Leben. Das Missionsgebaren von Johnny Alwes geht Tschitsch Lesto auf den Wecker. Johnny Alwes ärgert sich gewaltig. Wird heftig. Verflucht und verwünscht die gesamte Motorradfahrerei und jeden einzelnen dieser Rowdies. Tschitsch Lesto packt Johnny Alwes am Arm, schüttelt ihn und nennt ihn einen Kabis-Hasen. Dieser Bezug zu einem Gemüse, beflügelt Johnny Alwes, sogleich auf die Vorzüge der biologischen Gärtnerei abzuschweifen, um zum Schluss wieder gegen die Motorradfahrer zu donnern, die für die biologischen Gärten eine Gefahr seien. Die Welt gehe noch zu Grunde wegen dieser Motorrad-Stümper, dieser Möchte-Gerns, die sich ohne ihre Blechhaufen als nichts fühlten, diese Mode-Fritzen im Leder-Fetisch!

„Überhaupt, ich wünsche dir, dass diese Harley unter deinem Arsch explodiert."

Melvin Rittners Harley explodierte nicht unter Tschitsch Lestos Hintern. Hingegen explodierte Johnny Alwes' in Sri Lanka zu einem Spottpreis erstandene Kaffee-Mühle aus Taiwan auf dem Küchentisch des Alternativ-Bauernhofs, als Johnny Alwes' Frau zum ersten Mal damit Kaffee mahlen wollte.

Zum ersten Mal nach Johnny Alwes' Verwünschungen sitzt Tschitsch Lesto mit einem etwas mulmigen Gefühl auf der Harley. Metaphysik und Parapsychologie hält er zwar für Mist, doch einen verflixten Rest von Aberglauben wird er einfach nicht los. Jedes Mal, wenn er die Harley besteigt, sendet er ein Stossgebet zum Himmel, dass trotz der Verwünschungen seines liebsten Freundes Johnny Alwes alles gut gehen werde. Sobald er in Fahrt ist, fühlt er sich wieder in seinem Element. An einem schönen Sonntag steigt er, weil er es als besonders prickelnd empfindet, nackt in sein Lederkombi. Er fährt am Morgen früh los, brescht über drei Alpenpässe und landet am frühen Nachmittag in der Badeanstalt, um im See zu schwimmen. Sein Programm ist zu früh beendet. Er langweilt sich und entschliesst sich, noch ziellos, übers Land zu fahren. Ihm fällt ein, dass er Johnny Alwes in seinem Bauernhof besuchen könnte. Am lottrigen Zaun der Liegenschaft ist eine Tafel angebracht mit der Aufschrift: AUF DEM GESAMMTEN AREAL DES ALPENBLICK-HOFS VERBOT VON MOTORFAHRZEUGEN. Tschitsch Lesto zuckt mit den Schultern. Lässt die Harley halt an der Hauptstrasse stehen. Johnny Alwes erklärt Tschitsch Lesto, er habe sich nach ihrer letzten Aussprache zu konsequentem Handeln entschlossen. Während Johnny Alwes redet und Tschitsch Lesto Johnny Alwes reden lässt, mahlt Angie, Johnny Alwes' Frau, geröstete Kaffee-Bohnen in einer zwischen ihren Beinen einklemmten antiken Kaffee-Mühle. Johnny Alwes ist inzwischen bei der Mitteilung angelangt, dass er und Angie nach dem Missgeschick mit der Kaffee-Mühle aus Sri Lanka, sich dazu entschlossen hätten, alle elektrischen Geräte aus ihrem Haushalt zu verbannen. Bei einem Blick aus dem Fenster, schreit Johnny Alwes empört auf und rennt aus dem Haus. Er rupft, wie Angie und Tschitsch Lesto mitbekommen, den Dreizehnjährigen Sohn von der Harley an der Hauptstrasse. Später setzt Johnny Alwes den

Dreizehnjährigen auf seine Knie und setzt ihm mit ruhiger Stimme auseinander, wie schlecht und verhängnisvoll Technik sei, insbesondere Motorräder. Tschitsch Lesto hört amüsiert zu und erinnert sich an die Strafpredigt seines Vaters, als dieser ihn mit siebzehn Jahren mit der neunzehnjährigen Nachbarstochter zusammen im Stroh erwischt hatte. Angie müht sich mit der Kaffee-Mahlerei ab. Tschitsch Lesto anerbietet sich, ein paar Runden an der Kaffee-Mühle zu drehen. Doch Angie winkt ab. Johnny Alwes' Moralpredigt dauert ewig. Derweil setzt Angie den Kaffee auf, geht hinter das Haus um etwas Holz zu spalten und dann noch die Geiss melken.

Tschitsch Lesto verbringt einen traumhaften Sommer und Herbst. Wenn immer Freunde nach Bangkok oder Rio oder sonstwohin verreisen, leihen sie ihm für die Dauer ihrer Abwesenheit ihre Suzukis oder Yamahas aus. Tschitsch Lesto geniesst es, wie beim Motorradfahren die Gedanken im Wind zerzaust werden, wie der Benzintank gegen seine Oberschenkel vibriert, wie er mit einem kleinen Dreh die geballte Kraft der Maschine loslassen kann. Freiheit, die ich meine …

Die Moral dieser Geschichte erfordert ein böses Ende. Tschitsch Lesto muss endlich in den Sog des Unheils geraten.

Tschitsch Lesto weiss, dass er sein Lehrgeld bezahlt hat und nun sein Dasein auf Feuerstühlen verschiedener Provenienz geniessen kann. Es geniessen könnte, wenn da nicht … Cherchez la femme!

Das hat nichts mit Sexismus zu tun. Diese femme könnte ebenso gut ein homme, ein Freund, ein Mann sein.

Doch nachdem bisher bloss Angie als Frau in der Erzählung vorgekommen ist, erfordert die Quote eine Frau. Und der Name Samanta ist zu verführerisch, als dass man sie nicht liebendgerne auftreten lässt.

Zu einer Sonntagnachmittag-Ausfahrt mit dem Motorrad-Club gesellt sich Samanta, eine feurige Amazone auf einer Augusta. Tschitsch Lesto fährt gerade eine Ducati irgendeines Kenia-Reisenden. Samanta gefällt Tschitsch Lesto auf den ersten Blick. Doch vermutet er, dass sie eher ein Auge auf den Typ mit der Laverda geworfen hat. Die Konkurrenz mit dem Laverda-Typ spornt Tschitsch Lesto an. Er dreht voll auf und fährt zu seinem eigenen Erstaunen so gewagt, so schnell und so elegant wie noch nie. Der Laverda-Typ nennt Tschitsch Lesto einen Hornochsen und Samanta schmilzt. Liebe auf den ersten Blick. Gegenseitig.

Tschitsch Lesto kann nicht benennen, was genau ihn an Samanta so fesselt. Sie ist äusserst attraktiv. Quicklebendig. Und sie kann Begeisterung zeigen. Jugendlicher Übermut. Einen Dämpfer setzt Karl Lestermann auf, als er Tschitsch Lesto erklärt, „dieses Mädchen ist ein verwöhntes, unerzogenes Geschöpf, untersteh dich und bringe sie mir nicht noch einmal in meine Wohnung!"

Tschitsch Lesto hatte auch schon mal das Gefühl gehabt, dass Samanta zu jung für ihn sein könnte. Dass man ihr dann und wann auf ihre Finger klopfen sollte. Doch jedes Mal, wenn er eine kritische Anmerkung macht, bricht Samanta in Tränen aus. Was Tschitsch Lesto jedes Mal fasziniert. Ihn zieht gerade die Ungezogenheit von Samanta an. Sie lässt sich keine Grenzen setzen. Ist sie begeistert, wird sie wild und ungezügelt. Samanta ausser Rand und Band erzeugt in Tschitsch Lesto ein unendliches Staunen. Er kann nicht begreifen, wie ein Mensch sich so spontan äussern kann. Manchmal ist ihm Samanta geradezu unheimlich. Er versucht immer wieder, sie zu Begeisterungsstürmen anzuregen. Am besten gelingt das beim Motorradfahren. Legt er sich besser in eine Kurve als sie, flippt sie vor Begeisterung aus und kann sich kaum mehr erholen. Als ihm die Ducati zum ersten Mal unter seinen Schenkeln wegschliddert, ist selbst Samantas Schrecken total entzückend. Sie zittert am ganzen Leib und schreit. Tschitsch Lesto sitzt im Grasbord und lacht sich beinahe kaputt. Die Maschine raucht im Strassengraben. Abschleppen und Reparatur kosten nicht alle Welt. Der Kenia-Reisende trägt Tschitsch Lesto sein Missgeschick nicht nach. Er hätte ihn zuvor warnen müssen, dass die Ducati in der Kurve manchmal etwas unsicher sei. Tschitsch Lesto musste Samanta nach ihrem voll ausgelebten Schrecken schwören, dass er nie wieder schneller als Sechzig fahre.

Samanta ist nach wie vor begeisterte Augusta-Fahrerin. Tschitsch Lesto fährt gerade die Moto-Guzzi eines Bekannten, der sich mit Gelbsucht in Quarantäne befindet. Tschitsch Lesto gibt Gas, überholt Samanta auf ihrer Augusta und fährt ihr eine Weile davon. In der Folge zeigt Samanta sich bei zwei Pfefferminztee und einem Salami-Sandwich untertröstlich über ihre lahme Ente von Augusta. Erklärt, sie werde sich nie im Leben mehr darauf setzen. Versetzt der Maschine sogar einen Tritt in den Motorblock. Tschitsch Lesto muss die Augusta nachhause fahren. Auf dieser Heimfahrt beweist Tschitsch Lesto Samanta auf der Moto Guzzi, dass er ihr selbst mit der Augusta um die Nase fahren kann. Bei diesem Um-die-Nase-Fahren gerät Tschitsch Lesto auf Rollsplitt, rutscht mit dem Gefährt aus. Die Augusta ist im Eimer. Die Überreste sehen bedenklich aus. Tschitsch Lesto kauft Samanta für mehrere Tausender eine funkelnagelneue Moto-Guzzi. Als diese Maschine mit Tschitsch Lesto als Lenker hinten ausbricht und eine Situation entsteht, in der auch der beste Fahrer nichts hätte retten können, ist es Samantas Herzenswunsch, eine Gold Wing von Tschitsch Lesto als Ersatz geschenkt zu erhalten. Tschitsch Lesto hat ein ungutes Gefühl bei einer Gold Wing. Er versucht, Samanta diesen Wunsch auszureden. Als er, sage und schreibe, zum ersten Mal auf Samantas neuer Gold Wing sitzt, die Samanta ihm bloss widerwillig für diese Ausfahrt im Austausch mit Melvin Rittners Harley abtritt, fahren sie auf der Autobahn um die Wette. Die Gold Wing unter Tschitsch Lestos Hintern gerät ins Trudeln. Samanta und Tschitsch Lesto hatten riesige Mühe, die schäbigen Überreste der Gold Wing wegzuschaffen, bevor Polizei sichtbar wurde.

So kam und kommt es, dass Tschitsch Lesto Samanta mehrere und verschiedenen Freunden durchschnittlich je eine neue Maschine der gängigen Marken kaufte und kauft. Der biedere Karl Lestermann besäuft sich in einer noblen Bar mit einer üppigen Blondine, die es perfekt beherrscht, Karl Lestermann nach Strich und Faden auszunehmen und ihn innert weniger Wochen um viele Tausender zu erleichtern. Karl Lestermann fühlt sich so wohl, wenn er sich am Busen dieser Blondine ausweinen darf und sie danach sehr, sehr lieb zu ihm ist. Diesmal heult er nicht, doch schüttelt er seinen Kopf.

„Du solltest meinen Bruder kennen, Tschitsch Lesto. Er ist ein Teufelskerl! Innert sechs Monaten hat er drei Luxus-Motorräder kaputt gefahren. Nein, halt. Innert drei Monaten sechs Motorräder. Ja, so ist es, Ehrenwort! Er verdummt sein Geld!"

Dabei vergisst Karl Lestermann, dass er all sein Geld an den grossen Busen von Blondinen verdummt.

Samanta verfällt in begeisterten Schrecken und amüsiert sich darüber, wie putzig der Anblick ist, wenn wieder so eine schwere Maschine durch die Luft wirbelt. Tschitsch Lesto erklärt Samanta, dass ihn das Geld für diese putzigen Vergnügen doch ein wenig reue.

„Aber du hast doch genügend davon," lacht Samanta.

Tschitsch Lesto widerspricht ihr nicht. Er weiss aber, dass die 1000er BMW, die er ihr soeben gekauft hat, die letzte Maschine ist, die er bezahlen kann. Er weiss, die 1000er BMW muss auf immer und ewig halten.

Am dritten Tag der 1000er BWM stellen Samanta und Tschitsch Lesto sich in der schönsten Kurve der Welt auf, um Fotos zu schiessen. Tschitsch Lesto steht mit dem Fotoapparat bereit und Samanta schiesst mutig in die Kurve liegend an ihm vorbei. Dann will Samanta ein Foto schiessen von Tschitsch Lesto. Doch nicht auf der Yamaha, die Tschitsch Lesto gerade vom abgestürzten Delta-Segler ausgeliehen bekommen hat, aber auf ihrer wunderschönen, neuen 1000er BMW. Tschitsch Lesto vollführt eine zittrige Drehbewegung mit einer Hand in die Luft.

„Diese Kurve gestattet höchstens, dass man sie mit einem Vierziger oder Fünfziger anfährt."

„Unsinn, ich bin mit einem Achziger reingebrescht," unterbricht Samanta ihn mit glockenhellem Lachen.

„Das kann nicht sein!"

„Doch, doch! Ehrenwort!"

Das Letzte, was Tschitsch Lesto noch so halbwegs mitbekommt, ist, dass die Maschine unter seinem Hintern mit Neunundsiebzig auf einem Ölfleck in der Kurve ausrutscht, wegschliddert. Dann setzt wieder ein Blackout ein. Als er im Spital arg bandagiert aufwacht, steht Samanta lachend vor ihm.

„Womöglich hatte ich mich getäuscht gehabt. Hatte die Kurve wohl mit Vierzig oder sogar bloss mit Dreissig angefahren. – Übrigens, das hier ist Leo. Darf ich dir Leo vorstellen. Ich habe gedacht, das du wohl kaum mehr auf ein Motorrad wirst steigen können, ich sehe mich nach einem neuen Schwarm um. Ist er nicht süss, mein Leo!"

Die Dinge überstürzen sich. Tschitsch Lesto steckt einen Schlag nach dem andern ein. Er ist froh, als sein Kiefer endlich wieder so gut zusammengewachsen ist, dass er eine Zahnprothese angepasst erhalten und wieder einigermassen normal essen kann. Die Beinprothese macht ihm noch lange zu schaffen. Doch auch daran gewöhnt er sich. Als ihm dann der Richter in der Verhandlung vorwirft, er habe vorsätzlich gehandelt und er sich mit einer Unschuldsmiene dagegen wehrte, er habe echt vergessen, dass er keinen Führerausweis besitze, verscherzt er alle Sympathien des Richters und verliert in der Folge seinen Super-Job als Werbetexter, weil der Aufenthalt im Knast, zusammen mit der unfallbedingten Arbeitsunfähigkeit zu lange gedauert hatten. Zu Beginn hatte Tschitsch Lesto genügend Zeit, sich den Kopf zu zermartern. Er redet sich ein, dass er bis zu einem gewissen Punkt in der Geschichte, echt riesigen Spass gehabt und diesen genossen habe. Dann beginnt sachte die Wende. Er erkennt, dass in seiner Geschichte ein Verhängnis steckt. Der Umstand, dass ein Mensch Siebzigtausend zur Verfügung hat, um sein Leben zu geniessen, und ganz verrückt aufs Motorradfahren ist, kann so verworfen nicht sein, dass die Geschichte zwangsläufig dieses dumme Ende hatte nehmen müssen. Er will hart arbeiten. Siebzigtausend, oder auch etwas mehr, zusammensparen. Dann erneut versuchen, mit seinem Geld das Leben zu geniessen. Nicht mehr mit Motorradfahren. Die Beinprothese ist zu hinderlich. Ihm wird schon etwas einfallen, das ihm Spass bereiten wird.

Tschitsch Lesto freut sich, als er einen Anruf von Johnny Alwes erhält und zu einem Nachtessen eingeladen wird. Inzwischen ist Johnny Alwes wieder in die Stadt zurückgezogen. Tschitsch Lesto fährt mit dem Bus dorthin. Er ist erstaunt, dass Johnny Alwes in einer prächtigen Villa residiert. Das Gartentor ist verriegelt. Johnny Alwes meldet sich an der Gegensprechanlage und betätigt dann den Türöffner. Vor der Haustüre stehen drei Gold Wings, alle ohne Nummernschilder. Johnny Alwes kommt Tschitsch Lesto mit einer dicken Zigarre im Mund entgegen. Tschitsch Lesto fragt was die drei Gold Wings sollen.

„Ach, diese Dinger da. Die lieben Kinderchen müssen etwas haben, um sich auszutoben, wenn ich, was oft vorkommt, geschäftlich abwesend bin. Natürlich noch nicht auf der richtigen Strasse. Sie sind noch viel zu jung. Bloss hier im Park! Ich habe ja nie etwas gegen das Motorradfahren gehabt. Wenn mit der notwendigen Verantwortung gefahren wird. Ich selbst hatte, als wir noch auf dem Land gewohnt hatten – du kennst doch dieses lotterige Häuschen, warst doch früher auch mal da gewesen –, eine Harley angeschafft, ganz verchromt, mit sechzehn Nebellampen. Sieht total geil aus. Ja, ja, das hatte ich mir leisten können, nachdem auf meinem Grundstück Uran gefunden worden war. – Und wie geht es dir, alter Kumpel? Musst meinen Kindern unbedingt deine Motorrad-Erlebnisse erzählen. Du bist doch früher

Motorrad gefahren, oder nicht?", lacht Johnny Alwes und klopft Tschitsch Lesto dabei auf die Schulter.

Wo stecken die Clowns

Die kurze Geschichte
über das Werben um die Frau des Lebens

Gedankengesumse, bevor das Projekt ernsthaft in Angriff genommen wird:

Ich heisse Taller Orashell. Für meinen Namen kann ich nichts. Ich habe ihn ohne mein Dazutun verpasst bekommen. Doch nun zum Zweck meines Unterfangens: Je mehr die Menschen zu lernen haben und auch tatsächlich lernen, für desto dümmer schaut man sie an und jubelt ihnen zu allem und jedem nicht enden wollende Anleitungen runter und darüber hinaus noch fünfzehn Fachbücher in achtunddreissig Sprachen. Möchte man als Einzelner noch gehört werden, muss man mit diesen Zeiterscheinungen konkurrieren, sonst fällt man aus dem Rennen, eh man sich's versieht. Im Grunde glaube ich ja schon an den Mensch und seinen gesunden Menschenverstand. Doch irgendwie zweifelt man bisweilen halt dennoch ein klein wenig. Geht das Vorhaben, sich Gehör zu verschaffen, in die Hose, muss man sich vorwerfen, nicht alles Menschenmögliche versucht zu haben. Deshalb füge ich mich dem Trend: Hiermit ziehe ich öffentlich Bilanz und lege mich damit für meine Kredit- und Glaubwürdigkeit ins Zeugs. Um mich nicht gänzlich der Lächerlichkeit preiszugeben und um allfällige Indiskretionen für Aussenstehende nicht gleich auf den ersten Blick erkenntlich zu machen, bediene ich mich des Pseudonyms Oliver Tallhead.

Oliver Tallheads Bilanz

Vorauszuschicken ist, mir geht die Fähigkeit ab, viel Aufhebens um nichts zu machen. Da hat mir zum Beispiel einmal einer erzählt, sein Bruder sei schon ein Teufelskerl. In zwei Monaten habe er drei Autos zu Schrott gefahren. Zuerst einen stahlblauen Porsche 911 T. Dann sei in einer Kurve sein Camaro ausgeschert und habe sich um einen Apfelbaum gewickelt. Und zuletzt habe er mit seinem Abarth ein Mäuerchen durchbrochen und sei auf einem Bahngeleise gelandet. Da sei doch wirklich hirnwütend-spannend! Da könnte man den spannendsten Roman drüber schreiben. Sicherlich würde sich jemand finden, der über diese Geschehnisse einen 723-seitigen Roman schreiben könnte. Die Geschichte ist, wie soeben demonstriert, schnell erzählt: Drei Autos in zwei Monaten. Worüber also 723-seitiges Geschwätz! Ich werde mich kürzer fassen. Schliesslich soll das hier auch bloss eine nüchterne Bilanz sein.

Ich bin Siebenunddreissig. Das heisst, erst morgen um elf Uhr fünfundvierzig. Ich habe mich bis jetzt gut über die Runden gebracht. Bin nirgends hängen geblieben. Warte darauf, irgendwo nächstens mal hängenzubleiben. Und schon gerate ich beim Bilanzieren ins Trudeln. Hätte ich zwei Monaten drei Autos zu Schrott gefahren, könnte ich zur Not womöglich zwei oder drei Seiten füllen. Doch mein MG Midget hat sich nicht zu Schrott fahren lassen. Ihm ist plötzlich auf der Autobahn das Kühlwasser unbemerkt ausgelaufen. Innert kürzester Zeit war das Gefährt in eine

Dampfwolke gehüllt. Stand still. Fuhr in der Folge nicht mehr aus eigener Kraft. Musste von einem alten und klapprigen VW abgeschleppt werden. Dann habe ich meinen schönen MG Midget mit dem löchrigen Verdeck, was jedoch keine Rolle spielte, weil ich den Wagen nur einen Sommer lang hatte fahren können und das Verdeck meist nicht brauchte, als Wrack für einen Pappenstiel an einen jungen Bastler verhökert. Und was aus dem Pappenstiel wurde, weiss ich nicht mehr. Viel kann es nicht gewesen sein.

Wenn ich's mir jetzt so genau überlege, ist mit meinem Leben bisher überhaupt nicht viel gewesen. Ich habe mir wohl die Zeit um die Ohren geschlagen. Sobald ich wahllos irgendetwas aus meiner Vergangenheit herauspicken will, streikt meine Erinnerung. Es geht mir dann so, wie wenn jemand unvermittelt fragt, was denkst du gerade? Alles ist so undurchdringlich verschwommen. Nicht greifbar. Ein Fluss harmonischer Fortbewegungen, der keine gegenständlichen Spuren hinterlassen hat. Andere freuen sich, ihre Verbal-Schleusen zu öffnen und lassen Wort für Wort jeden Gedanken, jede Tat, jeden Furz der letzten fünfzehn Jahre aus ihrem Fundus fliessen. Sie drehen und wenden die ach so besonderen Ereignisse, leuchten sie aus den verschiedensten Seiten aus, legen jede Facette ab- und wiedererwägend aus und geben so genüsslich ein abend-, wochen- oder jahrefüllendes Programm durch. Ich sitze gegenüber. Höre mir den Mist an. Lächle. Und nicke von Zeit zu Zeit. So ist mein Gegenüber versorgt und ich kann gedanklich zu den läppischen Nebensächlichkeiten abschweifen, die mich ständig verfolgen. Klar, ich möchte viel lieber wesentliche Gedanken generieren. Zum Beispiel, in der Nacht, wenn die Gedanken mich davon abhalten, einzuschlafen. Ohne dass ich ein Gegenüber hätte.

Es ist seltsam, vielleicht nicht normal, dass ich nicht einschlafen kann. Der Schlaf will und will mich nicht einlullen und mich ins Vergessen abgleiten lassen. Der Chemie misstraue ich. Sonst würde ich bestimmt zu Tabletten, Pillen und Tropfen greifen. Eines schönen Tages sticht mir aus dem Schaufenster der Apotheke um die Ecke die Auslage eines Beruhigungstees mit Goldmelisse, Pfefferminz und so weiter in die Augen. Ein paar Tage später betrete ich die Apotheke und kaufe mir eine Packung dieses Tees. Karl warnt mich.

„Trinkst du dieses Gesöff vor dem Zubettgehen, musst du ständig pissen gehen und schläfst überhaupt nicht mehr."

Die Warnung von Karl trifft nicht ein. Ich strecke mich im Bett aus. Passe haargenau den Moment ab, wo das Bewusstsein abdriftet, Gedanken und Empfindungen flau werden und ich dann weg bin. Es dauert ewig. Ich liege konzentriert im Bett und höre die Kirchturmuhr mehrmals die vorrückenden Stunden schlagen. Dann weiss ich nichts mehr, bis das Gurren der Tauben draussen mir mein Bewusstsein zurückgibt. Ich schlage meine Augen auf und nehme Lichtstreifen an den Rändern des Rollladens wahr. Der erste freudig erregte Gedanke: endlich mal bis mitten in den Morgen hinein ausgeschlafen. Bestimmt hängen bereits die Bettdecken zum Auslüften aus den gegenüberliegenden Fenstern. Bestimmt sitzen die Italienerfamilien bei offenen Balkontüren mit ihren Kindern auf den Balkonen, frühstücken und palavern. Und ich als etwas verkommener Junggeselle, trete mitten im Morgen, mich streckend, reckend und gähnend, auf meinen Balkon und blinzle verschlafen zur Idylle auf der andern Seite. Diese Vorstellung lässt sich nicht realisieren, weil ich hellwach bin. Ein Blick auf die Uhr, fünf Uhr siebzehn! Im Bauch schwelt eine unendliche Wut. Jetzt muss ich wieder rumtrödeln bis Viertel nach Sechs, wo der Kiosk öffnet und ich die Zeitung kaufen kann. Ich kann aus meiner Küche hinaus beobachten, wie nach und nach bis neun Uhr die Rollläden der Schlafzimmerfenster der Italienerfamilien gegenüber hochgezogen werden. Ich klage Karl, wie es bei mir mit dem Schlafen einfach nicht klappt. Ihn langweilt meine Erzählung. Er putzt mich schnippisch ab.

„Typische senile Bettflucht!"

Belämmernder Schlag auf meine Birne. Ich erreiche offensichtlich das Stadium der Senilität, bevor ich überhaupt richtig gelebt habe. Ich habe mich entschlossen, Bilanz zu ziehen. Doch fällt mir schlicht kein Bilanzposten ein. Ich ärgere mich, dass und wie ich überhaupt auf die hirnverbrannte Idee gekommen bin, Bilanz zu ziehen. Ich ahne düstere Perspektiven. Wenn bisher nichts gewesen ist, was soll künftig schon Besonderes kommen! Ich kann mich gleich aufhängen. Das heisst, einen Strick kaufen gehen. Ich muss mich an die nackten Zahlen halten. Ich habe bisher an sechs verschiedenen Orten gewohnt. Ich hatte zwei Autos nacheinander besessen und besitze jetzt ein Motorrad. In meinen zwei Reisepässen befinden sich insgesamt siebenundsechzig Stempel von Ländern, in die ich eingereist bin. Mein erster Reisepass wurde nach Ablauf ungültig erklärt. Nun gilt mein zweiter Reisepass. Bis Zwanzig hatte ich rund dreiundzwanzig Flirts und Abenteuer. Nach Zwanzig gab ich das Zählen auf. Bis ich vor rund zehn Jahren die Idee hatte, jedes neue sexuelle Abenteuer mit einem Strich und die Reprisen mit einem Kreuz in meinem Taschenkalender zu notieren. Am Ende des Jahres zählte ich Striche und Kreuze zusammen, dividierte die Summe durch die Anzahl Tage des Jahres und komme Schluss, dass sich im Durchschnitt alle 1.5 Tage etwas auf diesem Gebiet geregt hatte. Verflixt und zugenäht, ich rutsche klar in das Alter, in dem ich für die Jungen alt bin. Trotzig male ich mir aus, wie schön es wäre, mit einem Knall endlich neunundneunzig Jahre alt zu sein, kein Pflichten mehr zu haben, tagein tagaus auf dem Schaukelstuhl zu sitzen, Whisky zu trinken, Nordpol zu rauchen und den Enkelchen und Urenkelchen lustige Geschichten zu erzählen. Der Haken an dieser Idylle, bisher habe ich noch keine Kinderchen aufgestellt.

Dabei könnten, falls mein Leben anders verlaufen wäre, meine eigenen Kinder bereits konfirmiert sein. Ich könnte den Stress mit kleinen Kindern bereits hinter mir haben. Wann ist wo was in meinem Leben schief gelaufen?

Wie hatte ich Karl bei seiner ersten grossen Liebe beneidet gehabt. Er erobert Lilian. Spaziert mit ihr beim Einnachten der Aare entlang. Offiziell bloss unschuldig nebeneinander hergehend oder allenfalls Händchen haltend. Ich ahne, er schmust mir ihr und womöglich noch viel mehr. Ich bin so neidisch auf Karl, verwünsche ihn und schaue ihn mit so bösen Blicken an, dass ihn der Schlag treffen müsste. In meinen fantastischen Tagträumen spanne ich Karl Lilian tausendmal aus und bin mit ihr tausendmal der Aare entlang spaziert beim Einnachten. Und noch viel mehr. Doch wenn ich Lilian im wirklichen Leben zufällig über den Weg laufe, werde ich total verlegen, erröte und muss so tun, als ob ich sie nicht sehe. Um nicht wie ein Idiot dazustehen.

Eine zweite Chance würde wohl nichts ändern. Wir waren damals Vierzehn gewesen. Falls Karl, Lilian und ich nochmals Vierzehn sein könnten, würde ich wohl nochmals genau gleich Vierzehn sein, wie ich es tatsächlich gewesen war. Ich bin nun mal ein Träumer, war es schon immer gewesen. An den schulfreien Nachmittagen hocke ich stundenlang an der Schallplatten-Bar des Kaufhauses und lasse mir von der Verkäuferin, die zwar bereits uralt ist, mindestens zehn Jahre älter als ich, einen französischen Scherben nach dem andern auflegen und schwelge in diesen herrlichen Chansons und im leisen Flirt mit der uralten Verkäuferin, die sich klar über mein Flirten mit ihr amüsiert. In dem dazugehörigen Tagtraum, treibe ich es mit ihr wie wild und reise mit ihr bis ans Ende der Welt. Selbst bei einer zweiten Chance würde mich wohl die Ahnung quälen, dass ich bei dieser reifen Schönheit, die zwar nett mit mir ist, kein Brot habe. Auch dieses Abenteuer ist in den Kamin zu schreiben. Und die grosse Liebe, die sich dann tatsächlich eingestellt hat, die aber nicht hat glücklich enden sollen! Was, wenn sie glücklich geendet hätte? Wo würde ich dann stehen? Hatte nicht gerade das abrupte Ende dieser grossen Liebe besiegelt, dass sie von Anfang unmöglich gewesen war? Ich habe alles überstanden. Ich bin über die Runden gekommen. Ich bin nirgends hängen geblieben. Ich habe keine drei Autos in zwei Monaten zu Schrott gefahren. Meine Bilanz bleibt leer. Nichts, das sich darin niedergeschlagen hätte. Edith Piaf singt, ,non, je ne regrette rien'. So weit bin ich noch nicht. Hingegen hatte ich mehrmals ernsthaft daran gedacht, mit dem Ganzen einfürallemal Schluss zu machen. Kopfschuss, Tabletten oder sonst irgendwie. Doch, hol's der Teufel, ich erinnere mich nicht einmal mehr an die konkreten Anlässe, die mich zu einem vorzeitigen Ende getrieben hätten. Ich habe nie tatsächlich einen Selbstmordversuch gewagt. Deshalb trage ich keine Wunden mit mir herum. Deshalb weiss niemand von diesen trüben Gedanken. Deshalb sagen alle, ja, ja, der Oliver Tallhead hat gut lachen, er lebt wie der König in Frankreich und nimmt nichts im Leben ernst. Sie halten mich für den glücklichsten Menschen der Welt. Dabei geht es mir nicht anders, als allen anderen.

Erst neulich sagt jemand zu mir, „du bist eine fröhliche Natur und hast immer Glück. Geht dir das Geld aus, rufst du bei der Fotomodellagentur an und meldest dich für Aufnahmen. Bei mir ist das undenkbar. Da, schau, diese beiden Zähne, stehen total quer. Aus die Karriere als Fotomodell. Ich habe es nicht so einfach wie du. Meine Eltern hätten es bemerken sollen, dass da etwas schief läuft. Doch sie haben es nicht bemerkt. Oder falls sie es bemerkt haben, nicht dagegen unternommen. Wobei es mich total gestört hätte, das gestehe ich, wenn ich jede Nacht eine dieser hässlichen Zahnspangen hätte tragen müssen. Und deshalb geht das, was bei dir mit deinen schönen Zähnen spielend geht, bei mir nicht."

Ich ziehe mit einem Zeigefinger einen Mundwinkel so weit, wie es geht, nach hinten, um zu zeigen, dass auch meine Zähne nicht makellos sind. Dass da hinten eine Zahnlücke ist. Dieser Jemand muss zugeben, dass nicht alles, was nach einer makellosen Zahnreihe ausschaut, tatsächlich lückenlos ist. Und gelitten hatte ich damals, als der Zahn so hoffnungslos verrottet gewesen war, schreckliche Schmerzen verursacht hatte und gezogen werden musste.

Wir waren damals gerade in Sainte-Marie-de-la-Mer gewesen. Der Mistral fegt über alles hinweg. Adeline hat die Unverschämtheit, vor meinen Augen einen wildfremden, dahergelaufenen Zigeuner zu küssen. Ich leide an schrecklichen Zahnschmerzen und dann noch dieser unfassbare Schlag, dass Adeline mich verrät. Der verrottete

Zahn als Retter in der Not. Ich muss sofort nachhause. Keinen Tag länger in Südfrankreich. Ich stelle Adeline vor die Wahl, entweder der Zigeuner und du fährst mit mir nachhause. Sie fährt mit mir nachhause, im kleinen MG Midget. Vor Schmerzen und Wut bringe ich von Sainte-Marie-de-la-Mer bis zum Rindermarkt kein Wort über meine Lippen. Wir beide vor uns hinbrütend. Dann die schmerzhafte Wurzelbehandlung.

Es muss ein anderer Zahn gewesen sein. Nach einer Wurzelbehandlung bleibt in der Regel keine Zahnlücke. Idiotisch! Geschwätz, nichts als Geschwätz! Ich bin niemandem Rechenschaft schuldig. Es geht um die Zahnlücke und ich habe eine Zahnlücke. Diese Zahnlücke gehört echt nicht in die Bilanz meines bisherigen Lebens. Wozu überhaupt eine Bilanz, wenn's ums Zwischenmenschliche geht! Wo Vertrauen ist, kann man auf Bilanzen pfeifen! Lebenserfahrungen schlagen sich in Körpern, Gesichtern, Haltungen nieder. Ich habe geliebt und geirrt und bin noch nicht begraben. Mein Leben sind nicht die zweitausenddreihundertfünfunddreissig gehabten oder nicht gehabten Liebschaften und meine viertausendeinhundertdrei über mich selber und mein Verhalten, mein Anecken an der oft kantigen Umwelt, meine symbolischen Schiffbrüche an, wie andere behaupten, imaginierten Felsen bei mit Urgewalt tosendem Meer und aufgepeitschter Gischt. Es sind auch, konsequenterweise, nicht die in Trunkenheit genossenen wohligen Momente. Mein Leben ist hier und jetzt und das, was kommen wird. Ein Hauch der Schönheit, der uns hier und jetzt erfasst und wegträgt, meine Liebe. Lass uns das Leben geniessen und das Vergangene vergangen sein! Nimmst Du mich auch ohne Bilanz? Ich bin ganz Dein. Daf-färs!*

Anmerkung der Redaktion:
Daf-Färs könnte altnormannisch für ,rainerus scribsit' oder
,Hook, ich habe gesprochen' sein, doch ist es eher ein ,Das
wär's!', ausgesprochen von jemandem mit einer Zahnlücke,
durch die die ,s' wie ,f' hindurchzischen.

Epilog

Taller Orashell zittert vor Erregung, als er den letzten Punkt gesetzt hat. Draussen dämmert ein neuer Morgen und neue Dimensionen stehen ins Haus. Er legt seinen Federkiel beiseite, lehnt zurück, nimmt das Pergamentpapier, auf dem die Tinte noch nicht getrocknet ist, zur Hand. Ihn schaudert vor Ekel. Etwas an diesem Dokument gefällt ihm nicht. Er weiss nicht was. Er runzelt die Stirn. Selbst die Runzeln quetschen keine brauchbaren Gedanken raus. Er sieht nur immer SIE vor sich. Er versucht, sich vorzustellen, ob SIE sich gleich begierig auf seinen Erguss stürzen wird. Oder ob SIE den Erguss beiseitelegt. Um ihn, wie SIE beteuert, später mit grösstem Interesse zu lesen. Oder auch tatsächlich zu vergessen und nicht zu lesen.

Inzwischen ist die Sonne aufgegangen. Taller Orashell zerreisst unter grösster Kraftaufwendung das feste, mit türkiser Tinte beschriebene und mit seinem in der Nacht aus seinem überquellenden Herzen ausgeflossenen und wie in Trance hingekritzelten Erguss prall gefüllte Pergamentpapier. Er wirft die Fetzen in den Papierkorb. Nicht ahnend, dass seine indiskrete Putzfrau …

Taller Orashell kleidet sich sorgfältig an. Parfümiert sich im Überschwang übermässig. Geht zum Markt. Kauft dort fünf weisse Lilien, fünf weisse Levkojen und sieben blaue Rosen. Dann wartet er, vor verzückter Ungeduld ständig von einem Fuss auf den andern tretend, auf SIE. Und als SIE endlich erscheint ... Zensur, hier würde die Geschichte kitschig, indiskret oder weiss der Kuckuck was.

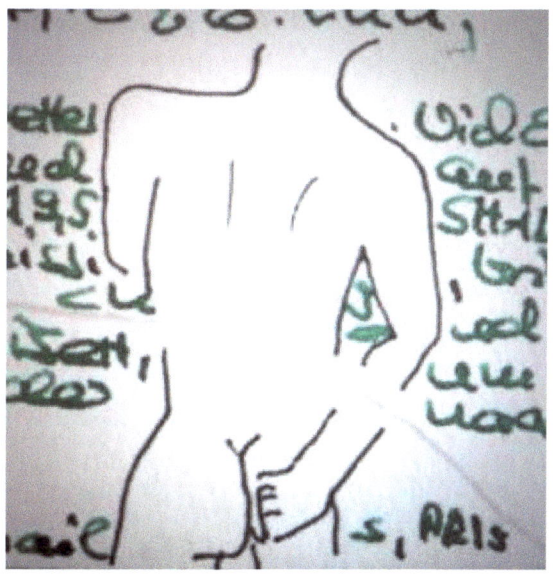

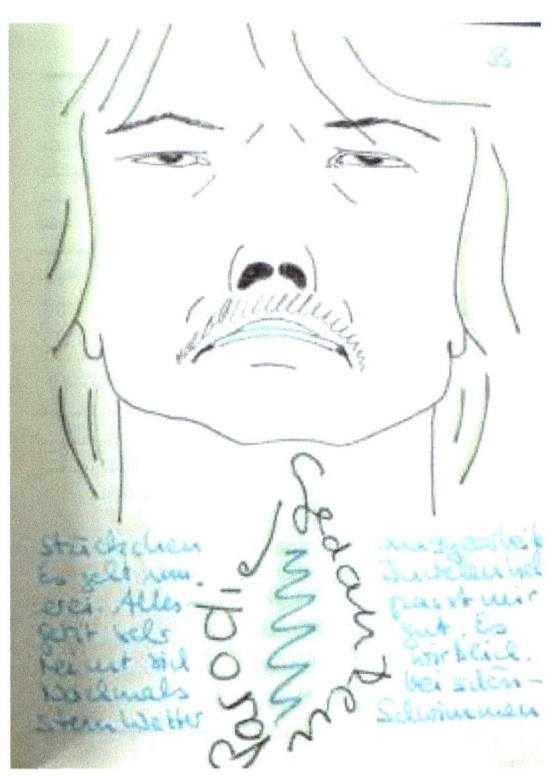

Die Clowns verjagen die Frösche

Eine Tragödie in geschichtlicher Kürze

Lilly Manotva ist in aller Munde, im übertragenen und im bildlichen Sinn – bezüglich Letzterem jedoch nicht vorwiegend im Mund, oder wenn, dann wiederum im übertragenen Sinn. Beim neusten Bild, das durch die Presse geht, trägt sie ein schwarzes Spitzenkorsett mit Strapsen. Eusebius, kurz Sebi, Wonnegold verkehrt in einem Freundes- und Bekanntenkreis, wie Durchschnittsmenschen eben verkehren. Im Übrigen fällt er nie auf. Hätte jemand ihn ins Rampenlicht gezerrt, hätten die Leute protestiert. Weshalb ausgerechnet diesen Durchschnittspflock so steil rausbringen! Das Schicksal jedoch verquickt Lilly Mantova und Sebi Wonnegold.

Phil Lartega, Klatsch- und Tratsch-Fernseherscheinung, dem die Couch-Potatoes der Nation zu Füssen liegen, sagt zu sich – doch genügend laut, damit der Hinterste und Letzte es tatsächlich mitbekommt – , man muss dem Laster begegnen, um … Das Ende des Satzes bleibt unverständlich, weil bloss noch gemurmelt. Dann trifft er sich während sage und schreibe acht Stunden auf Kosten der Fernsehanstalt mit Lilly Mantova zwecks Interviews. Als das geraffte Produkt seines Tuns über die Bildschirme flimmert, hocken die gesammelten Couch-Potatoes der Nation samt Anhang total gespannt und aufgekratzt vor ihren

Flimmerkisten. Sie hören Lilly Mantova zwischen einer Folge von Selbstdarstellungen säuseln, "Männer, Männer, Männer … Der einzige Mann, der einen drauf hat, ist …". Die Männer halten vor Spannung den Atem an, können nicht einmal ihre Frauen schicken, ihnen ein weiteres Bier zu holen, malen sich aus, wenn ihr Name fallen würde. Lilly Mantova kommt säuselnd zur Quintessenz „ … ist Eusebius Wonnegold!"

Kurz nach Lilly Mantovas Säuseleien klingelt bei Sebi Wonnegold das Telefon. Er schläft bereits. Wird aus dem Schlaf gerissen. Überlegt sich kurz, dass ein Anruf zu so später Stunde bloss ein Scherz sein kann. Dreht sich auf die andere Seite, um weiterzuschlafen. Sein Telefon hört nicht mehr auf zu klingeln. Sebi Wonnegold denkt im Halbschlaf, auf der Welt scheint es von Scherzbolden zu wimmeln. Er verfällt wieder in Tiefschlaf. Am Morgen tritt er, wie immer, frisch gebürstet und gestriegelt, eine lustige Melodie pfeifend, mit etwas Pomade im Haar, aus der Haustüre und glaubt zu träumen.

„Sind sie Eusebius Wonnegold?"

Sebi Wonnegold hält einen Arm schützend vor sein Gesicht, unterdrückt ein Lachen über die ungewohnte Anrede. Ausser in offiziellen Angelegenheiten wird er nie Eusebius genannt. Wer ihn kennt, nennt ihn Sebi. Für einen Moment glaubt er zu träumen. Unzählige Augen starren ihn an. Unzählige Kameras klicken. Ungeahnte Massen von Leuten bedrängen ihn körperlich und verbal. Während er den Traum als tatsächliche Wirklichkeit ortet, quetscht er sich sachte Schritt um Schritt der Hauswand entlang aus dem Zentrum der Masse und setzt zu einem Spurt an. Obwohl er es im Joggen nicht einmal mit dem Durchschnitt aufnehmen kann, reichen seine Kräfte diesmal aus, um die Masse hinter sich zu lassen. Bloss eine Punk-Lady in hautengem schwarzem Lederrock und Stöckelschuhen hält Schritt mit ihm.

„Exklu ... hhhuuuuhhhuuu ... sivinter ... hhhaaaahhhaaa ... view mit ... hhhooohhhooo ... NIXI-NAXI-SPLITTERNACKT ... hhhuuu ...“

Die durch leichte Atemstösse unterbrochene Rede der Punk-Lady gipfelt darin, dass sie ihm für eine Ablichtung mit heruntergelassener Hose eine Summe Geld bietet, die fünf Monatslöhne von Sebi Wonnegold übersteigt. Aus einer Telefonkabine ruft Sebi Wonnegold Wunibald Dolperpatz an, hustet dreimal gekonnt in den Telefonhörer hinein, bevor er meldet, er sei krank und komme nicht zur Arbeit. Dolperplatz ahnt zwar, dass Sebi Wonnegold ihm etwas vermacht, schweigt aber mit Bedacht. Die Punk-Lady schiesst unzählige Fotos von Sebi Wonnegold mit heruntergelassener Hose für ihr exklusives Damenmagazin NIXI-NAXI-SPLITTERNACKT. Sie lässt es nicht bei den Fotos bewenden. Sie führt Sebi Wonnegold auch den angesagtesten Party-Löwinnen, Jet- und Trendsetterin und solchen, die auf diesen oder ähnliche Titel aspirieren, live vor. Diese stürzen sich auf Sebi Wonnegold. Knöpfen seine Hemdenbrust auf. Nicht bloss die Hemdenbrust. Schieben ihre schmalen weissen Finger mit den rot gefärbten Krallen unter Sebi Wonnegolds Textilhülle. Obwohl Sebi Wonnegold mit seinem bisherigen Leben total zufrieden ist, eröffnet sich ihm hier nun eine geballte Ladung von Frivolität, Lüsternheit und Körperlichkeit, der er sich geniessend hingibt und vor lauter Orgasmen das Geschäft für zweieinhalb Wochen vergisst.

Lilly Mantova ihrerseits hat die Rechnung ohne die in Frage kommenden Wirte gemacht. Zwar ist sie durch das

Interview mit Phil Lartega in beinahe jede Stube der Nation hineingeflimmert, doch die Schau stiehlt ihr klar der Mann, der im Fernseher nicht einmal mit Bild aufflimmert, von dem sie bloss den Namen genannt hat. Nicht nur NIXI-NAXI-SPLITTERNACKT, alle Boulevard-Zeitungen der Nation kennen für ganze drei Tage kein anderes Thema mehr, als ‚Wer ist Eusebius Wonnegold?', ‚Eusebius Wonnegold im Bild', ‚Ab Morgen: Exklusiv alles über Eusebius Wonnegold' und so weiter. Lilly Mantova blättert während der drei Tage jeden Morgen diese wichtigen Blätter durch, stellt fest, dass nirgends ein Bild von ihr drin ist. Bloss von diesem Eusebius Wonnegold. Zerknirscht und wütend zerreisst sie die Zeitschriften.

Der Hype um Eusebius Wonnegold wird abgelöst vom Hype um Jenny Grammophon. Jenny Grammophon springt im Kokainrausch vom höchsten Gebäude der Stadt, schreit, bevor sie auf dem Boden aufklatscht, dreimal ‚Supra-Cola ist cool'. Den Aufprall am Boden überlebt sie. Sie wird jedoch von den herbeieilenden Journalisten spitalreif zerdrückt und zerrissen. Eine der Boulevardzeitungen weiss dann zu berichten, dass Jenny Grammophon eine bekannte Stunt-Frau ist, von der Getränkefirma Supra-Cola angeheuert worden und ihr Gebäudesturz bloss ein Werbe-Gag gewesen ist. Die kurze Aufmerksamkeit der Medien reicht, dass Jenny Grammophon in die Kategorie der Prominenzen aufsteigt und eine gemachte Frau ist. Und die Medien stürzen sich auf Huldinus Schwatzke, der …

Über die kurze Publizität von Sebi Wonnegold wächst rasch sehr, sehr viel Gras. Er war eine Eintagsfliege gewesen, die es genossen hatte, eine solche zu sein. Doch Jane Belinski lässt nicht locker. Sie bleibt stocksauer, selbst nachdem der Hype vorüber ist.

„Ich bin aufgeschlossen und tolerant," verkündet sie, „und gönne dir dein Abenteuer mit dieser Mantova. Doch dass du stur behauptest, diese Frau überhaupt nicht zu kennen, trifft mich zu tiefst. Diese Unaufrichtigkeit ist ein echtes Problem. Gib endlich zu, dass du die Mantova gefickt hast und flüstere mir ins Öhrchen, welche besonderen Kniffe die Mantova auf Lager hat, damit wir beide diese Kniffe ausprobieren können …"

„Suche dir deinen Lillo Mantovus," winkt Sebi Wonnegold gelangweilt ab, holt tief Atem und schreitet mannhaft vom Regen in die Traufe.

Zu Sebi Wonnegolds grösstem Erstaunen, landet er keineswegs unter einer Traufe. Jemand musste einen Pfropfen in das Loch der Traufe gesteckt haben. Mit grinsendem Äusseren und schuldbewusstem Inneren taucht er nach vierzehntägiger Abwesenheit im Büro auf und will sich gleich klopfenden Herzens Wunibald Dolperplatz stellen. Dort wird ihm lediglich beschieden, wenn er das Arztzeugnis nicht bei sich habe, solle er dafür besorgt sein, es sofort nachzuliefern.

In anderen Kulissen braut sich derweil ein weiteres Spiel zusammen. In der Manhattan Bar stossen die Punk Lady von NIXI-NAXI-SPLITTERNACKT und der Chefredaktor vom BLATT FÜR SOFISTIKATORISCHE WIRTSCHAFT zusammen und prosten sich mit Whisky on the Rocks zu. Über Eusebius Wonnegold, auf den das Gespräch zufällig kommt, lässt die Punk Lady fallen, „he is a good fuck – and that is it!" (In vorauseilender Zensur-Gefälligkeit wurde dieser Satz ins Englische übertragen, weil er sich mit hiesiger Dezenz nur mühsam unter eine Decke kriegen lässt und so weiter blablabla et cetera). Sie lässt weiter noch über ihn fallen, „niedlich ist er schon, doch eine kleine graue Maus, kleinkariert und scheinbar ein Arbeitstier mit Scheuklappen". Der Chefredaktor mimt Entsetzen über die Tiefen, in die der Boulevard-Journalismus gefallen ist. Insgeheim aber heckt er einen Plan aus. Die Verwaltungsräte des Verlags, der das BLATT FÜR SOFISTIKATORISCHE WIRTSCHAFT herausgibt, sonnen sich in der brillanten Idee, jedes Jahr ‚Den Mann des Jahres' zu küren. Dem Diktat der Herrscher müssen der Chefredaktor und sein Team sich beugen. Zähneknirschend, geniert insbesondere über diesen Anflug von populärstem Populismus in ihrem ach so hochstehenden Blatt. Der Mann soll vorbildlich sein. Wenn immer bloss die randalierenden Jugendlichen, die faulen Beamten und die gierigen CEOs für Schlagzeilen sorgen, wittert er bei einem Bünzli, den er als fleissig und pflichtbewusst, als Paradebeispiel der hiesigen Tugenden apostrophieren kann, Morgenluft und eine unsägliche Lust, seinem Verwaltungsrat und den Wirtschaftskreisen diesen Typ als ‚Der Mann des Jahres' runterzujubeln. Und die ganze Angelegenheit so diskret wie möglich über die Runden zu bringen, damit er und sein Team sich nicht lächerlich machen in ihren Kreisen.

Einem auserwählten Herrenkonfektionsbetrieb gibt der Chefredakteur einen vertraulichen Wink. Der Herrenkonfektionsbetrieb macht sich mit Eifer daran, auf die Wahl von ‚Der Mann des Jahres' hin den sogenannten ‚Eusebius Wonnegold Look' zu kreieren. Sebi Wonnegold wird vorgeladen und ist total gespannt, was diese Vorladung soll. Er wird in Kleider gesteckt, die er kleinkariert findet. Er wird abgeknipst. Von der Titelseite der neusten Ausgabe vom BLATT FÜR SOFISTIKATORISCHE WIRTSCHAFT stiert Sebi Wonnegold in die ihm unbekannte Leserschaft, unter der Schlagzeile EUSEBIUS WOLEGOLD: DER MANN DES JAHRES! Sang- und klangloser hätte eine solche Aktion unbemerkt von einer breiteren Öffentlichkeit kaum versanden können. Der Chefredakteur erntet für seine Diskretion Lorbeeren.

Sebi Wonnegold wird für seine vorzüglichen Qualitäten vom BLATT FÜR SOFISTIKATORISCHE WIRTSCHAFT mit einem schön gravierten Kugelschreiber aus dem Werbefundus bedacht. Weitere Folgen zeitigen die neue Ehre und die neue Erfahrung für Sebi Wonnegold nicht. Ein äusserst kleiner Kreis von distinguierten Lesern nimmt BLATT FÜR SOFISTIKATORISCHE WIRTSCHAFT überhaupt zur Kenntnis. Denjenigen der kleinen Leserschaft, die heimlich auch NIXI-NAXI-SPLITTERNACKT konsumieren, dies aber nicht an die grosse Glocke hängen, sticht Eusebius Wonnegold in die Augen und sie murmeln, ein echt vielseitiger Mensch!

Jane Belinski will sich vorerst nichts anmerken lassen, dass sie sich sowohl mit ihrem Schicksal, als auch mit Sebi Wonnegold wieder halbwegs ausgesöhnt hat. Den Mann des Jahres bedenkt sie bloss mit schnippisch hingeworfenen Kommentaren.

Eusebius Wonnegolds Kollege Giselbert Wallschkala spricht mit der neusten Ausgabe vom BLATT FÜR SOFISTIKATORISCHE WIRTSCHAFT in der Hand und mit der Bemerkung, ob der Erfolg von Sebi Wonnegold nicht wunderbar sei, bei Wunibald Dolperplatz vor. In Wunibald Dolperpatzens Bewusstsein ticken beim Anblick von

Giselbert Wallschkala augenblicklich seine jugendlich-sehnige Gier nach Erfolg, sein gewetzter Scharfsinn und sein Unbehagen in Gegenwart des Rhinozerosses Wallschkala mit den listig triefenden Äuglein auf. Seine Gedanken ziehen Fäden und seine Worte kullern holperig heraus.

„Verbindlichsten Dank, Wallschkala. Wir dürfen darob nicht vergessen, dass Wonnegold uns ein wertvoller Mitarbeiter ist, der sich in seinem Subalternbereich vorzüglich bewährt."

„Ironie des Schicksals, Herr Dolperplatz, dass Wonnegold und nicht sie ‚Der Mann des Jahres' sind. Ich weiss, ich weiss, Herr Dolperplatz, dass niemand gerne bekennt, dass er sich gerne bauchpinseln lässt und es ihn schrecklich ärgert, wenn andere sich unverdientermassen Ehren einheimsen. Wären sie, Herr Dolperplatz Der Mann des Jahres vom BLATT FÜR SOFISTIKATORISCHE WIRTSCHAFT, würden wir uns jetzt nicht so sehr in einer Zwickmühle befinden. Schliesslich geht es um ihre politische Integrität, um nichts weniger! Lächerlich, wie das BLATT FÜR SOFISTIKATORISCHE WIRTSCHAFT in seiner Ehrung von Wonnegold dessen Anstand hervorkehrt. Wenn ich das lese, Herr Dolperplatz, wird mir, mit allem notwendigen Respekt, kotzübel: Wir müssen Wonnegold schützen. Vor sich selber. Trifft zu, was ich vermute, lebt er irgendetwas in selbstzerstörerischer Art aus. Welcher anständige Mann würde schon mit einem Flittchen wie der Mantova verkehren! Ausgerechnet mit der Manotva, wie man aus NIXI-NAXI-SPLITTERNACKT weiss. Ich selbstverständlich lese solchen Schund nicht. Die Tatsache, dass Wonnegold und die Mantova ein Verhältnis haben, wurde mir zugetragen, mit der Bemerkung, dass in NIXI-NAXI-SPLITTERNACKT darüber berichtet worden sei."

Wallschkala beugt sich vor und flüstert Dolperplatz mit etwas feuchter Aussprache ins Gesicht, „Muss es unbedingt die Mantova sein, wenn einer ein anständiger Mann sein will. Bekommt unsere Konkurrenz spitz, dass sie, Herr Dolperplatz, in ihrem Geschäft einen Perversen beschäftigen, sind sie politisch auf immer und ewig erledigt."

Giselbert Wallschkala lehnt abwartend zurück. Seine Gesichtszüge verziehen sich zu einem Ausdruck hübschester Unschuld. Wunibald Dolperplatz wird fahl und fahler. In seiner Nervosität wächst er in das Aussehen des exemplarischen dynamischen, entscheidungsfreudigen, aufstrebenden jungen Mannes hinein und kann sich irgendwie nicht auf der Stelle entscheiden. Ein Telefonanruf rettet die Situation. Die beiden Protagonisten trennen sich unter rasch hingeworfenen Verbalergüssen des Bedauerns. Wunibald Dolperplatz lässt die Sache keine Ruhe. Er vertraut sich Falter Krawatzki an. Er wisse nicht, was er machen solle. Ein Intrigant intrigiere. Zu allem Elend mit einem Argument, das echt brisant sei. Falter Krawatzki hört sich das Lamento Wunibald Dolperpatzens mit ernster Miene an und nickt von Zeit zu Zeit.

„Geschichten dieser Art," meint er dann, „interessieren mich nur mässig. Im Allgemeinen ist bei genauem Hinsehen nichts dran. Wenn sie mich fragen, Herr Dolperplatz, ich weiss von nichts. Selbstverständlich habe ich Wonnegold schon einmal auf die Mantova angesprochen. Er stellt selbstverständlich alles in Abrede. Was wiederum die Vermutung nahe legt, dass alles eben, wie Wallschkala berichtet, seine Richtigkeit hat. Doch, wie gesagt, mein Name ist Hase, ich weiss von nichts. Doch da fällt mir gerade ein bezeichnendes Erlebnis mit Wonnegold ein. Neulich hat er im Kreis von Kollegen, als es um Fussball ging und alle sich so sehr ereifert hatten, dass sie sich beinahe die Köpfe einschlugen, coram publico lauthals hingeworfen, Fussball interessiere ihn nicht im geringsten. Fussball könne ihm gestohlen bleiben. Das ist seine Angelegenheit. Zugegeben. Weshalb aber hat er sich mit seiner Abneigung gegen Fussball so in Szene setzen müssen! Es hätte gereicht, wenn er seine Klappe gehalten hätte. Schliesslich haben alle anderen, oder beinahe alle anderen, sich brennend für Fussball interessiert. Es ist ein Zeichen von Überheblichkeit und Einbildung, wenn einer seine Meinung so provozierend in die Runde wirft. Einer, der so wenig Rücksicht auf die Gefühle der anderen nimmt, dem ist alles zuzutrauen. Sie müssen aufpassen, Herr Dolperplatz, dass es ihnen mit Wonnegold nicht plötzlich auf ihren Schwanz schneit. Entschuldigung. Das ist mir jetzt einfach so rausgerutscht. Das ist überhaupt nicht mein Vokabular. Es ist mir so peinlich …"

Ein paar Tage später haut Falter Krawatzki Sebi Wonnegold im Korridor an. Falter Krawatzki wirft grinsend hin, sie beide sollten schon längst wieder einmal zusammen essen gehen. Sebi Wonnegold hat nichts gegen ein gemeinsames Mittagessen. Beim Mittagessen gerät das Gespräch der Beiden ins Stocken. Sebi Wonnegold will von Falter Krawatzki wissen, weshalb er jetzt plötzlich der SVP beigetreten sei, wo er sich zuvor so rot gegeben hatte. Falter Krawatzki will von Sebi Wonnegold wissen, ob es zutrifft, dass die Mantova immer schwarze Höschen aus Leder trägt.

„Keine Ahnung! Woher soll ich es wissen. Du, aber sag mal, rechnest du dir bei einer kommenden Wahl bessere Chancen aus, wenn du anstatt bei der SP bei SVP bist?"

„Im Grunde weiss ich es ja schon, wissen es ja alle, dass die Mantova immer schwarze Höschen aus Leder trägt.

Doch ich möchte es bloss von dir bestätigt haben, damit ich sagen kann …"

„Mit welchem Posten lockt dich die SVP?"

„Ich warne dich. Mir ist ja egal, was einer treibt. Ich bin in dieser Beziehung echt grosszügig. Wenn er aber beginnt mit Hartnäckigkeit Dinge abzustreiten, von denen die ganze Welt weiss, dann ist es echt Verrat an einem guten Kollegen. Lass es dir gesagt sein, Sebi, menschlich ist das nicht sauber. Die Spatzen pfeifen es doch von den Dächern, was du für Dinge treibst. Ich habe dir die Chance geboten, dich mir in aller Kollegialität anzuvertrauen. Wenn du mich aber bloss anlügst, ist es nicht fair. Und lass es dir gesagt sein, Sebi, trage deinen Kopf nicht zu hoch! Dass in einer Zeitung über einen geschrieben wird, mag noch angehen. Dass er aber in einem Atemzug mit der Mantova genannt wird, entsetzt jeden anständigen Menschen und wird übelgenommen. Auch, und gerade von höherer Stelle!"

„Du meinst Dolperplatz?"

„Ich habe nichts gesagt."

Sebi Wonnegold glaubt sich im falschen Film. Er liebt Klatsch und Tratsch. Ist immer neugierig, alles zu erfahren. Mag darüber lachen. Doch wenn Gerüchte ihn betreffen und falsche Tatsachen beinhalten, dann kann er es kaum fassen.

„Du zumindest bist vernünftig und glaubst mir inzwischen," wütet er im Gespräch mit Jane Belinski, als sie sich einen Whisky genehmigen. „Jetzt behauptet Falter, du kennst ihn, dass ich ein Verhältnis mit der Mantova habe. Und er weiss, dass Dolperplatz es ebenfalls weiss. Und wenn ich sage, es stimmt nicht, grinsen sie auf den Stockzähnen und werfen ein Beruhigendes Jaja hin. Sie glauben mir nicht. Frösche, alles sind Frösche!"

„Und du bist ein Clown," stellt mit ruhiger Stimme Jane Belinski fest.

Sebi Wonnegold glaubt, nicht richtig zu hören. Er starrt Jane Belinski ungläubig an. Spürt ihren harten Blick. Er kann nicht mehr. Wenn alle gegen ihn sind. Kopflos stürzt er davon. Rennt wie ein Besessener durch Strassen und Gassen. Führt verbale Scheingefechte mit allen, die ihm nicht zuhören wollen, die ihm nicht glauben, die ihn bloss für ihre Zwecke benutzen. Er schreit ihnen zu, weshalb sie alle es ausgerechnet auf ihn abgesehen hätten, wo er glücklich und zufrieden eine ruhige Kugel schiebe und niemandem etwas anhaben wolle. Gerangel um Macht mache ihn krank. Da halte er sich immer raus. Sobald er wittere, dass jemand ihm etwas anhaben wolle, mache er sich aus dem Staub. Dann blitzt eine Idee in seinen Kopf. Jetzt will ich es wissen. Jetzt will ich die Mantova sehen. In Fleisch und Blut. Sie, mit der alles seinen Anfang genommen hat.

Ein distinguierter Herr öffnet die Wohnungstüre. Madame Mantova wohne nicht mehr hier. Sie sei ausgezogen. Er wisse nicht, wohin sie gezogen sei. Sie sei gewissermassen untergetaucht. Er entschuldigt sich für seine Indiskretion und fragt, weshalb denn Monsieur so aufgebracht sei. Er lädt Sebi Wonnegold zu einem Gläschen Portwein ein.

„Monsieur, nehmen wir an, eine Person errege ihren Missmut. Sie ärgern sich über alle Massen. Wie persona zeigt," lächelt der distinguierte Herr. „Nehmen wir weiter an, sie wollten sich des Ärgernisses entledigen und mit ihm alle künftigen Ärgernisse, indem sie gegen alle Menschen, die sie ärgern zu Dorfe ziehen. Würde dieses Verhalten nicht auf ein Machtspiel herauslaufen? Wer überwältigt wen. Wäre es nicht einfacher, mit den Schultern zu zucken und die, die sie ärgern, zu vergessen? Ist dieser Portwein nicht herrlich. Eine Lust, ihn die Kehle hinunterrieseln zu lassen und diesen Geschmack auszukosten."

„Ach," seufzt Sebi Wonnegold. „ Ich muss wieder unter die Leute gehen. Ich muss arbeiten."

„Müssen sie?"

„Ja."

„Irrtum. Sie wollen. Gestehen sie sich ein, Monsieur, dass sie Konfrontationen brauchen. Schauen sie mich nicht so ungläubig an! Weg mit den Sorgenfalten und der Verbissenheit. Lachen sie! Lachen sie!"

Sebi Wonnegold bedankt sich für den Portwein. Auf dem Nachhauseweg schüttelt er seinen Kopf über den distinguierten Herrn. Jane Belinski empfängt ihn grinsend mit der Frage, ob er nun alle Frösche dieser Welt verjagt habe. Dann beginn sie an einem seiner Ohrläppchen zu knabbern. Er schiebt sie etwas unwirsch zur Seite ich will rapportieren. Sie lässt sich nicht zur Seite schieben. Klebt gleich wieder an Sebi Wonnegold und knabbert weiter an dessen Ohrläppchen, flüstert ihm ins Ohr und fummelt plötzlich … (Zensur!)

Als Sebi Wonnegold und Jane Belinski danach, das heisst, nach dem, was die Zensur beschnitten hat, ein Glas Pink Champagne trinken, fragt Jane Belinski mit Unschuldsmiene, was er ihr denn habe erzählen wollen, als sie vorhin an ihm rumzufummeln begonnen habe.

„Ach, nichts," wirft Sebi Wonnegold lachend hin. „Vielleicht hatte ich bloss sagen wollen, wir sollten unbedingt wieder einmal das tun, was wir auf deine Veranlassung ja jetzt getan haben," fährt er fort und beginnt nun seinerseits am linken Ohrläppchen von Jane Belinski zu knabbern, worauf sie beide sich, diesmal gegenseitig, zu befummeln beginnen und …

Zensur! Nehmen Sie, verehrte Leserschaft, ‚Zensur' als ‚Wein, Weib und Gesang', oder, falls ihnen Wienerlieder nicht zusagen, als ‚Un aura amorosa', oder falls sie auch mit Opern nichts anfangen können, als Kris Kristoffersons ‚Help me make it through the Night' oder als jedes x-beliebige Lied vom unvergänglichen Cole Porter!

Die Prämisse, die im Titel dieser Geschichte steckt, ist erfüllt. Die Clowns haben die Frösche verjagt. Zwar quacken die Frösche weiterhin rundherum, doch können sie dem Clown kaum mehr etwas anhaben. Er erfreut sich an ihrem Gequake. Hütet sich aber davor, in ihr Gequake einzustimmen. Höchstens ausnahmsweise, zu seinem eigenen Spass. Und bloss kurz. Die Freiheit des Clowns besteht ha darin, dass er mit den Fröschen nicht um die Wette quacken muss. Er kann wichtigeren Dingen im Leben nachgehen. Als der Wecker am Morgen nach dieser nächtlichen Erkenntnis klingelt, liegt Jane Belinski eng angeschmiegt neben Sebi Wonnegold im Bett. Bei letzterem siegt für einen kurzen Gedanken lang das nackte Pflichtgefühl über seinen Bock auf ein Quäntchen Lust. Doch dann erkennt er letzteres als seinen wahren Trieb und als ein Gebot der Zwischenmenschlichkeit. Folglich rennt er mit einer halben Stunde Verspätung, jedoch erfüllt von der Schönheit des Lebens, aus dem Haus zur Arbeit. Er überlegt sich dabei, dass, selbst am Morgen, Genuss von Schönheit zu einem funktionierenden Zeitmanagement gehörte. Daher sei es schrecklich, sich für Schönheit keine Zeit zu nehmen. Pfeifend und träumend schlendert er weiter.

„Hey! Hey! Hey!!!"

Nach einiger Zeit realisiert Sebi Wonnegold, dass die Rufzeichen ihm gelten. Er nimmt bei einem Blick in die Richtung, aus der die Rufe kommen, eine Kioskfrau vor Gestikulieren und Rufen beinahe über ihre Auslage auf dem Kiosktresen auf die Strasse hinausfallen.

„Eusebius Wonnegold!"

Sebi Wonnegold verdreht seine Augen und hofft inständig, dass das alte Lieder nicht noch einmal von vorne beginne.

„Erkennen sie mich nicht wieder? Ach, wir kennen uns nicht. Stimmt. Ich habe damals um nichts in der Welt den Namen eines mir bekannten Mannes nennen wollen. Dann ist mir ihr Name eingefallen, den ich irgendwo aufgeschnappt und nicht mehr vergessen hatte, weil er so komisch klingt. Komisches bleibt haften. Und mit einem Mal war Eusebius Wonnegold in aller Munde. Aber ich langweile sie."

„Keineswegs, Madame Mantova. Darf ich sie fragen, was das Wichtigste im Leben ist? Der Glamour der Lilly Mantova?"

Lilly Mantova kugelt sich vor Lachen.

„Lilly Mantova gibt es nicht. Ich heisse Josy Binggeli. Phil Lartega ist Kunde in meinem Kiosk hier. Jeden Tag geht er hier vorüber. So charmant. Hat mir ein Kompliment gemacht. Ich bin direkt verlegen geworden und habe gesagt, nicht doch, Herr Lartega. Ich bin ein einfaches Fraueli. Er dann, wetten, ich bringe sie gross raus. Als Lilly Mantova. Damit auch sie einmal wissen, wie es ist, in aller Munde zu sein und was tatsächlich hinter all dem Glamour steckt. Eintagsfliege. Lilly Mantova ist längst gestorben. Ich will sie nicht länger aufhalten. Darf ich ihnen ein Kägi Fret schenken?"

„Ich bin der Sebi."

Falter Krawatzki erwischt Sebi Wonnegold, als er mit etwas Verspätung im Büro eintrudelt und möglichst unbemerkt in sein Büro gelangen möchte.

„Sebi, du bist anderthalb Stunden zu spät. Obacht, wenn der Dolperplatz es erfährt!"

„Jetzt kann ich dir, Falter, ein Geheimnis anvertrauen," gibt Sebi zurück. „Die Mantova trägt tatsächlich schwarze Höschen aus Leder. Hinten und vorne ist je ein Pompon drauf aus schwarzer Seide und aus der Mitte jedes Pompons funkelt je ein Rubin!"

Falter Krawatzki vergeht vor Staunen beinahe das Sehen und Hören. In der Folge kann er mit seinem brandneuen Wissen vor Wunibald Dolperplatz, Giselbert Wallschkala und Konsorten prahlen. Sebi Wonnegold packt seine persönlichen Sachen im Büro zusammen, winkt den Damen im Sekretariat fröhlich zu, ruft, „Die Zeit mit euch war gut!" und bricht zu neuen Ufern auf.

Sebi Wonnegold schlägt Jane Belinski vor, sie könnten tanzen gehen, um seinen Neustart zu feiern. Beim Tanzen dann, nachdem Sebi Wonnegold ihr alles gestanden hat, ist Jane Belinski zwar eine anschmiegsamste und quicklebendige Tänzerin, doch leicht verwirrt.

„Bisher hast du dich immer geweigert, mit mir tanzen zu gehen, Sebi. Woher der Sinneswandel?"

„Ja, ja, Sinneswandel! Tanzen ist reinster Genuss! Jetzt weiss ich es." Dabei grinst Sebi Wonnegold und nickt wie wild mit dem Kopf.

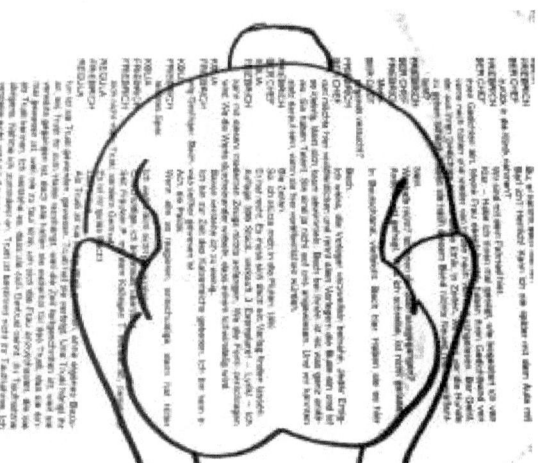

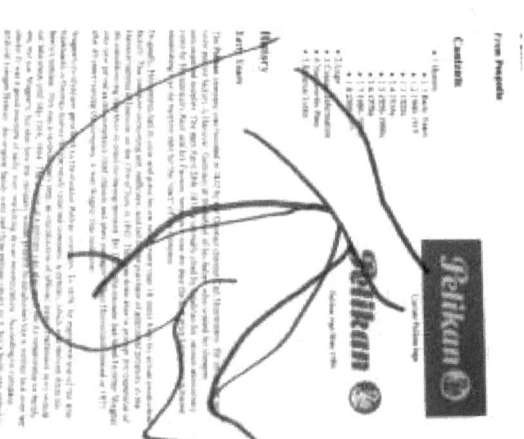

Der harte Aufprall des Jack Polderon

Ein Schicksal, das als kurze Geschichte wiedergegeben wird

„Ich bin der Kamikaze-Flieger Jack Polderôn. Ein Flop. Schaut die Operation noch so sehr nach Selbstmord aus, ich komme davon! Mich können sie um alles bitten, ich tu es. Nur schweige ich danach nicht. Ich rede. Weil ich unverletzlich bin. Sie denken wohl, ich habe durchgedreht. Dem ist nicht so. Es gibt Menschen, die unverwundbar sind. Nehmen sie zum Beispiel Achill. Okay, denen ist damals ein Fehler unterlaufen. Achillesferse und so weiter. Ist es möglich, Fehler zu machen, muss es ebenso möglich sein, keine Fehler zu machen. Logisch? Eben! Mir kann niemand etwas anhaben. Ich tu alles, was über das Alltägliche hinausgeht. Mir fällt immer etwas ein. Bloss wird es zusehends schwieriger. Weil ich mit allem, was nicht Zehntausende ebenfalls tun, anecke. Ich bin überall mit dabei gewesen. Fragen sie mich nach Hannibal, nach Karl dem Kühnen, nach Napoleon. Über das Eroberungs- und Kriegsbusiness kann ich bloss noch meinen Kopf schütteln. Was soll es. Ich plündere, du plünderst, wir nehmen uns gegenseitig die Sachen ab. Jeder ist froh, dass er sich nicht mehr um diesen Bettel kümmern muss. Und die Handwerker freuen sich, dass sie für die Bestohlenen wieder neuen Plunder herstellen müssen und dürfen. Mit Edelsteinen besetzte, goldene Becher, Silberschalen mit eingehämmerten Bildern. Perfektion und Augenweide. Haben sie jemals solche

Sachen rumgeschleppt? Man trägt schwer daran. Schwielen gibt es. Einen krummen Rücken. Kurzen Atem und Schweissausbrüche. Eine einzige Mühsal. Was man dabei gewinnt, ist im Vergleich zu der Energie, die man aufwenden muss, lächerlich. Im Laufe der nächsten Jahre wird einem das Zeugs bestimmt wieder weggeplündert. Deshalb habe ich das mit dem Plündern sein lassen. So kommt man zu seinen Erkenntnissen. Um ehrlich zu sein, diese Überlegung stellte ich erst an, nachdem ich die Konsequenzen gezogen hatte. Das kam so. Ich hatte mich gefreut wie ein kleines Kind, als ich zum ersten Mal einen Morgenstern in der Hand hielt und wusste, in kürzester Zeit geht es ab in die Schlacht. Dann jedoch ist es mir kotzübel geworden. Sind Sie schon einmal auf einem Schlachtfeld aufgewacht? Es hat nicht das geringste mit heldenhaften Namen, Ehre und heerem Vaterland zu tun. Gestunken hat es. Gestöhnt hat es. Mit verdrehten Augen. Mit klaffenden Wunden. Mit eingeschlagenen Schädeln. Es wäre gelogen zu behaupten, ich hätte mich tot gestellt. Ich bin einfach weg gewesen. Als ich wieder aufgewacht bin, hatten sie mir den Morgenstern geklaut gehabt. Meine Kleider ebenfalls. Splitterfasernackt bin ich in Kot, gestocktem Blut und Schlamm gelegen. Da hatte ich die Nase voll vom Krieg. Und geplündert habe ich logischerweise auch nicht mehr. Dann habe ich mir Notizen über die Sinnlosigkeit des Plünderns aufgeschrieben. Nicht für mich. Für die Anderen. Damit sie mich nicht für blöd ansehen. Napoleon habe ich an den Kopf geworfen, ‚drehen sie es, wie sie es wollen, Sire, Grandeur läuft immer auf eine Metzelei heraus!' Er ist etwas gelber geworden. Hat seinen Mund noch etwas mehr zugekniffen. Ich fügte noch hinzu, ‚Sire, wollen nicht auch sie lieber bei ihrer Joséphine sein, als auf dem Schlachtfeld?' Da hat er losgeprustet vor Lachen. Weshalb er so lachte, keine Ahnung. Vielleicht war eben das mit der Joséphine keine so heisse Sache mehr. Vielleicht ist er tatsächlich lieber auf dem Feld und denkt an Joséphine, als dass er bei Joséphine ist und sich ins Feld zurücksehnt. Vielleicht hat er auch gelacht, weil ich … Ja, ja, ich schiele! Nicht so stark. Doch es ist eindeutig ein Schielen. Frauen finden es sexy. Die, die einen nicht ernst nehmen wollen, vor allem Männer, sagen, ‚er schielt, also ist es auch blöd!' Ich nehme es dem Napoleon nicht übel. Doch habe ich auch kein Bedauern mit ihm, dass seine Gram ihn geschafft hat. Um nichts in der Welt will ich mit dem Napoleon tauschen. Und doch sollte ich es wollen, um ihm ein für allemal zu zeigen, dass es auch anders geht. Doch ich will nicht. Was will ich? Tischler sein? Ja, ich denke mir den schönsten Tisch aus. Ich wähle ein schönes Stück Holz und säge und schnitze und schleife und beize. Und zum Schluss schaut der Kunde mich blöd an und meint, ‚im Warenhaus kosten Tische viel weniger und glänzen erst noch. Zudem kann man sich dann öfter mal was Neues leisten.' Es klingt so aufgeschlossen. Ist nichts als Oberflächlichkeit. Diese Leute erwarten von der Zukunft nur, dass sie ein retuschierter Abklatsch des Vergangenen ist. Dabei kann nur dort etwas Sinnvolles entstehen, wo man sich vorbehaltlos dem im Entstehen Begriffenen hingibt. Das ist Inspiration und Fantasie. Okay, werfen sie mir ruhig vor, in meiner Situation seien vage Hoffnungen alles, was mir bleibe. Zugegeben, es ist verdammt schwer, die Tatsachen als gegeben hinzunehmen und dennoch dranzubleiben."

Jack Polderòn starrt ausdruckslos zur Zimmerdecke. Belinda Lewis fragt sich, was er dort wohl sieht. Sie folgt seinem Blick. Sieht nichts als das Weiss der Decke. Nicht einmal eine Mücke ist zu sehen. Sie betrachtet ihn eingehend, ob er irgendeine Regung zeigt.

„Ich lache! Sie sind ein Schlaumeier! Selbstverständlich ziehe auch ich eine Show ab. Jeder zieht seine Show ab. Jammer-Klagen, nach aussen gestülpte Betroffenheit, rote Kleider, demonstrative Second-Hand-Klamotten, Dritt-Welt-Geilheit samt Verständnis für Alles und Jedes sind genauso vordergründige Täuschungsmanöver wie ein etwas zu lautes Lachen, listige Übertreibungen in zu vollmundigen Worten, Ironie und Zynismus. Bloss ziehen Erstere einen in düstere Tiefen runter, während das Letztere einen beflügelt und abheben lässt. Ich halte es lieber mit dem, was mir Auftrieb gibt. In der Äusserlichkeit, die ein Mensch an den Tag legt, zeigt sich das in ihm steckende Potenzial. Ob das Potenzial einen vorwärts oder zurück führt, ob es sich immer mehr nach Innen bort, anstatt nach aussen zu wirken, ob es sich als Sein tatsächlich über das Haben aufschwingt und in der Individualisierung mit allem Menschlichen und Allzumenschlichen verschmilzt ... Hoppla! Jetzt haben sich meine Gedanken höher gezwirbelt, als ich will. Die grosse Kunst besteht darin, sein Gesicht nicht zu verlieren, selbst wenn es unaufhaltsam bergab geht. Denke ich an den Napoleon und an Karl den Kühnen, packt mich ein Grauen. Ich bin nie in eine Schlacht gezogen. Jedes Mal, wenn es mit Trara und Hurra losging, habe ich mich in ein Kloster verzogen. Wurde dort für Krieger gebetet, habe ich bloss stumm meine Lippen bewegt. Hätten alle Krieger so gehandelt wie ich, wären sie am Leben geblieben. Die Heerführer und Kaiser hätten am Skattisch ausjassen können, wer künftig über was herrschen soll. Widerspricht es nicht jeglicher Vernunft, sich den Kopf einschlagen zu lassen, damit die oben klären, wer wem künftig befehlen kann?! Da werden Gestelle mit brüchigen Ziegeln und brüchigem

Zement gefertigt, die nie zu etwas Gutem taugen. Weg vom Gestell! Ich bewundere die Entdecker!"

Gelangweilt schaut Belinda Lewis auf ihre Armbanduhr, ohne die Zeit zu registrieren. Sie lässt ihre Gedanken um Zeit und Vergänglichkeit schweifen. Als sie wieder zu Jack Polderòn hinschaut, steht ihr Herz beinahe still. Er hat seinen Blick auf sie gerichtet. Er lächelt sie forsch an. Sie hätte sich ohrfeigen können, dass sie genau den Zeitpunkt verpasst hatte, wo der bisher immer leere Blick sich auf etwas richtet. Der Patient hat sogar seinen Kopf bewegen können. Ihre Augenlider zucken unwillkürlich zu und wieder auf. Da starrt Jack Polderòn erneut mit leerem Blick zur Zimmerdecke.

„Entdeckung ist Wagemut und Spiel mit der Unvernunft. Verkitschen Sie mir die Entdecker bloss nicht mit ‚ach, so romantisch, diese Abenteurer!' Der Entdecker ist besessen von einem Wesen, von dem er nicht weiss, ob es der Teufel oder Gott ist. Nichts von Nervenkitzel des Erlebens. Verzweiflung. Zehn, zwanzig, dreissig, vierzig Tage im Ungewissen unterwegs. Zu wenig zu essen, keine Frauen, keine Abwechslung, das Trinkwasser wird faul. Der Tiger im Käfig hat im Vergleich dazu einen prächtigen Auslauf. Die Karavelle ist eine schwankende Welt, Angst und Kampf ums Überleben. Doch das Leben auf der Karavelle ist jede Sekunde Wirklichkeit. Nie aufgeplusterter Nervenkitzel mit dem Etikett ‚Abenteuer'. Hat man es geschafft, kommt man nachhause, feiern sie einen als Helden. Zickige Gänschen, die über Alles und Jedes einen schrillen Freudenschrei ausstossen, umtanzen einen. Die Damen verwickeln einen in pseudo-gescheite Gespräche, um einen den zickigen

Gänschen auszuspannen. Alles, wonach man lechzt, ist eine natürliche Frau, mit der man kuscheln kann ..."

Belinda Lewis stützt beide Hände, die sie unter ihre Hinterbacken stösst, auf dem Sitz des Stuhles auf, hebt ihren Körper etwas an und rutscht sachte auf der Sitzkante hin und her. Sie reckt ihren Hals ein wenig. Sie sieht das Gesicht des jungen Mannes, Jack Polderòn, an. Sein Mund ist leicht geöffnet. Er atmet regelmässig. Seine Augen sind starr auf die weisse Zimmerdecke gerichtet. Er könnte ebenso gut tot sein. Es hätte auch sein können, dass er, vor einigen Tagen, unter anderen Umständen, in einer Disco auf sie zugekommen wäre und ... In ihr krampft sich alles zusammen. Sie wendet sich ab und beisst auf ihre Oberlippe. Dann sieht sie wieder schüchtern zu ihm hin.

„Sie denken womöglich, ich spinne, weil ich so rede, wie ich rede. Glauben sie mir, es würde mich verdammt traurig machen, wenn ich so reden müsste, wie sie erwarten, dass ich rede. Bloss weil etwas so ist, wie es eben ist, können Lust, Freude am Spiel, Fantasie nicht aufhören zu sein. Ich habe unendlich Lust darauf, mit einem hübschen Mädchen zu kuscheln, mit ihr rumzublödeln. Ihr zu sagen, ‚Schau, ich gebe mich klar nicht mit halben Sachen ab. Wenn ich dir schon eine Kola bezahle, dann möchte ich zumindest einen Kuss.' Ich würde das bloss sagen, um sie zu testen. Fällt sie mir gleich um den Hals, ist etwas faul an der Sache. Ich möchte bloss blödeln. Das mit der Kola ist bloss ein dummer Spruch. Ich möchte ihr gegenüber sitzen und mich in sie vergucken. Mist! Kein Mädchen weit und breit. Ich bin der Kamikaze-Flieger Jack Polderòn, der irgendwie abgehängt wird, auf der Strecke bleibt. Wenn diese Zicke mich bloss nicht so anstarren wollte! Zicke? Sie kann nichts dafür. Man wird ihr befohlen haben, neben mir zu sitzen und mich zu bewachen. In der Disco würde ich sie keine Sekunde alleine sitzen lassen. Ich würde sie in eine ruhige Ecke locken. Ihr tief in ihre Augen schauen. Ruhige Ecke? Ruhiger als hier kann es nirgends sein. So ruhig, dass es bereits beunruhigend ist. Äusserlichkeiten zählen nicht. Man träumt sich das Gewünschte herbei. Das Gegenüber muss stimmen. Der Rest ist Fantasie. Eine helle Mondnacht auf der Terrasse eines Palazzo in Venedig. Aus dem Innern klingt leise Musik …"

„Wie heisst du?"

„Iiiiiiich?????!"

„Sonst ist niemand da. Ich heisse Jack"

„Ich weiss. Ich bin Lernschwester Belinda Lewis."

„Belinda. So schöner Name. Du hast so schöne Augen. Du gefällst mir. Ich möchte mit dir zusammen ausgehen. Kommst du mit mir in die Disco?"

„Lust hätte ich schon, aber …"

„Mit deiner Hilfe werde ich es schon schaffen. Tanzen kann ich selbstverständlich noch nicht."

„Es ist verboten."

Jack Polderòn lacht. Bei ihrem nächsten Besuch bittet er seine Mutter, ihm sein Transistorradio von zuhause mitzubringen.

„Jack, du weisst doch, Transistorradios sind hier verboten!"

„Ich habe eine Spezialbewilligung vom Herrn Professor", lügt Jack Polderòn.

Er schafft es, sein Transistorradio heimlich einem Mitpatienten anzudrehen und erhält dafür ein Bündel Geldscheine. Seine Mutter wundert sich, wo das kostbare

Transistorradio geblieben ist. Jack Polderòn zuckt mit den Schultern.

„Du bist so sorglos, Jack," zetert seine Mutter. „Bestimmt ist das kostbare Transistorradio dir gestohlen worden. Wir müssen eine Diebstahlanzeige bei der Spitalverwaltung oder gar bei der Polizei machen. Das ist ja unerhört! Haben die Leute keine Achtung mehr. Selbst hier zu stehlen. In deiner Situation bist du auf jeden Cent angewiesen. Wir wissen nicht, was die Zukunft dir bringt, ach!"

Jack Polderòn schickt ein Stossgebet zum Himmel, dass seine Mutter nicht die Schublade seines Nachttischs aufzieht und die Geldscheine sieht.

„Jetzt fällt mir wieder ein, ich habe es dem Köbi ausgeliehen. Er wird es mir morgen oder übermorgen zurückgeben."

Mitten in der Nacht schiebt Belinda Lewis Jack Polderòn im Rollstuhl durch einen Diensteingang raus zu einem von Jack Polderon organisierten, dort wartenden Taxi. Im Taxi ist er der glücklichste Mensch. Sie zittert wie Espenlaub und kann nicht glauben, dass sie den Mut aufgebracht hat, so etwas zu wagen.

„Wenn auffliegt, dass ich dir geholfen habe, heimlich eine Disco zu besuchen, dann fliege ich raus."

„Vertrau mir, ich bin der unverwundbare Kamikaze-Flieger Jack Polderòn. Der Disco-Besuch bleibt unser süsses Geheimnis. Er fliegt nicht auf," sagt Jack Polderòn mit Überzeugungskraft und einem solchen Charme, dass Belinda Lewis schmilzt und alle Sorgen vergisst.

Die Sache fliegt auf. Belinda Lewis fliegt in hohem Bogen aus dem Spital raus. Professor Doktor Schabberrot und Oberarzt Doktor Knaller knöpfen sich Jack Polderòn vor und fragen ihn bissig, was er sich bei dieser Sache und in seinem Zustand gedacht habe. Er habe mit seinem Leben gespielt.

„In Herzensangelegenheiten," grinst Jack Polderòn, „stellt meine Denkmaschine automatisch ab. Zudem haben sie, Herr Professor mir gesagt, dass mein Zustand hoffnungslos ist. Ob er hier oder in der Disco hoffnungslos ist, zieht meinem Zustand am Arsch vorbei!"

„So nicht, junger Mann!", belehrt Professor Doktor Schabberrot Jack Polderòn, „Hier werden sie nach den neusten Erkenntnissen der Wissenschaft behandelt …"

„Versuchskaninchen also," lacht Jack Polderòn den beiden Ärzten in ihre Gesichter.

„Unterstehen sie sich, so mit dem Herrn Professor zu reden, sie, sie, sie," mischt Oberarzt Doktor Knaller sich ein und fügt, zu Professor Doktor Schabberrot gewandt, flüsternd an, „Ob der Patient ein Fall für die Psychiatrie ist?"

An der Stelle von der Lernschwester Belinda Lewis schüttelt nun Oberschwester Klara höchstpersönlich die Kopfkissen von Jack Polderòn aus.

„Ihr Schicksal, und erst noch bei ihrer Jugend," säuselt Oberschwester Klara in mitleidigem Tonfall, „ist höchst bedauerlich. Sie müssen lernen, ein braver Patient zu sein. Ich höchstpersönlich musste dafür geradestehen, dass es Schwester Belinda gelungen ist, sie zu entführen. Lassen sie sich nie, nie wieder verführen!"

Dabei zupft und zerrt Oberschwester Klara verbissen an Jack Polderòns Bettdecke herum. Dann überreicht sie ihm einen Cocktail von Beruhigungs-, Moralin-

, Nerven- und Körperpillen. Achtet darauf, dass Jack Polderòn die Pillen in seinen Mund steckt und danach einen Schluck Wasser trinkt. Jack Polderòn trinkt stolz das ganze Wasserglas leer. Oberschwester Klara nickt ihm anerkennend und mit verbissenem Lächeln zu. Jack Polderòn hat es raus, die Pillen in eine Backe zu schieben und gleichzeitig Wasser zu trinken. Später spuckt er die Pillen aus. Gegen eine Flasche Whisky hievt ein Mitpatient Jack Polderòn um halb Drei in der Nacht in seinen Rollstuhl und beteuert, über den Vorfall Stillschweigen zu bewahren. Um drei Uhr fünfunddreissig fährt Jack Polderòn per Taxi vor dem Miethaus auf, in dem sich die WG von Belinda Lewis befindet. Belinda kann es kaum fassen.

„Liebste Belinda, einem Verliebten schlägt keine Stunde. Da kann es halt mal drei Uhr …"

„Dummkopf. Nicht die Uhrzeit! Dass du es geschafft hast!"

„Ich bin Jack Polderòn, der unverwundbare Kamikaze-Flieger! Weil meine Fantasie mich immer rettet. Glaubst du im Ernst, ich lasse mich kleinkriegen, wegen dem Bisschen, das passiert ist! Was ist schon ein Auto, das mir plötzlich den Weg abschneidet! Was ist schon ein dumpfer Knall! Was ist schon ein Motorrad, das schliddert und unter ein Auto zu liegen kommt! Was ist schon, wenn du einen Schreikrampf kriegst, wenn du dein Bein nicht mehr spürst, dass deine Hand es berührt, und die Leute rundherum glauben, ich schreie vor Schmerz, wo ich doch schreie, weil kein Schmerz da ist! Seither bin ich der unverwundbare Kamikaze-Flieger Jack Polderôn. Keine Angst, ich falle dir nicht zur Last. Ich kann für Zwei organisieren und werde uns die notwendigen Mittel fürs Leben beschaffen. Und du kannst endlich Medizin studieren, was du immer wolltest!"

Belinda Lewis und Jack Polderòn turteln. Sie hören sich zuerst ‚Anything Goes', dann ‚You're the Top' und danach ‚It's delovely' vom unvergesslichen Cole Porter an. Und da sie nicht gestorben sind, leben sie noch heute!

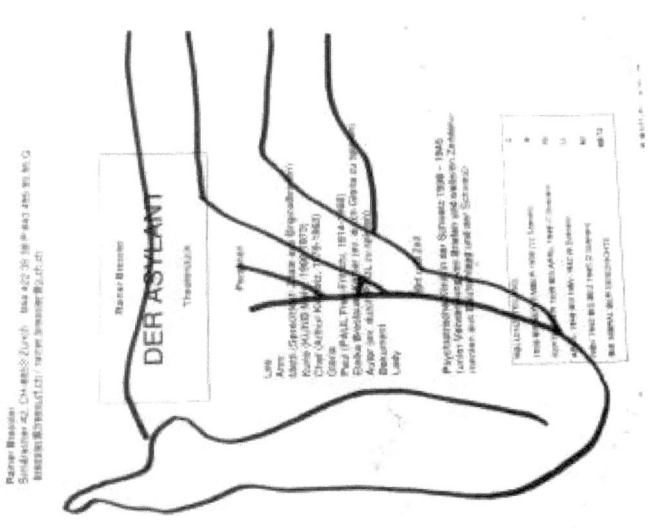

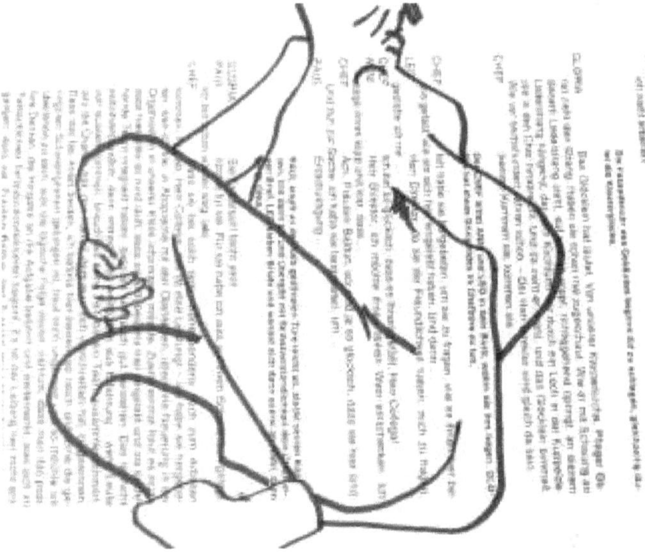

Der Tag, als der Regen kam

Kurzgeschichte

Aus dem Radio klingt Dalidas 'Le jour oü la pluie viendra'. Es ist drückend heiss. Die Fenster stehen offen. Kein Lüftchen. Lu Trettmar liegt ausgestreckt auf der Liege. Sein Blick gleitet seinem nackten Körper entlang. Er stellt zu seiner Belustigung fest, dass Schweiss auf das hellbraune Leder der Liege rieselt und zu dunklen Flecken gerinnt. Es wird wieder trocknen, sagt Lu Trettmar sich und schaut zu Lätizia Schöner hin. Vor kurzem war sie aufgestanden und im Zimmer und der Wohnung umhergegangen. Jetzt sitzt sie auf einem der Sitzelemente und lackiert ihre Fingernägel. Zuvor musste sie wohl im Badezimmer ihren Nagellack geholt haben. Oder vielleicht aus ihrer Handtasche im Korridor. Lu Trettmar greift automatisch nach seinem Buch, das auf dem Plexiglas-Quader neben der Liege liegt. Dabei fällt ihm ein, dass er das Buch gestern zu Ende gelesen hatte. Es hatte ihm Spass gemacht, dieses Buch zu lesen. Er bedauert, dass die Geschichte zu Ende erzählt ist. Er hätte gerne noch viel mehr über die Protagonisten gelesen. Hitze wird zu einem Gewicht, das ihn auf die Liege drückt. Er spürt die Schwere seines Körpers. Ein wohliges Gefühl durchrieselt ihn. Der Anblick Lätizia Schöners erfüllt ihn mit Lust. Einzig stört ihn, dass sie ausgerechnet ihre Fingernägel lackieren muss. Und erst noch mit dieser Hingabe.

„Hast du irgendwo die Rezension gesehen, die ich vorgestern aus der Zeitung gerissen habe?"

„Welche Rezension? Worüber?"

„Dieses Buch hier!", antwortet er und schaut das Buch in seiner Hand an.

Ohne hinzusehen, auf Grund des Tonfalles von Lätizia Schöners Stimme, spürt Lu Trettmar, wie sie mit den Schultern zuckt. Er ist irritiert. Die zufällige Wahrnehmung einer ihm zu banal erscheinenden Tätigkeit, ausgerechnet bei seiner Liebsten, verdirbt ihm im Moment die Lebensfreude. Er empfindet Ekel. Den er krampfhaft mit der verbissenen Suche nach gescheiten Gedanken zu überwinden versucht. Objektiv weiss er, dass er überreagiert. Doch sein Bauchgefühl hämmert. Sein Mund trocknet im Bruchteil einer Sekunde aus. Er zwingt sich, einen konkreten Gedanken zu fassen. Nun sollte er sich unbedingt dranmachen, endlich einen richtigen Esstisch anzuschaffen. Diese Idee war ihm vor mindestens einer Woche, vielleicht auch bereits vor einem oder mehreren Monaten gekommen. Seine bisherige Komposition, genannt Esstisch, hat endgültig ausgedient. Zwei alte, hölzerne Arbeitsböcke, die im Garten seiner Eltern gestanden hatten, die er requiriert und weiss gestrichen hatte, als es darum gegangen war, seine Wohnung zu möblieren. Über die Arbeitsböcke ebenfalls weiss gestrichene Bretter nebeneinander gelegt. Diese Bretter hatten ihm zuerst als Tablare seines Büchergestellt gedient gehabt, aufgeschichtet, mit Backsteinen dazwischen, bis ihm klar geworden war, dass er einen Esstisch benötigte und dieses lose Konstrukt aus Arbeitsböcken und Brettern darüber, neben den trendigen Panton Chairs einen tollen Effekt ergibt. Würde er nun das Schweigen mit seinen Ideen betreffend des neu anzuschaffenden Esstisches brechen, könnte sich Lätizia

Schöner ärgern, dass das Gespräch schon wieder auf den Tisch kommt und ihm, dem leidigen Esstisch-Thema, ein abruptes Ende bereiten, indem sie Lu Trettmar mit dem Geschenk eines neuen Esstisches überrascht. Und dieser neue Esstisch ihm dann überhaupt nicht gefällt. Lu Trettmar würgt diesen Gedanken, der als Mittel, das Schweigen zu brechen, herhalten sollte, ab. Romanhelden zerbrechen sich ihre Köpfe über Wesentliches. Er, Lu Trettmar, bleibt ständig an Nebensächlichem hängen, das sich mit einem Rattenschwanz von Folgerichtigkeiten in ihn hineinbohrt und ihn quält. ‚Ich komme nie zu dem, was ich will', pocht es mit dumpfer Schicksalshaftigkeit in ihn hinein, ‚Ich vertrödle meine Zeit, verschwende meine Energien'.

Ein kühler Luftzug streicht behutsam und schneidend über einen Flecken Haut, der sich reflexartig sträubt. Ein Fensterflügel knallt gegen einen Fensterrahmen. Lu Trettmar schaut unwillkürlich zum Fenster hin. Sein Blick streift Lätizia Schöner. Auch sie schaut zum Fenster hin. ‚Soll sie doch aufstehen, wenn sie will, und das Fenster schliessen,', denkt er und wünscht sich, dass sie aufsteht, mit ihrem burschikos-aufreizenden Gang irgendwohin geht. ‚Nein, nicht irgendwohin, her zu mir! Sich auf die Kante der Liege neben mich setzt. Ohne ein Wort zu sagen, bette ich meinen Kopf in ihren Schoss. Sie streichelt mir über meinen Kopf.' Falls Lätizia Schöner genau das täte, würde es Lu Trettmar als Bemutterungstick aufstossen! Sie soll endlich aufhören, mit dieser Hingabe ihre Fingernägel anzumalen!

Weiteres Gedankengeschwrubel von Lu Trettmar. Man sollte sich im Leben auf das Wesentliche konzentrieren und die verflixten Launen links liegen lassen! Denkst du einen Gedanken konsequent durch und fügst ihm den logisch daraus folgenden Gedanken an, kann nichts schief gehen. Dann wirst du nicht das Opfer deiner auf verrückt spielenden Launen. Nehmen wir Jane Belinski. Das mit Jane Belinski ist vorbei. Seit Jahren. Weshalb es vorbei ist, weiss ich und weiss ich nicht. Damals hatte ich geglaubt, es ist·vorbei, weil Jane Belinski Amadeo Varano zu schöne Augen macht. Sie hat bestritten, Amadeo Varano schöne Augen zu machen. Nachdem es zwischen uns beiden aus war, ist sie dann aber doch mit Amadeo Varano zusammen. Amadeo Varano ist wohl nicht der Grund der Trennung gewesen. Es gab andere Ungereimtheiten. Jane Belinski philosophiert und hat mir Einiges voraus. Nicht etwa, dass sie mich hätte belehren wollen. Nein. Vielmehr hat sie überhaupt nie versucht, mir·zu erklären, worüber sie philosophiert. Damals war ich unsäglich dumm gewesen. Bei einer Auseinandersetzung hatte sie mir an den Kopf geworfen, dass der Betrachter der Betrachtete sei. Mich lächert diese geschraubte Behauptung. Sie schaut mich kühl von oben herab an. Sie kneift ihren Mund zusammen und schweigt. Wenn Blicke töten könnten. Kürzlich stosse ich auf ein Buch, in dem von einfachen Gedanken ausgehend mit praktischen Anwendungsfällen genau dieser Satz entwickelt wird. Mir fällt es wie Schuppen von den Augen. Damals hatte ich nicht über meine Nasenspitze hinaus denken können und etwas verurteilt, ohne darüber nachgedacht zu haben. Jane Belinski ist mir im Geistigen so weit voraus gewesen. Zwischen uns hat es nicht gutgehen können. Jetzt, erst mit ein paar Jahren Verspätung habe ich es aufgearbeitet. Jetzt würde ich Jane Belinski besser verstehen. Wenn Lätizia Schöner bloss endlich aufhören würde, ihre Fingernägel anzumalen!

Wieder knallt ein Fensterflügel gegen einen Fensterrahmen. Der Wind ist heiss. Lätizia Schöner bewegt ihre Finger langsam vor ihren gekräuselten Lippen und bläst über die knallroten Fingernägel. Lu Trettmar fragt sich, was in ihr vor sich geht. Womöglich nichts. Sie macht sich keine Gedanken. Sie widmet sich voll und ganz ihren Fingernägeln. Damit provoziert sie mich und lässt in mir Ekel aufsteigen. Womöglich steht unsere Beziehung, denkt Lu Trettmar, auf seichtem Grund. Sie wird nicht halten. Zu lange haben sie sich etwas vorgemacht. Doch nichts verbindet sie. Der schreckliche Blitzgedanke Lu Trettmars beim Betrachten von Lätizia Schöner beim Bemalen ihrer Fingernägel, wo nichts sie aus ihrer Ruhe bringen kann. Und sie nicht einmal zu merken scheint, wie er, Lu Trettmar, nach etwas Zärtlichkeit lechzt. Da klingelt es an der Wohnungstüre. Lu Trettmar stinkt es unsäglich sich erheben zu müssen. Lätizia Schöner trifft keine Anstalten, auf das Klingeln an der Wohnungstüre zu reagieren. Was für Lu Trettmar soweit verständlich ist, da sie sich ja in seiner Wohnung aufhalten. Er streift sich Shorts und ein T-Shirt über.

Jane Belinski steht strahlend, mit ihren üppigen Formen, ihre Löwenmähne etwas schüttelnd, vor der Türe.

„Ich komme bloss auf einen kurzen Sprung vorbei. Ich bin in der Gegend und sagte mir, schau mal nach, was Lu treibt. Bloss ein kurzes Gläschen Wein. Schliesslich sind wir alte Freunde. Oder etwa nicht!"

„Trifft sich ausgezeichnet. Ich brauche deinen Rat. Ob ich mich nicht schon wieder verrenne …"

„Lieber Lu, zuerst muss ich dir erzählen. Kürzlich war ich bei Cäsar Wallaschku. Ich hatte mich unendlich darauf gefreut, mich mit ihm über Malerei zu unterhalten. Seine Malerei ist das Schönste, was ich mir an Malerei denken kann. Er aber hat mir den Kopf vollgeschwatzt mit einem Galeristen, der irgendwie quer schlage. Das hat mich nicht im

Geringsten interessiert. Wir hätten ein so schönes Gespräch führen können, aber er wird immer gleich so persönlich mit seinen kleinen Problemen, die Menschen mit einem gewissen Niveau einfach langweilen müssen. Ich hielt es nicht aus, musste gleich weiter. Zu Lori Arber. Er ist, Gott sei Dank, geistig etwas anspruchsvoller. Cäsar Wallaschku merkt einfach nichts! Mich interessieren nur die grossen Fragen des Lebens. Es gibt nichts Schöneres, als über das Sein im Dasein neben den Gestellen nachzudenken und zu erkennen, dass der Flügelschlag eines Schmetterlings den Lauf der Welt verändern kann. Ehrlich! Hast du dir das einmal überlegt. Der Flügelschlag eines Schmetterlings. Hübsch die Flasche Wein. O, ein Primitivo! Wer hätte gedacht, dass wir in aller Freundschaft nach dem, was geschehen ist, zusammen einen Primitivo trinken können. Weshalb drei Gläser?", unterbricht Jane Belinski ihren Monolog mit dieser Frage und rümpft ihr etwas breit geratenes Näschen.

Während Jane Belinski und Lu Trettmar zusammen aus der Küche durch den Korridor ins Wohnzimmer gehen, flüstert sie ihm zu, sie mische sich äusserst ungern in fremde Angelegenheiten ein. Doch diesmal müsse sie ihm zu seinem Schutz den guten Rat geben, sich von dieser Frau zu trennen. Diese, diese Lätizia laufe geradezu aus vor lauter Bewunderung für ihn, Lu, und sei eindeutig zu dumm, um auch nur einen gescheiten Gedanken zu denken. Sie, Jane Belinski, kenne diese, diese Lätizia bloss von dieser einen, kurzen und zufälligen Begegnung, vor ein paar Monaten im Theater. Doch sie habe die Gabe, Menschen auf den ersten Blick zu durchschauen. Ihre Zeit sei ihr zu wertvoll, als dass sie sie in Gesellschaft von so dummen Weibern vertrödeln wolle.

Jane Belinski und Lätizia Schöner begrüssen sich mit Küsschen links und Küsschen rechts. Lu Trettmar steht mit Gläsern und Primitivo in der Hand daneben. Dann entschuldigt Jane Belinski sich. Sie habe sich getäuscht. Sie habe keine Zeit für ein Gläschen Primitivo. Lu Trettmar werde bestimmt verstehen, dass sie Lori Arber nicht hängen lassen könne. Sie habe ihm versprochen, auf einen Sprung bei ihm vorbeizuschauen. Lori Arber sei ganz am Boden seit seine Frau ihm davongelaufen sei. Sie müsse Lori Arber unbedingt mit etwas Philosophie wieder auf den Damm bringen. Philosophie sei schon etwas ganz anderes, als so ein Bisschen Klatsch und Tratsch. Tschüss! Ich hoffe, ihr nehmt es mir nicht übel."

Und weg rast Jane Belinski. Lu Trettmar schafft es gerade noch, die offen stehende Wohnungstüre hinter ihr zu schliessen. Den Primitivo und die Gläser deponiert er in der Küche. Dann halt nicht, liebe Tante! Sei's drum! Shorts und T-Shirt streift er wieder ab. Dieser Primadonnen-Auftritt von Jane Belinski hatte ihm gerade noch gefehlt gehabt. Ihre Überheblichkeit Lätizia Schöner gegenüber. Wie steht er, Lu Trettmar, nun vor Lätizia Schöner da! Er geht zurück in die Stube. Lätizia Schöner sitzt regungslos auf einem der Sitzelemente und starrt durchs Fenster nach draussen. Lu Trettmar fühlt sich von allen im Stich gelassen. Versinkt gewissermassen in einem dunklen Loch. Er wirft sich bäuchlings auf die Liege und vergräbt seinen Kopf zwischen seinen verschränkten Armen und einem Kissen. Er, Lu Trettmar, muss ihr, Lätizia Schöner, dermassen gleichgültig sein, dass sie es nicht einmal mehr nötig findet, etwas zu sagen. Er nimmt am Rande wahr, wie die Sonnenflut im Zimmer sich verdüstert. Ihn fröstelt. Er fühlt die Nähe eines wärmenden Körpers. Lätizia Schöner beginnt mit beiden

Händen, Lu Trettmars Nacken zu kneten. Ihn schaudert bei der Berührung. Er trotzt und schwört sich, nicht darauf zu reagieren. Sich unbedingt nicht umzuwenden. Nicht weich zu werden. Lätizia Schöner gibt bald auf. Küsst Lu Trettmar flüchtig auf den Nacken und verschwindet. Lu Trettmar sucht in Gedanken das dunkle Loch und das Gefühl, vor dem Abgrund zu stehen und hinunterzustarren. Das ins Loch Hinunterstarren verursacht ein Prickeln unter seinen Hoden. Zudem das Empfinden von Weichheit in den Knien. Dann hört er das dumpfe Platschen ihrer nackten Füsse auf dem Parkett sich nähern. Wieder knallt ein Fensterflügel gegen einen Fensterrahmen oder die offen stehende Balkontüre gegen den Türrahmen. Und gleich nochmals. Er würde Lätizia Schöner am Liebsten zum Teufel jagen und losheulen. Im Grunde, gesteht Lu Trettmar sich bei lautlosem Wimmern und unter aufsteigenden Tränen ein, dass er das, was das unerbittliche Schicksal ihm zumute, nicht verdient habe. Ein Champagnerkorken knallt. Lu Trettmar will schreien, ‚Bist du von allen guten Geistern verlassen!', doch lässt er es bleiben. Bort jedoch seinen Kopf noch tiefer in das Kissen, das, weil aus Leder, zum Kuscheln so überhaupt nicht geeignet ist. Klar, Lätizia Schöner giesst zwei Gläser mit Champagner voll. Er spürt ihre sanfte Berührung an einem seiner Arme. Dann reisst sie ihn sachte, dann immer stärker an seinen langen Nackenhaaren. Was er überhaupt nicht ausstehen kann. Er schnellt wutentbrannt hoch. Vor seinem bös-verzerrten Gesicht ist das mit Pink Champagne gefüllte Champagnerglas, das sie ihm entgegenstreckt. Trotzig entreisst er ihr das Glas, setzt es an seinen Mund und stürzt dessen Inhalt in einem Zug seine Kehle runter. Er bekommt den Schluckauf. Greift nach der Flasche. Füllt sein Glas erneut. Sein Blick streicht mit Verachtung an Lätizia Schöner vorbei und bleibt am Stiel des Champagner-Kelches hängen, um den sich ihre Finger ranken, diese Finger mit den reizvoll knallroten Fingernägeln.

„Rote Fingernägel sehen billig aus," presst Lu Trettmar verächtlich hervor, erschrickt ob seiner Gehässigkeit.

Lätizia Schöner lächelt. Lu Trettmar schämt sich und schüttet verbissen Champagner in sich hinein. Er kommt von den roten Fingernägeln nicht los. Unversehens fluten ihn Erinnerungen aus längst vergangenen Zeiten. Er als kleiner Junge an der Hand seiner Mutter in der Stadt. Sein Blick fällt auf den beim Gehen auf- und abwippenden Hintern der Italienerin mit den üppigen Formen und dem eng anliegenden Schneiderkostüm. Sie geht vor ihnen. Auf hohen Stöckelschuhen. Den Duft ihres betörenden Parfüms hinter sich lassend. Eine ihrer Hände baumelt lässig an ihrer Seite und Klein-Lu Trettmar erspäht knallrot gemalte Fingernägel, wie seine Mutter, die zarte Rosatöne benutzt, sie nie bemalt. Er starrt dem Hintern, der Hand mit den knallroten Fingernägeln nach. Ihm fallen beinahe die Augen aus dem Kopf.

Das von Gewitterwolken verdämmerte Zimmer durchzuckt der blendend-helle Lichtstrahl eines Blitzes. Lu Trettmar zuckt zusammen. Sein Blick gleitet von Lätizia Schöners Fingernägeln ein klein wenig höher. Ihre Augen hat er nun in seinem Blickfeld. Begegnet jedoch ihrem Blick nicht direkt. Er stellt fest, dass sie sehr wohl mitbekommen hatte, wie er ihre Fingernägel angestarrt hatte. Sie lächelt. Krachendes Donnern. Lätizia Schöners Mundwinkel zucken entspannt. Lu Trettmars Wahrnehmung wird schummrig. Die Schweissperlen auf seiner Stirne werden kühl und kühler. Es blitzt nochmals. Verzögert donnert es nochmals.

Lu Trettmar Blick vertieft sich in die neckischen Grübchen in Lätizia Schöners Wangen. Während er nicht anders kann, als verschämt zu lächeln, senkt er seinen Blick. Er fühlt Lätizia Schöners Hand an seinem Gesicht.

„Zuerst hatte ich echt Bedenken, ob diese Farbe dir gefallen wird," flüstert Lätizia Schöner.

Draussen prasselt schwerer Gewitterregen nieder. Die Hitze im Raum bleibt stehen. Lu Trettmar steht auf, zieht Lätizia Schöner durch die offen stehende Balkontüre auf den Balkon. In den Regen. Regen auf nackten Körpern. Innige Umarmung.

Noch Tage, Wochen, Jahre später erinnern Lu Trettmar und Lätizia Schöner sich an diesen Tag, an dem sich nichts und alles ereignet hatte.

„Der Tag, an dem du deine Fingernägel knallrot angemalt hattest."

„Der Tag der knallroten Fingernägel. Bloss einmal knallrote Fingernägel. Zur Abwechslung. Ich merkte, dass es nicht mein Ding ist und du hast ein solches Gesicht gemacht!"

„Der Tag, an dem ich mich meinem Bauchgefühl folgend für dich entschieden und mit Jane Belinski wegen ihrer Worte über dich endgültig gebrochen hatte. Der Tag, als der Regen kam."

Verwandte Seelen

Kurze Gedanken zu einer Geschichte

Ich entwickelte allmählich eine Abscheu, nach verwandten Seelen zu suchen. Verwandtschaft alleine bietet nicht genügend Gewähr dafür, dass ich nicht unversehens von der sterblichen Hülle der verwandten Seele einen Tritt in meinen Hintern verpasst bekomme. Ein wenig Bitternis. Ein wenig Rückzug aus den gesellschaftlichen Netzwerken. In dieser Stimmung und Gemütslage bekomme ich durch Zufall mit, dass François Mitterand an einem kalten und stürmischen Novembertag des Jahres 1977 dem Besitzer des mittelalterlichen Turmes von Saint Loup de Naud ins Gästebuch geschrieben hat, ,l'âme des choses, le reflet du temps' (Die Seele der Dinge, der Wiederschein der Zeit). Spontan versetzt mir die Vorstellung beseelter Dinge einen Kick, löst Hoffnungen aus auf eine neue Art von Seelenverwandtschaften und diese freudige Zuversicht, dass am Ende alles gut kommt. Ich suche bewusst Dinge, die mir die unzuverlässigen Menschen ersetzen. Ein Freund schwärmt von Verona, vom Hotel Due Torri. Ich reise nach Verona. Das Hotel preist sich an mit unzähligen, schön dekorierten und antik möblierten Aufenthaltsräumen und individuell antik eingerichteten Gästezimmern. Am Empfang wähle man anhand eines Kastens mit Lichtbildern sein Zimmer aus.

Ich entscheide mich für ein im Empire-Stil eingerichtetes Zimmer. Werde nicht enttäuscht. Schwelge im Bewusstsein, dass die schönen Dinge, die mich hier umgeben, die beseelte Inspiration der Menschen, die das Schöne einst geschaffen hatten, weiterhin ausstrahlen und nun weitergeben. Ich freue mich über die fein geschnittenen Gesichtszüge der Karyatiden, die am Kopfende des Bettes zu beiden Seiten des Kissens thronen. Über die kunstvoll geschnitzten Lyren in den Stuhllehnen. Über die verspielt um elektrische Glühbirnen und halb abgebrannte, künstliche Kerzen gewundenen Schnüre von facetten-geschliffenen Glasperlen. Jede neu entdeckte Schönheit kitzelt meine Wahrnehmung und schürt in mir tausend und eine in fantastische Tagträume mündende Erinnerung. Daneben macht die Wirklichkeit sich breit. Das Abendessen nehme ich im grossen Speisesaal an einem im Abseits platzierten Tisch ohne Überblick über den Speisesaal ein. Der Oberkellner entschuldigte sich, dass er heute keinen besseren Tisch für mich habe. Aus meiner Ferne beobachte ich die Menschen im Saal. Schnaufe bei diesem Anblick auf, dass ich alleine und entrückt speisen kann. Beim Verlassen des Speisesaales kläfft mich ein winziger, feister Köter wie wild an. Er würde mich auffressen, wäre da nicht die Hundeleine. Nun juckt das Biest im Halsband der Hundeleine hängend wenige Zentimeter neben meinen Beinen mit erstickendem Kläffen rauf und runter. Im ersten Moment trifft mich beinahe der Schlag. Ich stehe wie ein Idiot da.

Am nächsten Tag weist der Oberkellner mir in strahlender Geflissenheit einen Einzeltisch in der Mitte des Speisesaales zu. Ich wäre mir blöd vorgekommen, diese an sich freundliche Geste zurückzuweisen. Setze mich voll innerer Entrüstung. Nun sitze ich mittendrin. Malerisch rund um mich herum drapiert die verschrumpelte komische Alte mit dem feisten winzigen Köter. Der Herr mit dem eingefrorenen Lächeln und dem Dinnerjacket, der aussieht wie ein General a.D., und seine Gattin im welkenden Abendkleid und der Schmetterlingsbrille. Die aufgeräumt adrette Familie bestehend aus dem Vater, zwei Söhnen, der Mutter mit drei Strängen Perlen unter dem hängenden Doppelkinn und den hängenden Wangen und drei Töchtern mit je einem Strang Perlen um ihre Schlangenhälse. Die Verwandtschaft der einzelnen Familienmitglieder, ausser der Mutter, ist augenfällig, indem alle einen überhängenden Oberkiefer und ein Pferdegebiss haben. Am Nebentisch die drei lauten und hemdsärmligen Männer, die sich in die antiken Stühle hineinlümmeln, die Speisen ellbogengewaltig in sich hineinschaufeln und tüchtig Bier nachschütten. Mit im riesigen Raum widerhallenden Stimmen unterhalten sie sich über die Höhe der Landegebühren auf dem Flugplatz Verona, vergleichen diese mit denen in Samaden, Saint-Tropez, Marbella und so weiter. Die ausgesucht stilvolle Schönheit der Umgebung färbt nicht auf die Gäste des Hauses ab. Mich schaudert bei der Vorstellung, dass das meine Umwelt sein soll. Ich kriege Gänsehaut. Zum Kaffee fliehe ich in die Hotelhalle. Suche einen entlegenen Fauteuil. Betrachte eingehend das Schachbrettmuster des schwarz-weiss gemusterten Marmorbodens und den Faltenwurf der kunstvoll drapierten Samtvorhänge zwischen den Säulen und denke über Sinnoasen nach. Zu meinem Entsetzen hallen nach einer Weile auch in dieser Halle die Stimmen, die lautstark über Landegebühren verhandeln von einem Nebentisch. Als ich aus meinen Gedanken aufwache und meinen Blick von Marmorboden und Vorhängen abziehe, sehe ich doch, wie der winzige und feiste Kötter sich vor mir aufbaut, mir mehrere Wauwaus entgegenschleudert und sich dann streckt und reckt, um seine von Geifer triefende Schnauze auf mein rechts Knie zu legen. Die schrumplige komische Alte wirft mir im Vorübergehen mit krächzendem Gelächter zu, „Nijinski mag sie. Komm, Nijinski, zu Mamma, wir gehen Spazispazi!". Von irgendwoher gehen der General a.D. mit seiner schmetterlingsbebrillten Dame am Arm an mir vorüber. Der General a.D. raunt mir unter demonstrativ vor seinen Mund gehaltenen Linken zu, „Nehmen sie es ihr, der Ärmsten nicht übel, dass sie nicht einmal ihren Kläffer im Griff hat, die ärmste Gräfin."

Dass der General a.D. die schrumplige komische Alte als Gräfin bezeichnet, lässt mich aufhorchen und generiert in meinem Hirn einen Schwall von Gedanken und Fantastereien, die mich total irritieren, weil ich weit über dieser spontanen Schwäche für Titel stehen will und tatsächlich auch, wenn ich es mir genau überlege, stehe. Dennoch zwickt mich die Neugierde und ich streiche einmal, mich mit der Überlegung beruhigend, dass es reinster Zufall sei, etwas zu nahe an der Gräfin vorbei, sodass ihr winziger feister Köter nicht umhin kommt, mich kurz anzukläffen, worauf ich mich zu ihm niederbeuge und ihn streicheln will, worauf dieser Frechdachs nach meiner Hand schnappt und seine Zähne so in meinen Handballen reinhaut, dass es blaue Flecken gibt. Ich sage eine Belanglosigkeit zur Gräfin und spreche sie mit etwas Herzklopfen mit ihrem Titel an. Sie zuckt mit keiner Wimper auf meine Anrede. Fragt mich, ob ich mich zu ihr setzen wolle. Weist mir mit sicherer Handbewegung einen Platz neben sich auf dem Sofa zu. Sie sitzt bolzengerade hoch erhobenen Hauptes da. Sie dreht ihren Kopf leicht in meine Richtung. Die Finger der in ihrem Schoss gefalteten Hände spielen ein wenig. Sie redet munter drauflos, in genüsslich geformten und artikulierten, witzigen und amüsanten Geschichten und Geschichtchen, die zum Teil bekannte Namen, bekannte Orte, Kulturen und geschichtliche oder aktuelle Ereignisse betreffen. Ich bin hin. Abrupt steht sie auf, entschuldigt sich, ruft Nijinski neben sich und geht von dannen. Diese Frau gehört in diese Umgebung. Prunk und Pomp vergangener Schönheit sind für sie harmonisch eine Selbstverständlichkeit, die sie wenig beeindruckt und sie vor allem nicht erschlägt. Sie bewegt sich hier auf eine so natürliche Art, dass ich mir bewusst werde, wie schnell ich mich von Nebensächlichem beeindrucken lasse. Ich denke an den so perfekten Proust-Titel ‚Auf der Suche nach der verlorenen Zeit‘. Irgendwie selig, unvermittelt für einen Moment in eine Historie einzutauchen.

Als ich am Empfang die Rechnung begleiche, ist auch die Gräfin da. Wir sind klar zu zeitig für den Expresszug nach Mailand. Die Gräfin schlägt vor, in der Bar einen Drink zu nehmen. Sie bestellt ohne zu zögern eine Flasche Champagner und lässt mich bezahlen. Im klapprigen Taxi zum Bahnhof dann sieht sie mich mit einem forschen Blick an. Ich bin desillusioniert. Weiss nicht, was ich von dieser Situation halten und denken soll.

„Sehen sie mich nicht so entgeistert an. Was ich ihnen zu sagen habe, ist einfach: Ich danke ihnen für den Champagner, ich danke ihnen, dass sie gleich das Taxi bezahlen werden. Hätte ich sie nicht getroffen, ich hätte womöglich zu Fuss zum Bahnhof gehen müssen. Ich bin pleite. Sie sehen mich an, als ob das eine Tragödie wäre. Irrtum! Ich liebe nun mal schöne Orte und Schönheit muss man sich etwas kosten lassen. Schliesslich ist jede materielle Schönheit nur das Präludium für die absolute Schönheit, das Geheimnis Mensch. An den Orten, wo mein Hang zu Schönem mich hinführt, stosse ich auf Gleichgesinnte und erfahre damit die Freude, dass ich mit meinen Gefühlen, meinen höchsten Gütern nicht alleine dastehe! Dafür gebe ich gerne etwas aus. Mein Schloss habe ich längst verkauft, meine Villa im Bois de Boulogne auch, ebenso die grosse Wohnung am Boulevard Haussmann, die alten Meister, ebenfalls die Impressionisten, den grössten Teil meiner Möbel. Doch ich lebe noch! Meine einzige Sorge ist, dass ich zu alt werde und mein gesamter Schmuck verkauft ist, bevor ich sterbe. Sie sehen, noch geht es mir gut. Die nächsten paar Jahre im Due Torri und ähnlich schönen Orten sind gesichert. Nur ist mir just in diesem Moment das Kleingeld ausgegangen. Doch zum Glück gibt es hübsche junge Männer wie sie. Die sich von einer verschrumpelten komischen Alten nicht einschüchtern lassen. Und ihr sogar die Extras bezahlen!"

Ich lache. Sie lacht. Beim Abschied bittet sie mich um einen Gefallen. In ihren Kreisen sei der Handkuss üblich. Sie instruiert mich, im Bahnhof von Mailand, in der grossen Bahnhofshalle, im Gewimmel von unzähligen Menschen, wo unsere Wege sich trennen, wie ein Handkuss formvollendet zu geben sei. Mit einem kleinen Diener, ohne dass die Lippen des Mannes die Hand oder den Handschuh der Dame berühren.

Später lese ich zufällig, dass die Gräfin vor Jahrzehnten einer Liebe wegen in der besten Gesellschaft von England einen Skandal verursacht hatte. Deshalb von ihrem Ehemann verstossen worden war. Offensichtlich hatte sie bereits damals mit ihrem englischen Ehemann in Paris gelebt gehabt oder war nach der Scheidung nach Paris gezogen. Der Graf schaffte es nach ihr zu vier weiteren Ehefrauen. Mit seiner fünften Ehefrau lebte er im Sog des Jet-Set-Trubels auf den Bahamas, den Cayman Islands, den Komoren und so weiter. Beim Fischen auf hoher See fällt er von seiner Jacht ins Wasser. Wird von einem Hai verspeist. Der Erbschaftsstreit zwischen seiner Witwe und den acht Kindern aus verschiedenen Ehen dauert sechseinhalb Jahre. Die noch jugendliche und sehr blonde Witwe heiratete schon kurz nach dem Tod des Grafen den Unternehmensberater XY. Mein Wissen habe ich bezüglich der Gräfin, meiner Zufallsbekanntschaft, aus einem Adelsverzeichnis, aus einem über ihre Lebensgeschichte veröffentlichten Schlüsselroman und aus veröffentlichten Tagebüchern und Memoiren verschiedener Persönlichkeiten. Die neuere Geschichte um den Graf und dessen Schicksal entnehme ich der Regenbogenpresse, wo männiglich sich an den so spannenden Geschichten à la Technikolor-Hollywood-Traum delektiert. Wer weiss, womöglich könnte die Geschichte der Gräfin mich für eine Kurzgeschichte inspirieren …

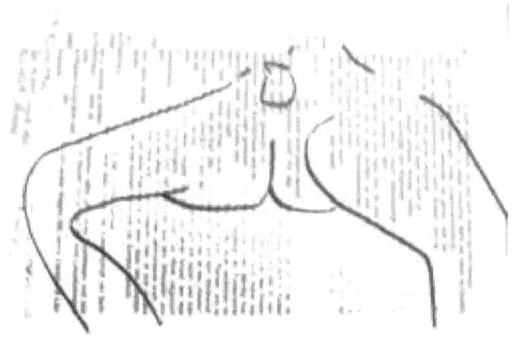

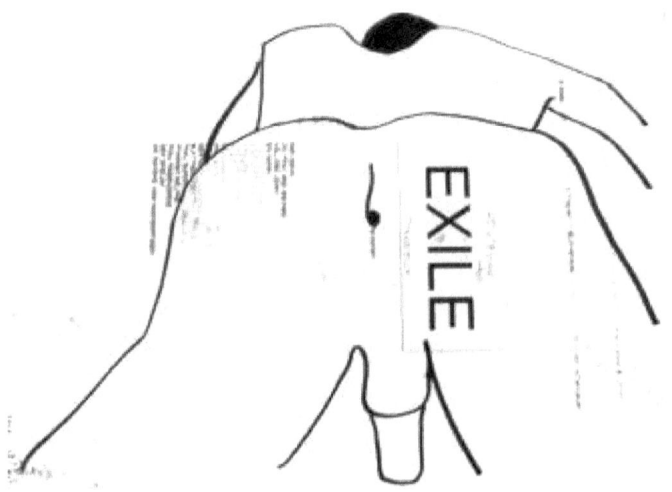

Morgendliches Flüster-Geschrei

Eine Lust betonende Fantasterei
über das Zusammenspiel von Menschen,
präsentiert als kurze Geschichte

Es geht um Frank Freimann. Der frisch, frei und fröhlich überall dabei ist. Wo man dabei sein soll. Er ist gewissenhaft, aufgeräumt und lustig. Alle prophezeien ihm eine glänzende Karriere. Er arbeitet bei einer renommierten Lebensversicherungsgesellschaft, die seine gesamte Arbeitszeit in Beschlag nimmt. An seiner Seite steht seine Freundin Cléo. Sie darf frei schalten und walten, ausser wenn am Fernseher eine Sportveranstaltung übertragen wird. Als beliebter und netter Mensch ist er oft damit beschäftigt, jemandem eine Gefälligkeit zu erweisen. Alle sagen zufrieden, "ja, ja, der Frank Freimann hat's gut. Er ist so nett!" Dann kommt das Erwachen. An einem gewöhnlichen Samstag.

Ein kurzes Blinzeln in die Morgensonne, der innere Aufschrei, "ich sollte längst schon!" Der Aufschrei gerät bei der angemessenen Umsetzung ins Stocken. Frank Freimann kuschelt sich wohlig in seiner Bettwärme unter der Bettdecke zurecht. Die kuschelige Wärme weckt ein Verlangen. Nach der komplementären Wärme. Er schiebt im Dämmerschlaf seinen Arm wie zufällig hinüber zu Cléo. Streckt ihn aus. Seine Hand suchend. Er reckt seine Finger.

Rutscht klein und klein und klein mit dem ganzen Körper nach. Bis er auf Cléos Seite beinahe zum Bette rausfällt. Wo ist Cléo?! Schrecken. Plötzliche Überhitzung. Grässlichste Vorstellungen in Augenblickes Schnelle. Düstere Bilder steigen aus dem Bewusstseinsdunst auf. Irgendetwas war gewesen. Verschwommen sieht er, sich erinnernd, Cléo am Bett stehen. Redend. Ja, sie hatte geredet. Vielleicht auch geschimpft. Ja, das muss es sein! Das Leben wäre so friedlich, wenn nicht immer jemand wegen Belanglosigkeiten nörgeln und schimpfen täte. Cléo meckert zwar nie lautstark. Doch Frank Freimann spürt ihre Vorwürfe in ihren Blicken. Er hat nun mal die Gewohnheit, seine Kleider Stück für Stück, schön gleichmässig auf die ganze Wohnung verteilt, abzuwerfen, bis er nackt ins Bett kriecht.

Cléo kann von ihm nicht fordern, dass er seine Kleider vor dem Einschlafen einsammelt und ordentlich gefaltet, wie sie es sich wohl vorstellt, auf dem Stuhl neben dem Bett ablegt. Ihn stören auch die im Korridor herumstehenden leeren Weinflaschen nicht, obwohl er beim Vorbeigehen, falls er nicht darauf achtet, immer wieder eine oder mehrere davon umstösst und sich bücken muss, um sie wieder in Reih und Glied zu stellen. Er weiss, dass er zur Altglas-Sammelstelle gehen wird, doch dann, wenn er Zeit hat! Wie friedlich wäre die Welt ohne Frauen, die den Männern mit ihren Vorstellungen den Alltag schwer machen. Klingeln an der Wohnungstüre. Frank Freimann ahnt, dass Cléo nach ihrem morgen-dämmerigen Ausflug in die Stadt zu faul ist, den eigenen Wohnungsschlüssel in der Handtasche zu suchen. Nochmaliges Klingeln. Frank Freimann rennt verärgert zur Wohnungstüre. Reisst sie auf, während er zu einer Schimpftirade ansetzt. Dem nackten

Frank Freimann steht der ordentlich gekleidete Leopold vor der Wohnungstüre gegenüber und grinst.

„Du hast mir gerade noch gefehlt," schreit Frank Freimann.

„Ich dachte, ich komme vorbei und hole dich ab zur Demo für Nicaragua ab. Was für ein Anblick!", lacht Leopold.

Frank Freimann atmet tief durch. Unterdrückt, die sich in ihm zusammenballende Explosion. Dennoch schreit es aus ihm heraus, „Hau ab, Leo, ich habe Wichtigeres zu tun!".

„Es gibt nichts Wichtigeres, als den armen Unterdrückten zu helfen. Bisher bist du immer mit dabei gewesen," schreit nun Leopold seinerseits, macht rechtsumkehrt und verschwindet.

Frank Freimann steht wie ein begossener Pudel da. Ist sich plötzlich seiner Nacktheit bewusst. Schämt sich für seinen Auftritt. Dafür, dass er seinen Freund so abgeputzt hat. Aus seinem Empfindungsgeschwrubel schält sich das heraus, was er Leopold ruhig und gelassen hätte antworten sollen, nachdem er irgendein Kleidungsstück ergriffen und damit seine Blössen bedeckt gehabt hätte. ‚Leo, schau, wir machen uns lächerlich, wenn wir anderen vorschreiben wollen, wie sich verhalten sollen, solange wir selber in unseren Püffern beinahe ersticken. Volksfest-Solidarität in Ehren, doch was ändert es an den Bedingungen der Menschen dort!' Frank Freimann ärgert sich über sich. Der Knatsch mit Cléo, dann seine so ungehörige Reaktion auf Leopold. Frank Freimann erinnert sich auch, dass er vor Tagen Leopold vage zugesagt hatte, ihn zur Demonstration zu begleiten. Er wäre am liebsten im Erdboden versunken würde. Er schreibt seine üble Laune dem Müssiggang an diesem Morgen zu, wo er sich gehen lässt und nach Lust und Laune im Bett liegen bleibt, bis er mit Schrecken in seine tatsächliche Umwelt aufwacht. Im Vorübergehen fällt sein Blick auf die Kommode im Korridor, wo sein Autoschlüssel hätte liegen sollen. Er liegt nicht da. Er weiss, dass der Schlüssel gestern noch dagelegen hatte. Frank Freimann wird heiss. Cléo musste den Autoschlüssel genommen haben. Hat sich wohl ins Auto gesetzt, um herumzufahren. Frank Freimann hat riesige Angst, dass Cléo etwas zugestossen ist. Bisher hatte sie sich geweigert, sich ans Steuer zu setzen. Bestimmt hatte sie sich heute früh so sehr über ihn geärgert gehabt, dass sie aus Trotz im Zorn eine Spritzfahrt unternehmen wollte. Er sieht sie vor seinem geistigen Auge im zusammengestauchten Blechhaufen. Ihr wächsernes Gesicht auf dem Lenkrad aufliegend. Blut aus ihrer Schläfe rinnend. Und er, niemand anderer als er, Frank Freimann, ist schuld an dieser Katastrophe. Weil er ein unmöglicher Mensch ist und nicht über seinen Schatten springen kann. Er verscheucht diese grässlichen Tagträume und Fantasien und lässt sie in einen klärenden Gedanken münden. ‚Ich liebe Cléo so sehr, dass ich mir Sorgen ums sie mache und sie um nichts auf der Welt verlieren will!‘ Er holt als Ersatz eines Tischtuchs ein nilgrünes Leintuch aus dem Schrank. Legt es in fliessend-spielenden Falten über das kleine Salon-Tischchen. Dekoriert den Tisch mit den Rosen, die er Cléo gestern geschenkt hatte. Stellt zwei Kristallkelche, den Eiskübel und eine Flasche Pink Champagne dazu.

Frank Freimann redet sich ein, dass alles eine gute Wendung nehmen wird. Die kleine Ungewissheit, ob nicht doch die Katastrophe da ist, schürt die höchsten Hoffnungen in ihm. Dann hört er den Schlüssel im Schloss der Wohnungstüre. Cléo, die auf Zehenspitzen in die Wohnung schleicht. Verlegen vor ihm steht, als er ihr im Korridor entgegen tritt. Sie will etwas stammeln. Er legt einen Zeigefinger auf ihren Mund. Zieht und schiebt sie, seinen Arm um ihre Schultern gelegt, ins Wohnzimmer. Es kommt so, wie Frank Freimann es sich erhofft hatte. In ausgelassener Fröhlichkeit prosten sie sich zu und erleben eine verschmelzende Nähe. Cléo gesteht Frank Freimann, dass sie es einfach einmal mit Autofahren habe versuchen wollen. Hätte sie ihn um Erlaubnis gebeten, das Auto alleine zu benutzen, hätte er sicherlich tausend Einwände gehabt. Das habe sie wütend gemacht. Und dann habe sie solche Angst gehabt. Sie habe inständig gehofft, dass er mit Leo an dieser Demo sei, wenn sie zurückkomme. Dann würden keine Vorwürfe von ihm auf sie niederprasseln. Sie sei eben eine dumme Kuh. Glaube, immer alles falsch zu machen. Weil sie irgendwie falsch programmiert sei. Immer auf Katastrophenkurs. Weshalb er nicht an dieser Demo sei? Er unterbricht sie lachend mit einem Kuss auf ihren Mund.

„Liebhaber sind keine Unmenschen. Wir sind so, wie wir eben sind. Um sich frei und froh zu fühlen, braucht es nicht das grosse Glück. Doch die tausend kleinen Tode von Agonien aus Wut und Angst. Sobald wir sie annehmen und überstehen, können wir frei atmen und in Ehrlichkeit uns frei fühlen. Die Demo? Welche Antwort möchtest du? Die verlogene? Ich liebe dich über alles und wollte dir eine Freude bereiten! Die offizielle? Ich kann mich doch nur dann wirksam für einen Mitmenschen einsetzen, wenn ich selbst das Martyrium der Suche der eigenen Mitte durchlaufen habe und mein Engagement nicht nur eine Flucht vor mir selbst ist! Solange mein Organisiertsein nur der Unterdrückung meiner eigenen Gefühle dient, muss ich niemandem etwas vormachen wollen! Die ehrliche? Ich habe eine Wut gehabt, dann habe ich mich geängstigt und ich musste einfach tun, was ich getan habe. Jage mich zum Teufel, falls du mich lieber an der Demo siehst!"

Cléo umarmt Frank Freimann, sieht ihn nachdenklich an und fragt, „Was denkst du?"
„Wie die gute alte Lätitia Buonaparte, mit korsischen Akzent, gesagt hatte, pourvu que ça dure!"

Frank Freimann lacht. Eine bessere Ausgangslage als der grosse Imperator hätten sie beide alleweil, lässt er beiläufig fallen. Ihnen beiden gehe es lediglich um Ehrlichkeit und nicht um Machtentfaltung.
„Lediglich um Ehrlichkeit? Es ist so leicht zu lügen, sich der Macht der Gewohnheit zu beugen. Ich träume, dass wir von jetzt an, wo wir ein klein bisschen Ehrlichkeit erlebt haben, genügend stark sein werden, in unserer Beziehung die Ehrlichkeit und Offenheit zu bewahren. Und ich träume weiter, dass unser Beispiel ausstrahlen wird und viel wahre und unumstösslichere Zeichen setzt als jede Demonstration. Nein, wirlich, Frank, lach nicht! Nur das gute eigene Beispiel wird dem eigenen Egoismus gerecht und geht letztlich in Menschenliebe auf!"
„Ich liebe dich. Soviel ist sicher, solange ich dich liebe, tue ich nichts Dümmeres!

Am Montag früh verschlafen Frank Freimann und Cléo sich. Frank Freimann liegt wach und in bester Laune in seinem Bett und denkt darüber nach, was geschehen würde, wenn er nicht pünktlich bei seiner Arbeit bei der Lebensversicherungsgesellschaft erscheinen würde. Denkt ernsthaft rüber die Rilke-Zeile ‚Du musst dein Leben ändern' nach. Was Cléo wohl davon halten würde, wenn er Veränderungspläne hegen würde. Er nimmt sich vor, mit

Cléo bei der erstbesten Gelegenheit darüber zu sprechen. Um zu wissen, was sie dazu denkt. Cléo stösst ihn gewaltsam aus dem Bett.

„Geh arbeiten! Von irgendwo her muss das Geld zum Leben kommen. Auch ich muss mich auf die Socken machen. Ui, bereits so spät!"

Frank Freimann knallt hart auf dem Spannteppich im Schlafzimmer und im Alltag auf.

„Es ist verflixt schwierig, eine einem richtig scheinende Wahl zu treffen, sobald man etwas an der Ehrlichkeit geschnuppert hat und irgendwie aus einem Schlamassel rausfinden möchte …

155.

Das lustige Leben

Eine Lust betonende Geschichte

„Nein, wirklich," beginnt Frank Freimann und fährt mit Schwung und Enthusiasmus fort, „das Leben könnte faktisch lustig sein! Ich meine nicht im Sinne von hysterischem Gelächter, sondern bewusst gewusst bereichernd, fröhlich, genussbringend, lustvoll! Wenn nur nicht immer Vollidioten da wären, die einem reinpfuschen! Es stinkt mir vollends, überhaupt näher darauf einzugehen. Ich sage bloss: Politik, Wirtschaft, öffentliches Leben. Da kommt mir die Galle hoch, wenn ich schon nur daran denke! Und dann diese Computer! Es ist nicht auszuhalten. Neulich hat so ein Computerfreak mir sein Dings-da erklären wollen. Ich habe ihm gleich gesagt, behalt deinen Käse für dich! Interessiert mich nicht, und damit basta! Er hackt auf seinem Keyboard herum. Will mich um alles in der Welt überzeugen. Er hört nicht einmal her, als ich ihm sage, du, das ist ja überhaupt nicht lustig! Da hat er im Rahmen seines Programms ‚list' eintippen wollen. Vertippt sich. Schreibt ‚lust'. Was antwortet da der Computer, was? Gross auf dem Bildschirm. ‚Syntax error'! Ich amüsiere mich köstlich. Genau darum geht es tatsächlich. Lust im Digitalen ist ein Irrtum!"

Frank Freimann ist irritiert. Seine Geschichte, die sonst viele Lacher hervorruft, perlt an dieser Tischrunde von Bekannten spurlos ab. Er schaut verunsichert zu Cléo hin. Sie muntert ihn sonst immer mit einem reizgeladenen Lächeln zum Weitererzählen auf. Diesmal jedoch unterdrückt selbst sie das Gähnen und betrachtet ihre lackierten Fingernägel. Frank Freimann stellt es ab. Er schweigt trotzig. Ist schockiert, wie gleichsam nahtlos wieder irgendwelche beliebigen, niemanden echt interessierenden Banalitäten rumgeboten werden. Damit quält die Gesellschaft sich über die Runden. Bis die Flaschen ausgesoffen sind und es Zeit zum Aufbrechen ist. Frank Freimann hat seine Nase voll. Ihm stinkt es, diese öde Gesellschaft weiter zu unterhalten. Soll sie sehen, wie sie sich ohne ihn die Zeit vertreibt!

Auf dem Nachhauseweg geruht Cléo, kein Wort fallen zu lassen. Frank Freimann schweigt ebenso, trotzig. Bis er seinen Mund nicht mehr halten kann.

„Diese adrett hergerichteten Leute in Fest- und Genusslaune sind bei solchen Anlässen todlangweilig! Wenn ich nicht den Hofnarren spiele, ich weiss nicht, was dann ist. Dann langweilen sie sich womöglich tatsächlich zu Tode."

„Lass es draufankommen. Versuche es. Halte dich aus dem Hofnarrenspiel raus und verhalte dich so, wie alle anderen. Nachdem deine Show vorüber gewesen war, sind die Leute irgendwie aufgetaut und wurden recht unterhaltsam. Ehrlich, ich habe deine Geschichte mit ‚list' und ‚lust' und auch deine anderen Geschichten bereits so oft gehört," wirft Cléo hin, verstummt und kuschelt sich an Frank Freimann. Welcher sie leicht unwirsch abschüttelt.

„Jetzt fehlt bloss noch, dass du mir vorwirfst, ich sei langweilig!"

Cléo prustet los vor Lachen. Frank Freimann ist beleidigt. Er bemüht sich, nicht gleich zu explodieren. Schliesslich gehört er nicht zu der Gattung, die sich nicht beherrschen kann und in ihrer zügellosen Triebhaftigkeit immer alles drunter und drüber wirft, um zum Schluss zusammenzusacken, ihre Hände in ihren Schoss zu legen und in Selbstmitleid zerfliessend zu jammern, wie das Schicksal sie stiefmütterlich behandle.

Kaum sind sie Beide zuhause angelangt, holt Cléo voller Schwung und Fröhlichkeit eine Flasche Lanson Rosé aus dem Kühlschrank und die zwei perlmutter-schimmernden Champagner-Flûtes aus dem Schrank und richtet sich auf dem breiten Bett wohlig zurecht. Frank Freimann zwingt sich, ruhig Blut zu bewahren. Dennoch nicht auf das Spiel von Cléo einzuschwenken, die zeigt, wie sie mit Widersprüchen nicht umgehen kann und sie sogleich unter den Teppich befördert.

„Komm schon, Frankilein. Sei kein Spielverderber!"

„Nein!", ruft Frank Freimann von irgendwoher ins Schlafzimmer.

„Frag wenigstens, was ich mit dir feiern möchte."

„Nein!", ruft Frank Freimann wiederum von irgendwoher ins Schlafzimmer.

„Frankilein, bitte nicht diese Tour," säuselt Cléo mit verführerischer Stimme. „ Ich kann nun mal Langweiler, die bloss ihren eigenen Scheiss in der Birne haben, nicht ausstehen. Wenn du zu nobel bist, um mich zu fragen, was ich feiern möchte, dann sage ich es dir dennoch. Du törnst mich wahnsinnig an, wenn ich spüre, wie es in dir brodelt, wenn alles vibriert und du kurz davor bist, aus dem üblichen Trott auszubrechen, aus deiner Haut zu fahren. Dieser Stau kurz vor der Explosion. Dann bist du, ist dein Körper so angespannt und sexy. Dein Gesichtsausdruck von kindlich trotzig. Zum Anbeissen."

Frank Freimann verschlägt es, theoretisch zumindest, die Sprache, er begibt sich ins Schlafzimmer und stellt sich neben dem Bett in Position. Er legt wie in Trance mit einem vor Erregung Zittern in seiner Stimme los mit, „Du nimmst mich nie ernst! Pfoten weg, jetzt wird nicht gefummelt! Will es dir nicht in dein Köpfchen rein, ich bin jetzt nicht in der Stimmung, um …"

„Lass das. Vor und mit mir brauchst du nicht den Hofnarren zu spielen."

„Ist mir alles scheissegal," platzt es wutentbrannt aus Frank Freimann hinaus. Dabei sieht er trotzig Cléo an. Ihr Blick ist zärtlich. Sein Blick bleibt an diesen Augen hängen. Sein Trotz schmilzt in ihre Zärtlichkeit hinein. Sie lächelt. Er zuckt verlegen mit den Schultern und schneidet eine Grimasse. Er legt seinen Kopf in ihren Schoss. Sie legt das Tablett mit dem Pink Champagne und den Gläsern auf die Sitzfläche des Stuhles neben dem Bett, der als Nachttisch dient. Sie lieben sich. Danach lässt Frank Freimann den Champagner-Korken knallen. Füllt die beiden Gläser mit dem prickelnden, rosaroten Nass. Reicht ein Glas Cléo. Fragt sie zaghaft, mit leicht brüchiger Stimme, irgendwie still vergnügt vor sich hin grinsend, „Und du findest also, ich sei in Gesellschaft ein Langweiler, weil niemand mehr Spass und Zeit haben will, sich die Geschichten von anderen anzuhören? Es ist nämlich so, wie soll ich es dir erklären, dass ich, also nicht, dass du annimmst …"

„Schschsch, weniger reden. Mehr spüren und fühlen."

Frank Freimann und Cléo reden die ganze Nacht über kein einziges Wort mehr. Sie tun nichts Böses. Ihre kleine Welt stimmt. Sie langweilen sich nicht. Und sie finden das Leben echt lustig!

Phönix aus der Asche

Kurzes Protokoll einer Geschichte

Frank Freimanns Handikap ist seine Lustlosigkeit. Weshalb soll er sich in die postmoderne Beliebigkeit stürzen, wo seine Mitmenschen ihm dort entweder den Weg versperren oder lustiger sind als er. Er grübelt während Stunden, hadert mit dem Schicksal, weil er so ist, wie er ist, und weil er grübelt, bis er mit Schrecken des kleinen Ausrutschers bewusst wird, gedankenlos in Gedanken versunken statt Lustlosigkeit Lustigkeit gedacht zu haben, worauf er sich ehrlich fragt, ob er nicht in Wirklichkeit seinen Negativismus so sehr geniesse, dass ihm der Zugang zu positiven Werten verbarrikadiert sei - alles unbewusst, selbstverständlich! Und diese Lustigkei ... Lustlosigkeit erstickt den élan vital im Innersten Punktum kein sichtbar dramatischer Vorgang Doppelpunkt ein allmähliches Dahinsiechen bis zum kaum mehr wahrnehmbaren Exitus Schlusspunkt ...

Frank Freimanns zweites Handikap ist Cléo, die immer dann auftaucht, wenn er gewichtige Gedanken endlos hin- und herschiebt und nicht fallenlassen will. Er hat ihr schon x-mal versichert, dass das zwischen ihnen beiden Liebe mit dem dazugehörigen Brimborium sei, er aber deswegen seine wichtige Beschäftigung mit den wirklich wichtigen und ernsten Dingen im Leben nicht vernachlässigen könne und wolle - und das müsse sie nun endlich einmal begreifen. Während er redet, kuschelt sie sich an ihn ran, fummelt an ihm rum, will streicheln, küssen und so weiter blablabla et cetera. Er schüttelt sie ab. Ihre Augen füllen sich mit Tränen, die sie nur notdürftig unterdrückt. Dann macht sie brüsk rechtsumkehrt und verlässt türknallend Frank Freimanns Wohnung. Frank Freimann könnte nun aufatmen, doch anstatt dessen regt er sich auf. Seine gewichtigen Gedanken haben sich in nichts aufgelöst. Sind weg. Jetzt steht er da, das heisst, er liegt ausgestreckt, doch angespannt auf der Liege, und weiss nicht, wie es weitergehen soll. Er verflucht sein Umfeld. Das es darauf abgesehen hat, ihn immer dann zu stören, wenn er unbedingt nicht gestört werden darf. Im Übrigen ist er sowieso ein Versager. Er hätte Filmemacher werden wollen. Hätte er diesen Wunsch publik gemacht, hätten alle ihn ausgelacht. Zudem fragt kein Schwein nach seinen Wünschen. Dabei wäre er echt ein guter Filmemacher geworden. Er hat die Gabe, spontan schönste Bilder zu imaginieren, die sich zu spannendsten Geschichten zusammenreimen. Er starrt Löcher in die weisse Zimmerdecke. Mit einem Mal klärt sich sein Blick und hält die Bilder fest.

Das erste Bild ist blendende Helle. Dazu der ferne Klag barocker Tanzmusik. In diese Helle hinein zeichnen sich nach und nach erste Konturen ab. Die Konturen verfestigen sich. Werden gestochen scharf. Zeigen die Teilansicht eines riesigen Raumes ohne Firlefanz, mit mehreren hohen Fenstern und Marmorboden. Im Raum eine weiche Liegestatt mit Kissen und Decken aus Samt, Seide und Pelzen. An einer Wand hängt ein grosser, halbblinder Spiegel mit üppig geschnitztem, verblichen goldenem Barockrahmen, auf dessen gerundeter Oberseite zwei grosse Putti sich in einer

Umschlingung wiegen. Mit einem Nagel an eine Wand befestigt ist ein Blatt Papier mit einem Bild, das ein Mandala, eine astrologisch-symbolische Zeichnung oder auch eine handkolorierte Schrift aus alten Zeiten oder was auch immer sein könnte. Der Raum ist durch die Fenster als solches wahrnehmbar, in hellstes Mondlicht getaucht. Die Kamera ruht starr auf dem Anblick dieses Raumes und auf dieser Einstellung. Länger, als zur Wahrnehmung des Raumes und aller Details notwendig ist. Nichts geschieht. Das Bild bleibt statisch. Bis endlich die Erlösung kommt …

Schritte nähern sich. Das hohe und lebendige Klick-Klack von Damenschuhen mit Absätzen und das dumpfe Klapp-Klapp von Herrenschuhen mit Ledersohle auf dem Marmorboden. Ein Paar, eine Frau, gefolgt von einem Mann schreiten ins Bild. Nähern sich der Kamera, während sie ihre Schritte verlangsamen und die Frau sich nach dem Mann umwendet. Beide sind jung, erhitzt mit glänzenden Wangen und Stirnen, vergnügt und lächelnd, offensichtlich glücklich darüber, dem Trubel aus einem der angrenzenden Räume entflohen zu sein. Die Frau ist anmutig und schön, eine natürliche Erscheinung in einem bodenlangen, luftigen, eierschalenfarbenen Musseline-Kleid mit grossem Ausschnitt und ohne Ärmel. Der leichte Stoff umspielt und umschmeichelt ihren wohlgeformten Körper. Ein zart blaues Seidenband hält ihr schulterlanges, lockiges Blondhaar lässig zusammen. Die Frau trägt weder Schmuck, noch ist sie geschminkt. Doch hat sie das Auftreten einer Königin. Der Mann ist ebenfalls jung. Ebenfalls schön. Ebenfalls anmutig. Doch wirkt er steif und unnatürlich. Er trägt einen weiten, bis zum Boden fallenden, prachtvollsten Mantel aus schwerstem Brokatstoff, mit Gold- und Silberfäden, Perlen und Edelsteinen bestickt und mit Pelz verbrämt. Das Paar steht sich nun gegenüber. Die Frau setzt auf natürliche Weise dazu an, ihre Arme um den Mann zu schlingen. Kaum nimmt der Mann die Absicht der Frau wahr, wendet er seinen Blick weg von ihr auf seine Kleidung. Er beginnt, seine Ärmel zurechtzuzupfen, die Vorderseite seines Mantels glatt zu streichen. Beide werden sich je ihres Tuns und des Tuns ihres Gegenübers bewusst, entspannen sich und stehen etwas verloren da. Bange Minuten verstreichen. Bis die Frau neuen Schwung holt und den Mann umarmen will. Im Moment der drohenden Umarmung erstarrt der Mann. Die Frau macht einen Rückzieher, verzichtet auf die Umarmung des Mannes. Diese Szene wiederholt sich mehrmals. Beide bleiben je an ihrem Handeln, ihrer Reaktion dran. Die unzähligen Wiederholungen der sanft-geschmeidigen Annäherung der Frau und der Heftigkeit, mit der der Mann die Frau zurückweist, diese Wellenbewegungen des sich Näherns, sich Entfernens und wiederum sich Näherns nehmen die Qualität eines Spiels an und steigern sich zu einem reizvollen Ballett. Bis endlich die Erlösung kommt …

Der Mann gebietet mit einer leicht veränderten, doch bestimmten Pose, dass das Spiel ein Ende hat. Die Frau grinst und sieht den Mann kopfschüttelnd an. Der Mann hebt zu seiner gut vorbereiteten Rede an. Die Frau hört überrascht und neugierig zu. Reagiert auf den Pomp der Rede des Mannes mit lässigen Grimassen, Kopf- und Körperbewegungen.

„Ich bin so glücklich, Leonore, endlich mit ihnen alleine zu sein. Nun gilt es, dem Ernst der Stunde gerecht zu werden. Leonore, meine Liebe, mein Alles, mein gesamtes Leben will ich ihnen weihen. Symbolisch falle ich auf die Knie vor ihrer holden Weiblichkeit und verbinde mich mit ihr mit festen Banden, die ewig halten werden. Unsere Liebe wird alle Stürme überdauernd. – Verflixt Leonore!"

Der Mann verliert die Fassung, das pompöse Gerede geht über in Befehl-Geschrei.

„Höre endlich auf, zu grimassieren. Ich gebe dir schon das Zeichen, wenn es soweit ist und wir uns einander nähern dürfen. Zuerst die Pflicht, dann das Vergnügen!"

Der Mann sieht die Frau strafend an. Atmet gut durch. Fährt in seiner Rede fort. Die Frau wirft dem Mann zärtliche bis zärtlichste Blicke zu. Beginnt auch, ihn sachte zu berühren. Was er nebenher abzuwehren versucht.

„Bevor die Lust, die Süsse, unsere Sinne betören soll, lass uns hier ein für allemal die Ordnung der Dinge überfliegen. Ich werde dich vor Ungemach von jetzt an schützen, garantiere dir den Raum für dein ureigenes Sein. Hände weg, Leonore. Du würdest gescheiter gut zuhören, weil ich dir jetzt sage, wie es auf der Welt sein muss, damit alles gerecht ist! Ich wiederhole mich nicht. Ich sage es nicht zweimal."

Die Frau schafft es endlich, den Mantel des Mannes mit beiden Händen zu ergreifen. Der Mann stösst die Frau mit einer brüsken Geste zurück. Sie krallt sich am Mantel fest, rutscht ob der Wucht der Abwehrbewegung des Mannes aus. Fällt in den Mantel, der reisst. Sie fängt sich auf, steht wieder auf, sieht die Bescherung und lacht. Der Mann ist konsterniert. Steht fassungslos da, das heisst, er vergisst seine Pose. Diesen Moment nun nutzt die Frau, um ihm den lädierten Mantel vom Leib zu streifen und ihn dann endlich so zu sehen, wie Gott ihn schuf. Doch kommt unter dem Mantel anstatt des erwarteten blossen Körpers ein schwarzes

Leinenhemd mit unendlich vielen Knöpfen hervor. Beide schicken sich in die neue Situation. Sie knöpft gelassen Knopf um Knopf unzählig viele Knöpfe auf. Er lässt geschehen, streift seine Maske ab und wird Mensch, der im Begriffe ist entblösst zu werden.

„Rutsch mir den Buckel runter, Leonore!," stösst er irgendwie ungläubig aus und stampft dabei wie ein trotziges Kind auf den Boden. „Glaubst du im Ernst, ich spiele hier den Clown für dich, weil mir das besonders Spass bereite?! Ich habe schon lange die Nase voll vom starken Mann. Doch die Gesellschaft verlangt nun mal von uns Männern, dass wir einem Rollenbild entsprechen, das weder auf meinem Mist gewachsen ist, noch mir entspricht. Ich bin nicht der, für den du mich hältst. Ich bin im Stress, Alle glauben, ich sei hübsch und dennoch ein wilder Kerl. Ich habe studiert, den wilden Kerl zu spielen. Ich habe nichts von einem wilden Kerl. Ich bin bloss hübsch. Und das ist für einen Mann, wie soll ich sagen …Was kann ich dafür, dass ich ein Mann bin. Sein soll. Verachte mich, Leone, verachte mich!"

„Zapple nicht so rum. Halte still, sonst kann ich diesen Knopf nicht öffnen."

Der Mann steht still. Geknickt. Die Frau tut sich schwer, all diese Knöpfe aufzureissen.

Der Bilderfluss gerät etwas ins Stocken. Frank Freimann fällt in das Loch der Schnittstelle zwischen seiner Imagination und seinem kritischen Geist. Er befürchtet, dass seine Geschichte ihm im stark ziehenden Fluss seiner Imagination entglitten ist. Ihm stösst auf, dass seine Charaktere die Klischees von der guten Frau und vom dummen Mann bedienen. Dabei möchte er bloss zeigen, wie er selber, Frank Freimann, sich mit seinem Mannsein schwer tut. Die Charaktere, die er, Frank Freimann, in guten Treuen erfunden hat, machen mit einem Mal ihr eigenes Ding und lassen ihn, Frank Freimann, ihren Schöpfer gleichsam im Regen stehen. Er ist peinlich berührt. Trifft er mit seiner in eine Erzählung umgesetzten Selbstbefragung den vitalen Nerv, der das Signal eines Schmerzes ausstrahlt, wenn die eigene Männlichkeit auf ihrem Sockel zu wackeln beginnt? Er will den Gang der Erzählung nicht mehr zurückdrehen. Die Charaktere haben sich nun mal so ergeben, wie sie sind. Das ist zu akzeptieren. Nun ist Frank Freimann höchst gespannt, welche dynamischen Prozesse sich hier weiter abzeichnen und entwickeln.

Der Mann schaut traurig weg. Sein Gesichtsausdruck ist blümerant. Das Ullstein Fremdwörterlexikon beschreibt das Wort blümerant als ‚aus frz. bleu mourant = sterbendes Blau = blassblau: schwindelig, flau, schwach'. Der Mann lässt seinen Kopf mit dem sonst so hübschen Frätzchen welk hängen. Stutzt, wie sein Kopf ins Leere hängt. Nimmt nun wahr, wie die Frau ihn, den Mann, mit ihrer Linken gleichsam auf Distanz hält, wegstösst, um mit den Fingern ihrer Rechten an diesen verdammt kleinen und verdammt vielen Knöpfchen am schwarzen Leinenkleid rumzunesteln. Wie sie das schwarze Leinenhemd endlich öffnen und entfernen kann, erkennt sie mit Schrecken, dass dieser Mann unter dem schwarzen Leinenhemd noch ein hautfarbenes Hemd aus brüchiger Seide trägt. Ihre Grimasse zeigt, dass sie genervt ist. Das seidene Hemd hat ebenfalls unzählige kleine Knöpfe. Der Mann nimmt das Zittern ihrer Hände, in Kombination mit dem verbissenen Gesichtsausdruck, wahr. Der Mann heult fassungslos, schluchzt und wimmert.

„Ist es nicht möglich, sich einfach zu lieben," schreit die Frau, ohne ihren Blick von den noch zu öffnenden Knöpfen abzuwenden. Dann reisst und rupft sie am Seidenhemd herum, bis es zerreisst, sie es dem Mann vom Leib reissen kann, so dass dieser, leider, leider, noch immer wimmernd, wie ein Häuflein Elend vor ihr steht, wie Gott ihn schuf. Die Frau steht auf. Mann und Frau stehen sich gegenüber. Beide mit ausdruckslosen Gesichtern. Er mit verweinten Augen. Das Bild gefriert ein. Bleibt statisch. Unendlich lang. Bis endlich die Erlösung kommt …

Der Mann richtet sich auf. Sichtlich geniert ob seiner Nacktheit. Hält beide Hände vor seine Scham, um diese zu verdecken. Er grinst. Wischt sich mit einer Hand die Tränen aus den Augen. Die Frau grinst ebenfalls.

„Erstens," beginnt der Mann in lockerem Ton zu reden, „friert mich. Hier drinnen ist es schrecklich kalt. Findest du nicht auch?"

Die Frau nickt mehrmals.

„Zweitens sehe ich nicht ein, weshalb wildfremde Leute sich an meinem Arsch begeilen sollen. Drittens finde ich die Geschichte blöd. Und viertens ist die Gage so tief, dass ich …"

Der Mann läuft aus dem Bild. Die Frau schaut ihm grinsend hinterher und ruft ihm nach, „echt schade, du wärst eine Sünde wert! Jetzt brauchen nicht einmal ein Schnitt wegen Jugendgefährdung zu erfolgen oder Zensur Platz zu greifen."

Frank Freimann wacht aus seinem Tagtraum auf, schlägt verärgert seine Augen auf und starrt zur weissen Decke empor. Von der sein Gedankengeschwrubel wiederhallt. ‚Weshalb soll ich mir so schönen Geschichten ausdenken, in die ich mich hineinfühle und die ich in meinen Tagträumen echt erlebe. Und dann ist es plötzlich aus. Was zurück bleibt, ist ein bitterer Nachgeschmack. Weshalb hat meine Spontanintuition es nicht gewagt, den beiden ein Happy End zu verpassen. Wo Cléo und ich schlussendlich doch zusammengefunden haben, trotz aller Schwierigkeiten! Der Film muss damit enden, dass die Beiden aufeinander zugehen. Bevor man aber sieht, wie sie sich berühren, schwenkt die Kamera ab zu den Putti auf dem Spiegel. Zu diesen frech grinsenden Menschenkindlein, die nichts als Schweinkram in ihren Köpflein mit dem saufrechen Grinsen aushecken. Recht haben diese Putti. Und das Leben gibt ihnen recht. Die beiden Putti sind auf einem guten Weg. Sie machen keine Kriege. Sie lösen keine Atombomben aus. Verpesten die Umwelt nicht.'

Frank Freimann entscheidet, dass er kein Filmemacher ist. Er wird die Geschichte genau so, wie er sie sich ausgedacht hat, aufschreiben. Der Text ist eine kurze Geschichte. Und er, Frank Freimann hängt den Traum, Filmemacher zu sein, an den Nagel und ist glücklich mit seinem Dasein als Schriftsteller. Eigentlich will er zu seinem Schreibtisch gehen. Sich an seine IBM-Kugelkopf-Schreibmaschine setzen und die kurze Geschichte schreiben. Noch eigentlicher drängt ihn zuerst noch etwas anderes. Er greift zum Telefonhörer, stellt eine Nummer ein. Klingeln, banges Warten.

„Cléo! Ehrlich, ich bin zwei Personen. Vorhin bin ich der Schriftsteller gewesen, der dich nicht kennt und dich nicht kennen darf, weil er sich auch dir nur mit dem, was er schreibt offenbart. Jetzt bin ich wieder ich, der ich für dich da bin, immer. Das heisst, beinahe immer."

Cléo kommt, sieht, siegt und so weiter blablabla et cetera. Und da sie nicht gestorben sind, so treiben sie's noch heute!

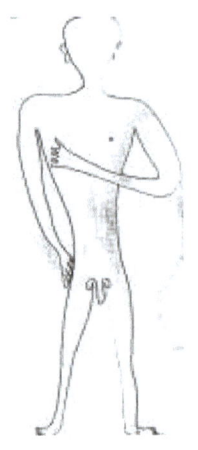

Trend nach oben

Eine kurze Geschichte

"Angst, nichts als Angst. Anpassung als Rettung. Oje. Es kommt, wie es kommen muss. Wer lässt sich beeindrucken von Moden, Ritualen, läppischen Zwängen?! Misstrauisch, wie ich bin, hinterfrage ich alles. Bin vielleicht bisweilen allzu kritisch. Doch fühle ich mich grundsätzlich frei, die dunkle Seite des Mondes drangsaliert mich nicht: ich kann eins und eins zusammenzählen. Ich geniere mich nicht, einzugestehen, dass ich öfters Angst davor habe, den Boden unter den Füssen zu verlieren. Dass mich dann und wann die Vorstellung deprimiert, rund um mich herum bloss Verschlechterungen, Zerfall, Zerstörung wahrzunehmen. Dann fragt man sich, welchen Sinn das eigene Handeln hat. Ohne dass ich es will, steigt diese diffuse Furcht vor Wunden auf. Die Furcht vor Verwundungen, die ich mit nicht antizipierbaren und daher aussergewöhnlichen Schmerzen in Verbindung bringe. Die Vorstellung von ausquellendem Blut, Schmerzen, Schreien, Auseinanderbersten. Bilder, Laute, Empfindungen. Und dieses Ohnmachtsgefühl dem gefürchteten, hinweggesehnten Kommenden gegenüber. Wie gehe ich mit der Gleichgültigkeit um, die unweigerlich da sein wird. Ratlosigkeit, Brutalität und Ohnmachtsgefühl, nichts als Hirngespinste, werfe ich zum Scherz hin. Nolens volens rutsche ich vor, auf, hinter Bühnen in Rollen hinein und wirke in einem theatralischen Geschehen mit, über das ich meinen Kopf schüttle und dessen Wirklichkeit mich abstösst, mir fremd ist und mich gleichzeitig wenig berührt. In subjektiver Unschuld, male ich den unberechenbaren Leviathan an die Wand, und ich stimme ins Lachen meiner Mitmenschen ein. Ist es nicht absurd, ich, David F., wende Stunden um Stunden für eine akribisch genaue Analyse auf und diese Zeit und der damit verbundene Ort werden zu einer Nische, in der ich wohlbehütet Wunschträumen, Luftschlössern, Heilsversprechungen nachjage. Notwendigkeit treibt mich so weit. Ohne meine Nische ginge ich unweigerlich unter. Dennoch mache ich mich lustig über sie, zynisch, und klammere mich.an das, was meinen Zynismus erregt! Und dann meine spontane, intuitive Utopie erst: keine Ungleichheiten, Ungerechtigkeiten, Unfreiheiten. Jedes. Individuum hat das Recht, in ausgeglichen schönen Verhältnissen glücklich zu sein: Bilder, genährt von Herzblut und Herzensgüte, kitschig, ja kitschig und so verdammt absurd. Ich könnte ihn erschlagen, den zynischen Besserwisser in mir. Hilfe, selbst ich, ICH suche mein Heil in einem Gewaltakt! Weshalb bloss reagiert der Mensch so heftig? Ego-Maniaken fordern mich heraus. Dabei könnten sie mich kaltlassen. Es regt mich auf, wenn sie Privilegien und Profit ruhig, fundiert, rechtlich hergeleitet und altruistisch motiviert begründen. Selbstbezogenheit, Selbstprofit, Selbstsucht in scheinheiligster Verbrämung! Sollte ich nicht alles dransetzen, meine Utopie zu verwirklichen?! In mir steigt diffuse Eifersucht auf, dass Andere, Rücksichtslosere, unverschämt auf irgendeine Weise profitieren, während ich naiv zum Wohl der Allgemeinheit auf eigenen Profit und eigene Privilegien verzichte. Ich verzichte lieber mit schlechtem Gewissen auf meine Utopie und begrabe sie von Anfang an. Leider, leider. Ich muss lachen. Eine Vision. Masken schieben sich vor die

Mitmenschen. Schöne Masken. Gesichts- und Ganzkörpermasken. Lebende Bilder von ausgesuchter Schönheit, glänzend, adrett, graziös, ansprechend, verführerisch, ohne Disharmonien, ohne Kleckser, statt Worten, die unkontrolliert in unflätige Formulierungen abgleiten und so das schöne Bild zerstören könnten, statt dieser Worte auf farbigen Bändern gedruckter Text, hübsch drapiert ·zwischen den auf beweglichen Noppen fest verankerten Masken/Schaufensterpuppen/Mitmenschen, die sich zu schöner Musik in einer schönen Choreographie bewegen. Etwas starr vielleicht. Jedoch nicht einmal missbraucht als Vehikel· zweifelhafter Ideen, weil das schöne Bilder leer ist, Träger der Leere. Verurteilen sie mich nicht! Verachten sie mich nicht! Lachen sie nicht über mich! Was ist schon dabei, wenn ich hin- und hergerissen werde zwischen einer objektivierbaren, greifbaren Wirklichkeit, die manchmal meine Kapazitäten in jeder Beziehung sprengt, und einer infizierten Phantasie, die mich lähmt und das Desaster auf zynische Art und Weise erst richtig heraufbeschwört. Und falls ich mich gegen diese infizierten Angstphantasien nicht wehrte, sondern sie tel quel akzeptierte und folgerichtig alle Gemeinschafts- und Machtstrukturen, die Systeme der Herrschaft ablehnte aus Angst, dass sie Gewalt und Brutalität erzeugen, könnte ich hier und so nicht weiterleben! Besser, sich verunsichert, zerrissen, verzweifelt mit der Schreckensvision arrangieren und aus Feigheit auf immer und ewig in den mich ekelnden, tödlichen Lebensumständen verharren, bis die lebende Materie, fremde und schlussendlich die eigene, zu Staub wird. So geht es nicht! Finden sie nicht auch, man kann das Leben nicht bloss über sich ergehen lassen, teilnahmslos, desillusioniert, ohne Bereitschaft zu einem Engagement irgendwelcher Art! Lethargie wird sich rächen! Man merkt es, wenn's zu spät ist.

Dann kann man sagen, o hätte ich damals bloss. Und man legt sich Ausreden zurecht für sein früheres Verhalten, für das man sich jetzt schämt. In meinem Innersten habe ich mich trotz der äusseren Angepasstheit auf Distanz gehalten zu den in diesen verwirrlichen Zeiten entwickelten Systemen. Trotz meines Profits, meiner Privilegien und Prämien für meine Anpassung, habe ich mich nicht wirklich kaufen oder bestechen lassen. Weil ich von allem Anfang an geahnt hatte, dass die Naturkräfte aus den Urgründen die künstlich auf dieser Welt errichteten Systeme dereinst einmal wegfegen würden. Ich hatte mich von allem Anfang an darauf gefreut, bis nach einem nicht mehr aufzuhaltenden Sturz die heute zum Schein verehrten Scheinwerte zerschellen und ich frei jubeln kann. Innerer Widerstand gleichsam, von allem Anfang an! Dennoch, die bange Frage, was wird aus mir werden, lebe ich mein Leben? Gespräche mit ihnen sind wie eine kalte Dusche. Belebend. Irgendwann und irgendwo muss der Mensch sich ausreden, auskotzen. Danach geht's besser. Weiter im Text mit neuem Schwung! Ich weiss nicht, was heute mit mir los ist. Ich spreche unzusammenhängend. Bin aufgewühlt. 0 doch, ich weiss genau, was es ist. Ein mulmiges Gefühl im Magen. Blümerant. Ich stehe unmittelbar vor einer wichtigsten Besprechung. Ich musste sie kurz sehen, weil … Sollte etwas schief laufen, würde ich mir Vorwürfe machen. Falls ich das und das getan hätte, wäre alles anders verlaufen. Es wird nichts schief gehen. Es ist meine Eigenheit, mir immer gleich die schlimmste Entwicklung vorzustellen. Ich werde den neuen Job bekommen, gute Position, Aufstiegs-Chancen. Nicht dass mein Herz an solchen Äusserlichkeiten hängt. Ich mache mir nichts aus Prestigedenken und Ehrgeiz. Man kommt nicht gänzlich darum herum, dann und wann ein Zeichen zu setzen. Innere Zerrissenheit genügt nicht. Wenn's um die

Bilanz des Erreichten geht, will man nicht wie der letzte Trottel dastehen. Idealistische Träume aus der Jugendzeit ade! Ich habe Lebenserfahrung gesammelt. Bin gescheiter geworden. Und letztlich sind die Aussichten nicht schlecht, oder etwa doch?"

Der Doktor schaut verstohlen auf seine Armbanduhr. David F. beobachtet ihn dabei und wirft ebenfalls einen Blick auf seine Armbanduhr. David F. erhebt sich lächelnd.

"Die Zeit ist um. Wir sehen uns nächste Woche wieder," sagt der Doktor und schüttelt David F. die Hand.

David F. zwinkert im Vorübergehen seinem Spiegelbild, diesem äusserlich angepassten, im Glas des Schaufensters eines Geschäfts mit italienischen Designer-Möbeln zu, nahe dem Römerhof, an der Asylstrasse, diesem sich bewegenden Bild des jugendlich-dynamischen Mannes mit dem federnden Gang, und er ist stolz auf sich und seine Fähigkeit, offen über seine ihn Gottseidank im Alltag nicht beeinträchtigenden Ängste zu sprechen. Er vergewissert sich, dass sein Schlips sitzt, zupft den Knoten zurecht, hört ein quietschendes Geräusch, bemerkt die sich nähernde Strassenbahn, setzt zu einem Spurt an. Rennt. Erreicht die Haltestelle. Erklimmt die Einstiegsstufen des Wagens, knapp bevor die Strassenbahn sich wieder in Bewegung setzt. Er nickt dankend einer Person zu, die ihm mit Knopfdruck die Strassenbahntüre offen hält. Er ist zufrieden mit sich und seiner Umwelt. Fühlt sich frisch, frei, luftig. Steht zwischen den Sitzreihen und schaut lächelnd um sich, ohne etwas Bestimmtes zu fixieren. Eine Kinderstimme fragt ihn, ob er sich setzen möchte. David F. schreckt aus seiner Gedankenversunkenheit auf. Ein kleines Mädchen starrt ihn mit grossen Augen an. David F. bereitet es Mühe, diesen Blick auszuhalten. Das trotzig Herausfordernde und das gleichzeitig unschuldig Kindliche lösen in ihm Ratlosigkeit und Angst aus. Er befürchtet, sich von dieser Frische hinreissen zu lassen zu ihm nicht ziemenden Impulsen, Handlungen, Worten, spontanen Äusserungen 1rgendwelcher Art. Das Mädchen ist wohl von seiner Mutter aufgefordert worden, diesem Erwachsenen, diesem Herrn seinen Platz anzubieten. David F. fühlt sich bedrängt. Er setzt sich, um die Erziehungsversuche der Mutter des Kindes nicht zu durchkreuzen, und gleichzeitig durchzuckt ihn der Gedanke, o weh, bin ich bereits ins Alter gerutscht, wo ich für Kinder uralt bin und sie mir ehrfürchtig ihren Sitzplatz anbieten? Diese Vorstellung reizt David F. zum Lachen und löst gleichzeitig einen Wust von Reflexgedanken aus. Für die Leute um mich herum bin ich ein Mann um die Mitte Dreissig, nichts weniger und nichts mehr. Wenn ich meinen Bauch einziehe, bin ich noch schlank. Im Vergleich zu gleichaltrigen Kollegen wirke ich noch jung. Die ersten grauen Haare sieht man bloss, wenn man ganz nah herankommt. Beim Joggen bin ich zwar langsamer als meine Partner, doch absichtlich, weil ich meinen Körper nicht wegen Höchstleistungen vergewaltigen will. David F. sieht flüchtig zum kleinen Mädchen hin und gleich wieder weg. Das kleine Mädchen schaut ihn noch immer mit grossen Augen und halbgeöffnetem Mund an, als ob David F. eine Respekt und Ehrfurcht und auch Neugierde erheischende Gestalt ist. David F. ärgert sich darüber, dass er dem Mädchen einen Blick zugeworfen hat, der von Dritten als böse interpretiert werden kann. Und er ärgert sich über seine Grübeleien und über die Tatsache, dass er sich ärgert. ‚Ich bin keine Lilie auf dem Feld und kein Ebenbild von Michelangelos David, des biblischen Davids!' David F.

knabbert verlegen an seiner Unterlippe. Seine Gedanken, Befürchtungen, Vorstellungen, Urteile, Verklemmungen kommen ihm läppisch vor. David F. zwingt sich von seinen Grübeleien· weg, schaut hinaus auf die Grau-in- Grau Strasse mit ihrem hektischen Grau-in- Grau Treiben zwischen den Grau-in-Grau Gebäuden. Er schaut ins Leere und bereut es, dem kleinen Mädchen nicht spontan und freundlich lächelnd ein paar nette Worte gesagt zu haben. Die Strassenbahn hält an einer Haltestelle an und fährt wieder los. Falls ich mit dem kleinen Mädchen schäkere, halten die Leute mich für einen Kinderverführer. Egal! Er schaut in die Richtung des kleinen Mädchens, doch es ist nicht mehr da. David F. kann es nirgends mehr entdecken. Es bleibt verschwunden. David F. sieht enttäuscht zum Fenster hinaus. Sein Blick fällt auf die in der Geschwindigkeit der fahrenden Strassenbahn vorüberziehenden, trotz der Tageszeit durch helles, künstliches Licht erleuchteten Fenster eines Büros im ersten Stockwerk eines prunkvollen Gründerzeit-Geschäftshauses an der Bahnhofstrasse. Wie ihm unwillkürlich einfällt, könnten die beleuchteten Fenster diejenigen des Büros von Franz P. sein. Franz P., einer seiner Berufskollegen, das seinerzeitige Wunderkind unter den Kommilitonen. Franz P., den David F. damals bewundert, beneidet, idolisiert hatte. Franz P., der als junger Mann aus einfachen Verhältnissen ohne Protektion reicher Verwandter oder Freunde allein durch seine Intelligenz, seine Bescheidenheit, sein gutes Aussehen für alle ein Musterexemplar der Spezies ‚hoffnungsvoller junger Mann' gewesen war. Der alle in ihn gesetzten Hoffnungen in jüngsten Jahren bei weitem übertroffen hatte. Dem alles zu gelingen schien. Einfach so, ohne besondere Anstrengung. Franz P., der zum Hätschelkind der Mächtigen geworden war. Zum erfolgreichsten Berufsmann seiner Generation. Dessen Name seit geraumer Zeit bei allen wichtigen Transaktionen im wirtschaftlichen und auch im politischen Umfeld genannt wird. Franz P., der überall mitmischt, wo Macht nicht bloss Bewunderung erregt, aber vor allem Misstrauen und Angst. Franz P., der mit einem Mal trotz seines objektiven Erfolges wie ein Lakai der Mächtigen wirkt, obwohl es ihm, wie David F. weiss, nie um Geld gegangen war, sondern er hatte ganz einfach den Ehrgeiz produziert, die Herausforderungen aller an ihn herangetragenen, im Allgemeinen schwierigsten Aufgaben glorios zu bestehen. Dabei sei, David F. hatte dies von hämischen Kollegen kolportiert erhalten, Franz P.s Privatleben auf der Strecke geblieben. Was Franz P. erst als letzter bemerkt habe. Doch habe Franz P. sich im Scheidungsprozess im Bewusstsein seiner Position seiner Frau gegenüber zu üblen Machenschaften hinreissen lassen. Wobei die Details unter den Kollegen die Runde machten und Entsetzen hervorriefen.

David F. schreckt auf. Beinahe hätte er vergessen, an der Haltestelle Stockerstrasse auszusteigen. Es kommt alles, wie es kommen muss, denkt er. Ein gnädiges Schicksal habe ihn davor bewahrt, sitzen zu bleiben. Er wird sich vor dem Vorstellungsgespräch, das um Zwei, in rund zwanzig Minuten, stattfinden wird, von seinen kon- und diffusen Gedanken freischütteln. Sich sammeln. Um dann mit seiner, wie ihm Freunde immer wieder bestätigen, strahlenden und einnehmenden Erscheinung seine kleine Welt zu erobern. Genügend Zeit, um frische Luft zu schnappen beim gemächlichen Schlendern. Bleicherweg, Paradeplatz, Bahnhofstrasse. Um sich mögliche Fragen der Mitglieder des Wahlgremiums vorzustellen. Um eigene Antworten darauf zusammenzufabulieren. Um sie sich vorzusprechen, ja, vorzuspielen. Wenn ich in meiner Entrücktheit bloss nicht, ohne dass ich es merke, hier mitten auf dem Trottoir laut rede und wild gestikuliere. Inmitten dieser geschäftigen Leute. Genügend Zeit, um zu atmen. Um tief durchzuatmen. Um Ansätze lästiger Gedanken zu verscheuchen. Oder um eben gerade daran hängen zu bleiben. Zum Beispiel an Minna H.s Kommentar zu David F.s beruflichen Plänen. Zuerst einmal lachte sie und sagte dann, sie könne sich David F. in dieser Position nicht vorstellen. Dann fragte sie ihn listig, ob er im Sinn habe, genau so langweilig zu werden, wie die andern Männer, die in solchen Positionen stecken. Minna H. hatte ihn und seine Karriere nicht ernst nehmen wollen. David F. erklärt es sich damit, dass er für Minna H. während Jahren ein bequemer Kumpel gewesen ist. Einer, der immer für alles Zeit gehabt hatte, weil er sich bisher nie für berufliche Pläne engagiert hat. David F. kickt ein grünes Lindenblatt an, das breit auf dem Asphalt des Gehsteiges liegt und er wundert sich darüber, wie es zwar träge, doch immerhin ein wenig vom Boden abhebt und zaghaft herumflattert. Er schüttelt den Kopf über die Phänomene, die er wahrnimmt. Über seine Zerstreutheit. Über sein Gehirn, das unablässig Gedanken an Gedanken hängt, die Gedanken miteinander verknüpft. Ständig ein Wirrwarr von Warnsignalen und Prognosen und Stimmungen produziert. Und es ist ihm ein Rätsel, wie er bei diesem Durcheinander von inneren und äusseren Einflüssen der unterschiedlichsten Art dennoch immer einen Weg findet. Den bestimmten Weg. Und er kommt zum Schluss, dass seine Unbeirrbarkeit eine Folge einer angeborenen Sturheit sein muss. Während er noch diesen Gedanken nachhängt, nimmt er vor sich zuerst unbewusst und dann sehr bewusst das Gebäude der Nationalbank wahr. Er staunt, wie weit er in dieser kurzen Zeit gekommen ist. Wie beiläufig schaut er auf seine Armbanduhr. Ungläubig starrt er auf das Zifferblatt seiner Armbanduhr.

Seine Uhr zeigt fünf nach Zwei. Zuerst schiesst ihm durch den Kopf, das muss wohl ein Witz sein! Danach schluckt er leer. Schrecken macht sich breit. David F. glaubt zu träumen. Schweiss tritt auf seine Stirne. Er befürchtet, zu Boden zu fallen. Oder plötzlich in seinem Bett aufzuwachen. Sodass die verschiedenen Ebenen von Bild und Realität sich auflösten. Weshalb bloss wache ich nicht endlich-auf?! Fünf nach Zwei muss meine wirkliche Wirklichkeit sein! Der beschwörende Blick nützt nichts, der Sekundenzeiger seiner Armbanduhr rennt gemächlich auf dem Zifferblatt rundherum. Eine Uhr an einer Hausfassade zeigt die gleiche Zeit an. Inzwischen sechs nach Zwei. Ich sollte woanders sein! Augenblicklich verwirft er den blassen, scheinbar rettenden Einfall, gleich loszurennen, um den Herren des Wahlgremiums verschwitzt und atemlos die Wahrheit zu erzählen, damit Mitleid zu erregen. Genau das will er nicht. Noch ist er nicht sicher, ob er nicht doch träumt. Er sieht um sich. Mache ich einen Idioten aus mir, starren die Passanten mich bereits an? Noch eine Sekunde und ich falle ohnmächtig um, ich beginne zu torkeln, ich kann mich nicht dagegen wehren. Doch David F. bleibt erstarrt in der Mitte des Gehsteiges stehen. Dabei wäre eine Ohnmacht so bequem, lieferte ihm den offensichtlichen Beweis eines Unwohlseins.

David F. stirbt nicht. Er möchte sich in nichts auflösen. Er bleibt wie angewurzelt stehen. ‚Ich hatte immer Angst davor, aus dem Gleichschritt zu fallen, und gleichzeitig wollte ich mich vom Grau-in-Grau der Masse abheben, und jetzt, wo ich mir mitten auf der Bahnhofstrasse meine bürgerlichen Hoffnungen vermasselt habe, schäme ich mich;' denkt er. Die fremden Menschen um ihn herum bleiben nicht stehen. Sie werfen ihm, dem Ratlosen, dem im Strom der

Hastenden, der Flanierenden als Hindernis Stillstehenden, peinlich berührte, vorwurfsvolle, nervöse, irritierte, neugierige, glotzende Blicke zu. Verdrehen im Weitergehen die Köpfe. Renken sich beinahe die Hälse aus. ‚Schmach, selbst die grösste Schmach, aus einer eigenen Schwäche heraus in einer entscheidenden, wichtigen Situation vollends versagt zu haben, überstehe ich in Seelenruhe. Zuerst kommt mir die neue Situation etwas irreal vor. Doch nach und nach gewinne ich wieder Boden unter den Füssen,' denkt David F. und er fragt sich, ob das zufällige Verpatzen dieses Vorstellungsgesprächs ein Wink von oben ist. Er verspürt keine Lust, sich um einer verhassten Anpassung willen Ausreden, Erklärungen, Heilmittel zurechtzulegen. Er. hat sich eine Situation eingebrockt, die ihn nun herausfordert und mit der er alleine fertig werden muss. Und letztlich ist er heilsfroh, sich nicht in das Korsett eines zwar lukrativen und geachteten Jobs einzwängen zu müssen. Sein bisher unspektakuläres Leben reicht ihm.

ENDE

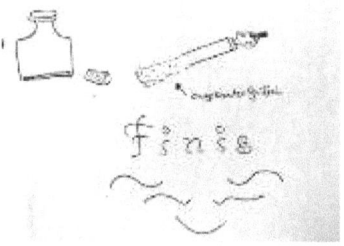

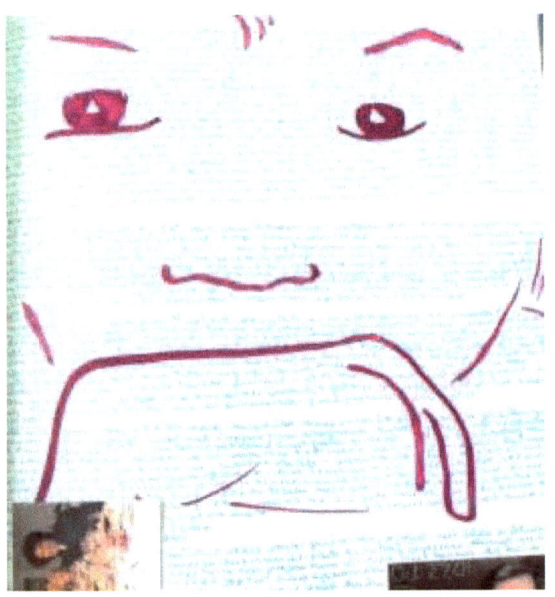

278

Nachwort

Im August 1970 stosse ich zufällig in Amsterdam auf einen Deutschen, der etwa fünf Jahre älter ist als ich. Im Nu kommen wir darauf, dass wir beide schreiben. Wir tauschen uns über unsere Werke aus, die gerade am Entstehen sind. Dann erwähnt der Deutsche, dass ein ihm bekannter, erfolgreicher und älterer Schriftsteller geraten habe, sich jeden Tag vor ein leeres Blatt Papier zu setzen und ohne zu überlegen, die Gedanken zu Papier zu bringen die gerade nach draussen drängen. Notfalls, wenn keine Gedanken drängen, festzuhalten, dass einem nichts einfalle, bis sich dann plötzlich ein Gedanke zeige und wie von selber zu einem Ganzen wachse. Doch man müsse auf Zeit und Geschwindigkeit schreiben. Wenn man sich hingesetzt und den Füller auf das Papier angesetzt habe, unbedingt nicht aufhören zu schreiben und am Griffel kauen. Immer schreiben, schreiben, scheiben, ein Protokoll des Gedankenflusses festhalten, bis das Plansoll, eine Seite, erfüllt sei. Konsequent das Blatt füllen und sobald es gefüllt sei, aufhören mit Schreiben. Kein Wort mehr. Diese Übung mit dem möglichst authentischen Auffangen des Gedankenflusses bezwecke, einen eigenen Schreibstil zu entwickeln und in einer späteren Phase, die Imagination anzuregen und ins Bewusstsein zu retten.

Seit 1970 unregelmässig, seit dem 19. August 1992 – einen Tag, nachdem mir meine Liebste in Paris bei Cartier an der Place Vendôme den Füllfederhalter Panthère geschenkt hat – fülle ich als Morgenritual handschriftlich eine Seite. Nummeriert sind die Seiten seit 1992.

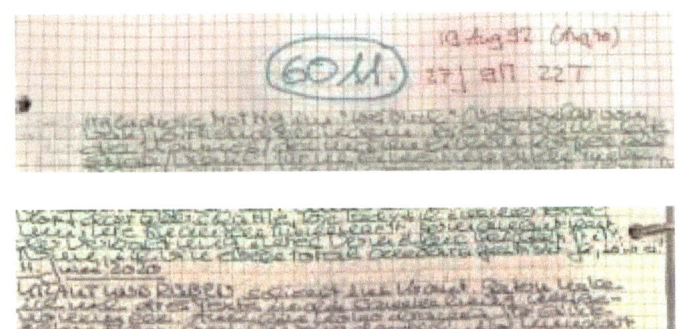

Morgennotizen vom 11. Juni 2020, Seite 6'011

    ,Kraut und Rüben' schiesst ins Kraut. Gestern habe ich mich an drei weitere, frühere Texte erinnert, sie in meinen Papieren gefunden und bin nun daran, sie in diese Sammlung zu integrieren. … Je mehr ich mit dem Sammeln alter Texte für ,Kraut und Rüben' in mein Werk eintauche, desto mehr Bezüge und Netze von damals fallen mir wieder ein und auf. Die Beschäftigung mit meinen (früheren) Werken ist äusserst anregend. Ich hatte so viele gute Begegnungen gehabt: … (Es folgt eine Aufzählung von Gesprächen mit Hörspielregisseuren, Dramaturgen von Theatern, Lektoren von Verlagen) … Es hat sich damals nicht nichts getan. Doch ist es nie zum Durchbruch gekommen. Immer bin ich abgeblitzt. Diese Erfahrung hat mich sehr wahrscheinlich geprägt. Ich hatte tatsächlich ernsthaft geschrieben und versucht, das Geschriebene zu vermarkten. Ich war und bin Schriftsteller. Th. L., der Verleger, den ich 2017 auf der Europa 2 getroffen und mit dem ich über meine

Bücher gesprochen hatte, sagte mir, sie müssen ein Selbstbewusstsein als Schriftsteller entwickeln. Das fehlt ihnen. Sie müssen stolz auf das sein, was sie geschaffen haben. Mein momentanes Desinteresse an Kunst von anderen (Ausstellungen, Museen, Theater, Filme etc.; ausser an Graffiti, Bane oder Harald Naegeli, sie elektrisieren mich auch jetzt), nach dem Lockdown wegen der Coronakrise und bei der zaghaften Lockerung jetzt, ist unbewusst auch das Zeichen, dass ich das eigene Kunstschaffen jetzt höher werte. Dass ich inzwischen unbewusst ein natürliches Selbstbewusstsein als Schriftsteller entwickelt habe und nun auch bereit bin, mich als Schriftsteller zu zeigen. Egal ob erfolgreich oder nicht. Es geht nicht (nur) um Applaus. Es geht ums Schaffen von Werken. Ob sie sich durchsetzen können oder nicht, ist wieder eine andere Sache. Sie betrifft die Vermarktung – und sie ist mir zu wenig wichtig, als dass ich bereit wäre, laut und vernehmlich die Werbetrommel zu schlagen. Wenn die Leute meine Werke nicht mitkriegen (wollen), dann ist es ihre Angelegenheit / ihr Problem. Mir kann es nicht gerade egal sein, doch es ist für mich als Schriftsteller, als Denker, als Empfänger und Übermittler von Imaginationen, als von der Notwendigkeit des Schreibens Getriebener es braucht mich nicht wirklich zu bekümmern, solange ich schreiben kann. Wesentlich und wichtig ist für mich bloss das Schreiben. Die Begleitgeräusche (wie die Absagen bei der Vermarktung, Erfolg etc.) sind mir nicht ganz egal. Betreffen mich, indem sie mich freuen, schmerzen, verletzen, beschwingen, antreiben, aber eben doch bloss eine Begleitmusik, eine Reaktion ist und bleibt und meine Aktion nicht in Frage stellen soll, doch mit etwas Glück neue Aktionen meinerseits auslösen kann. Mich aber nicht vom Schreiben abhalten darf!

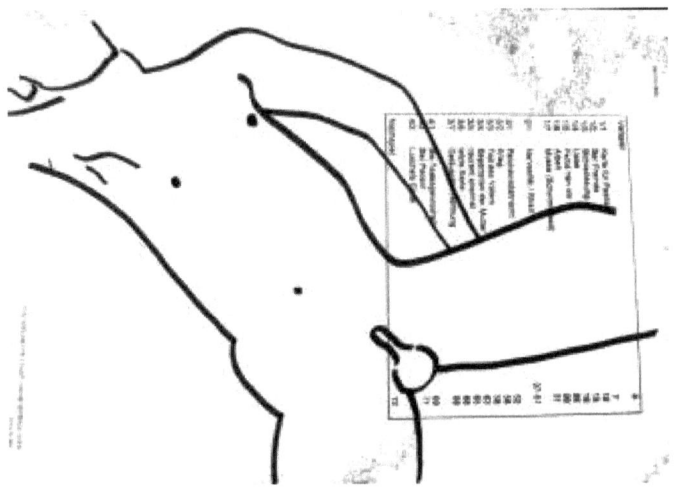